母亲河的浪花

陈永珍 著

陕西新华出版
太白文艺出版社·西安

图书在版编目（CIP）数据

母亲河的浪花 / 陈永珍著. -- 西安：太白文艺出版社，2024.8
ISBN 978-7-5513-2608-7

Ⅰ.①母… Ⅱ.①陈… Ⅲ.①长篇小说－中国－当代 Ⅳ.①I247.5

中国国家版本馆CIP数据核字（2024）第091411号

母亲河的浪花

MUQIN HE DE LANGHUA

作　　者	陈永珍
责任编辑	熊　菁
整体设计	百悦兰棠
出版发行	太白文艺出版社
经　　销	新华书店
印　　刷	河北朗祥印刷有限公司
开　　本	787mm×1092mm 1/16
字　　数	284千字
印　　张	17.75
版　　次	2024年8月第1版
印　　次	2024年8月第1次印刷
书　　号	ISBN 978-7-5513-2608-7
定　　价	80.00元

版权所有　翻印必究
如有印装质量问题，可寄出版社印制部调换
联系电话：029-81206800
出版社地址：西安市曲江新区登高路1388号（邮编：710061）
营销中心电话：029-87277748 029-87217872

引　言

　　青藏高原唐古拉山流传着一个神话：遥远的过去，有一头神牛犊从天而降，它俯卧在长江源头，两个鼻孔昼夜不停地喷水，最终汇成通天河。藏族同胞把通天河叫作"直曲"，"曲"就是河流，"直"就是牛犊的意思。

　　青藏高原巴颜喀拉山北麓的约古宗列盆地流传着"玛曲"和"玛曲曲果"的歌谣。藏族同胞把黄河称为"玛曲"，即"孔雀河"。"玛曲曲果"就是"黄河源头"的意思。

　　你听见那美丽的歌谣了吗：孔雀河上有孔雀呵，羽毛插在净瓶里……

目 录

第一章	江患	001
第二章	伤痛	004
第三章	顶梁柱	007
第四章	初见世面	014
第五章	找工作	022
第六章	下水火锅	027
第七章	首封家信	032
第八章	多事之年	039
第九章	洋铁皮盒子	048
第十章	海上风云	053
第十一章	远东第一城	057
第十二章	在合江	063
第十三章	洗尘	070
第十四章	巧遇合作	075
第十五章	茅草棚	080
第十六章	民族工商业兴起	083
第十七章	激流岁月	088
第十八章	闸北噩梦	091

第十九章	战火无期限	098
第二十章	公共租界	103
第二十一章	洋泾浜	107
第二十二章	上海滩的淘金者	111
第二十三章	战火中的再次创业	118
第二十四章	喜出望外	122
第二十五章	周义善烈士	127
第二十六章	回姥姥家	132
第二十七章	在家靠父母，在外靠朋友	140
第二十八章	别致的婚礼	144
第二十九章	义安来信	150
第三十章	店铺规矩	155
第三十一章	除夕夜	160
第三十二章	义安婚礼	170
第三十三章	灾难复灾难	177
第三十四章	周家诚字辈	180
第三十五章	不争气的命运	185
第三十六章	请媒提亲	192
第三十七章	老城厢的见识	197
第三十八章	再次婚娶	204
第三十九章	择校花絮	209
第四十章	新婚琐事	214
第四十一章	大伯遇难	216
第四十二章	喜得千金	223
第四十三章	看一场电影	226

第四十四章　左右为难……232

第四十五章　喜得贵子……238

第四十六章　百日宴……243

第四十七章　抗战胜利……246

第四十八章　龙凤胎……248

第四十九章　殇逝……254

第五十章　黎明前的朦胧……261

第五十一章　上海解放……265

第五十二章　新中国成立……269

第五十三章　向西，向西……271

第一章　江忠

　　1925年6月的一个下午，在四川合江，突然一场强降雨使长江水突涨。一时间，狂风巨浪使江边停泊的渔船相互碰撞起来，有几条船来不及松缆，被浪头拉扯着上下翻滚；那些还没有及时归来的渔船，更是在巨浪狂风中颠簸得起起伏伏。

　　"阿勤，把舵……稳住……弯腰……憋气……"一条刚刚被推上浪尖又猛然淹没在江水中的渔船里传来了断断续续却又坚定的话语。

　　"哎，爹，知道了……"话音未落，又一个巨浪把渔船推向了浪尖，可以清晰地听见渔船吱吱的扭裂声。

　　突然，汹涌起伏的波涛被一阵狂烈的强风推挤着，和着那横扫着的暴雨，简直像是滚沸的开水，一浪压一浪地狂奔起来，和天边乌云连成一片昏暗。那黑点一样的小木船时隐时现，在升腾的乌云和漆黑的深渊里漂移翻滚，像是一片枯叶在水中失去了方向。

　　"阿勤，快快，救生衣……"正当小船被推向浪尖那一刻，只见爹顶着狂风巨浪匍匐在船的某个地方摸出两件救生衣，刚刚将其中一件塞到儿子手中，一股狂浪把他手中的另一件救生衣拍落在汹涌的江水中，随即就听见整个船咔嚓咔嚓，破碎在疯狂的江水中。

　　"爹……爹……"一声声绝望、缥缈的呼叫声，淹没在奔腾汹涌的江水里。

　　狂野的暴雨继续无情地下着，疯狂的巨浪继续向前，那江水中没有归来的八条渔船，惊心动魄地在和老天拼搏着。

江边拥过来的人越来越多，有的人手中的黄色、红色的油布伞，被狂风暴雨扑打得像纸片一样，甚至撕裂了；呼喊声、求救声、号哭声乱成一片。眼看着奔腾的江水像雄狮一样呼啸任性，撕裂着江面，吞噬着生命，人们只能够站在江边无奈地眼睁睁看着这场江水中的厮杀。

"他爹……阿……阿勤……"突然从江边一片菜地上直冲过来一个披头散发的妇女，后面跟了一个七八岁的姑娘，扬着双手，也和那个妇女一样跟跄着追来，口里呼喊着："爹爹……哥……"她们冲向人群，直接绊倒在人最多的地上，然后又挣扎着站立起来，跌跌撞撞地往江边扑去。

两边冲过来几个壮汉，把这母女俩拦住。歇斯底里的妇女仍然挣扎着往前扑，喉咙里已不能够发出音来。她被拦着无法向前，就缓缓瘫软在一个壮汉的脚下。女儿急忙蹲下来搂住她，嘴里呼喊着："娘……娘……醒醒……"话音未落，就见她娘啊了一声，向上伸出的双手突然垂了下去，满脸泪水，头一歪晕死过去，女儿被吓呆了。

"快，快快，快掐人中……"一个妇女对正在蹲下来的一个男子大声地喊着。几个好心人握紧手中的油布伞想为晕倒的妇女遮挡住雨水，可是风把油布伞刮得歪歪扭扭。蹲下来的那个男子把妇女的头摆放在她女儿的腿上，就使劲掐起人中。那煞白的脸上滚落着雨水。忽然，哦的一声从她的胸腔蹦出，随即就啊的一声长叹，泪水和着雨水簌簌地滚落下来。母女两个又仰天号哭起来，连带着岸边其他许多人也哭了起来。

夜晚的江边哭声震天。

当暴雨过去，风停息下来，已经是第二天黎明，岸边仍然人山人海，人们在期盼着那没有归来的八条渔船。江边停泊的那堆渔船横七竖八、破碎不堪地散布在浅水处，沙滩上堆有漂流过来的破碎船板、枯木枝丫、衣物鞋子等；远处有倒塌的茅草房、横卧的树木，一片狼藉。

"大梁，快快，把那个缆绳整理一下，盘好……"

"阿海，你们俩清理甲板上的污泥，冲洗干净……"

"江哥，这个船帮有裂口，就交给你这个老匠人啦……好的，再给你配两个人……"

"这边这边,明崽儿你们三个把打捞工具整理出来,不要遗忘了什么……噢,对了,还有干的衣服、吃的喝的都带上……"

只见老幺头挺着胸满头大汗,他双手比画着,有序地指挥着,把江边那堆横七竖八的渔船清理出来了三条,准备起航,出江救捞。人们情绪激动,那些没有归来的渔民的家人更加情绪失控,现在他们又都拥在这儿哭喊起来。

"大家伙儿不要急,这边这边,把带来的衣物和吃的都交给明崽儿他们……乡亲们,放心吧,我们会在每一个浅滩寻找,不会放过任何搜救的机会……"

"大伯你看,那江上……""娘,快看,船……"不等老幺头说完话,一个孩子就大喊,同时拉着自己的娘往江边浅水区跑去。只见三条渔船漂漂荡荡地往这边划来。那些没有归来的渔民的家人,一窝蜂往浅水区跑去,呼叫声、哭喊声又响了起来。

船儿越来越近,看见啦,终于看见啦,亲人啊,终于归来!

每个人的泪水止不住地流淌,又喜又痛地终结了期盼;然而欢呼声中却爆发出更加凄惨的绝望的哭腔。这三条船昨天有幸被激浪推上一个浅滩才躲过了灾难,黎明起身,修整船只后就摇摇摆摆往家这边驶来,三家人皆大欢喜;然而另外五条船呢?哭声依旧。

"起航!"正当这悲喜交集最高峰的时候,一声庄严的起航口令穿透了天空,三条搜救船呈人字形划向江心,去寻找生的希望。

第二章 伤痛

"他爹……阿勤……"那个妇女伸着双手满怀希望地向那三条归来的渔船呼唤，最终看到的却不是自己的亲人。钻心的绝望，令她一下子又瘫软在江边。许久，又有人呼喊着说看见船了，慢慢地，又有两条船摇摇摆摆地过来了，人们又沉浸在希望中。然而仍然没有阿勤和他爹的影子。妇女跌跌撞撞地疯狂向江边扑去，几个汉子把绝望中的她抬回家里。隔壁邻居阿嫂端过来一碗稀粥，一边擦拭着她默默流淌的眼泪，一边劝慰着，想喂上一口热粥。她只是无力地摇摇头，却一口也咽不下，两只大大的眼睛直直地望着茅草屋的顶——那角落还在滴水的屋顶。

两天两夜，像在绝望中煎熬，更像在地狱中受刑，整个屋子就像死去了。昨天夜里二儿子义善拖着病腿，把邻居阿嫂的粥分给了两个弟妹吃，现在三个孩子是又饿又冷，紧缩着的身体在这黎明的光辉中微微发抖。下午时分，突然听见外面乱哄哄的，紧接着一大堆人拥进了这个家。

"快让一下，让一下，扶一把阿勤……噢，轻点儿……"只见第一个跨入屋门的阿叔在两边人的帮助下，轻轻地把阿勤放在了他娘的身旁。他娘又惊又喜，一骨碌从床上坐起来，可是紧接着看见抬进来一个担架，所谓的担架就是一块草帘。"他爹，你……"话没说完就哑了口，她看见担架上的人的脸是用一块黑布遮盖着的。她一下子头皮紧缩，毛发倒竖，一股悲凉憋住了心，连哭泣的劲儿都没有了，被挖空了的心像是跌入深潭。

"爹，爹——"那三个孩子一起扑向担架上那个脸上盖有黑布的人，他身上湿漉漉的衣服一股腥味。他们扑上去又突然直起身，好像感觉到一种死亡的恐怖，于是爆发出强大的哭声，像是火山喷发，那种一发不可收拾的凄惨的号哭震撼着茅草屋。

周德清死在了哺育他成长的长江里，这是他的母亲河啊。

夜晚，当乡亲们离开这屋子，孩子们睡在床上时，周德清的妻子陈唤美静静地坐在丈夫跟前。她小声地和丈夫说着话，就好像是平日里丈夫劳累一天回到家里吃晚饭时的诉说："德清，你是累了，你为了这个家，从来都没有像现在这样歇息过。你记得吗？咱们第一个孩子义勤出生的那年，爹娘也是在江水中丧生的，留下你一个独子。你当时说要不是因为有我，要不是因为有了义勤，你就会跟他们一起走了。现在好了，你可以去陪他们了。"说到这里，她捧起那条擦拭过丈夫身体的毛巾，捂住自己的脸痛哭起来，双肩不断地耸动着，压抑的哭声不时地蹿出一声尖尖的刺音。

等待情绪稍微平复下来，她又说起来："德清，看着这四个孩子，我心都碎了，我真是想随你去了……可是我怎么能够忍心？我不忍心丢下他们……德清，你说我怎么办？我怎么办？我……我的天塌了，我的山倒了……我……我……"

她又抽泣起来，那悲凄压抑的语调和哭泣声，让人听见心都碎了。她调整一下自己的情绪，用毛巾拭去眼泪，抬起一只手去抚摸丈夫的脸，忽然触到丈夫眼角滚落下来的一滴泪珠：是头发上的水滴落下来的，还是丈夫真的哭了？

她先是愣了一下，随即就抽泣起来："德清，你……你心疼我啦……我知道，是你心疼我了，你放不下我……呜……你……你是怕我累着了，怕我孤独无助。德清，我……我怎么能够离开你呢？我一个人如何面对这个家？如何面对这些孩子？我……我不要你走……"她不停哭诉着。除了哭，她现在不知道还能够干什么。

就这样，她哭得昏昏沉沉。昏沉中她还在和丈夫低声诉说着："德清，你……你放心，我再累也会把他们拉扯大。我……我绝对不让咱们的孩子去江上谋生。是的，绝对不去江上啦……"

"唤美，唤美……"昏睡中，陈唤美似乎听见丈夫在叫她，是的，该起床了，该做早餐了，孩子们饿了，丈夫又要出江捕鱼了……

她困顿地挣扎着，随即一骨碌坐起来，发现自己竟然趴在再也不会醒来的丈夫身旁。

她一下子又回到了现实，抬头往床上一看，横躺着四个孩子，泪水就簌簌地落下来。想起昨夜给丈夫的承诺，她坚强地站立起来，趔趄着走到厨房，把锅盖打开往里面舀了几勺水，点起柴火，嘴里还咕哝着："不去，不去江上，不去江上啦……"

在乡亲们的帮助下，周德清被安葬在周家祖坟里，躺在了自己爹娘的脚下。大儿子周义勤最后给他爹嘴里放入一个铜板，看见爹平静的脸明显松弛下来，可是眉宇间却凝聚着这一生的坎坷经历，还有隐隐的放不下。他好像听见爹满怀歉意地对他说道："义勤啊，我把你娘，你的弟弟妹妹，还有生活的责任、痛苦、不幸……这尘世间的一切就都交给你了，我走啦……"周义勤顿时泪流满面。

旁边其他家族的墓地上也传来了凄凄的哀哭声，江面上阴云未散，似乎也在为这人间的灾难和不幸而哀叹。

第三章　顶梁柱

家里的四方饭桌上，摆放着周德清的遗照，那还是他和妻子结婚时在县照相馆照的唯一一张照片，新衣服硬挺的领子把脖子卡得直挺挺的。因为没有其他照片，就把这张照片一剪为二，现在这一半的照片周围绕上了黑纱。

"娘，我还是和隔壁阿哥一起出江捕鱼吧……"周义勤说。"不行。"娘坚决拒绝，"你要记得咱们家两代人已经被江水吞没，这次若不是你爹冒死递给你救生衣，说不定你也……"

周义勤想起爹临走时的样子，知道现在这个家只能够由自己支撑起来，尽管自己只有十三岁。想着十一岁的二弟是残疾，妹妹八岁，小弟才五岁，都需要照顾，他的心就揪得紧紧的。

在江边生活，不捕鱼怎么生存？于是有一天他就又恳求娘："娘，我……"话没说完，仍然受到娘的坚决反对："不行，就是不行……"娘缓和了一下情绪，又继续说道："我已经在夏家那里谈好了帮厨，你现在暂时帮我照看好弟妹，等我的工作顺利了，你还是再上两年学堂。这个家最终是要靠你的，你不学习将来没有出息，怎么支撑这个家？"

"是夏辉家吗？"

"是的。夏辉母亲娘家在泸州，和你姥姥家赤水很近，可能是因为这个原因吧，夏辉母亲总是喜欢让我去她家做事。"母亲说道。

夏辉是周义勤的好伙伴，他们在同一个学堂上学。夏辉家是合江县的望族，他大伯曾经出国深造，回国后好像还在孙中山麾下当过川西护法军总司令。他父亲在合江县开了一家药铺，为人善良，经常给穷苦人免费诊治疾病。现在由于和夏辉的友情，周义勤对娘到夏家做工心里不是滋味，就压低了声音说："娘，你怎么到夏家？还是我去捕鱼吧……"

没有等周义勤说完，娘就打断了他的话："娘已经决定了，你绝对不能去捕鱼！你给我记住了，从此以后不要再提捕鱼的事情，否则娘就真生气了！"娘决绝的口气让周义勤愣住了。

"周义勤……"门外的这一声呼叫，把周义勤吓一跳，那是夏辉，现在他最不想看见的就是夏辉。

"义勤，在吗？"夏辉喊了一声。

"去吧孩子，没有关系，小孩子和大人的事情是没有关系的，去吧。"娘倒是通情达理地给儿子鼓气，把他推向门口。

"哎，来啦……"周义勤推开门走了出去。只见这夏辉瘦瘦高高，着一身立领的浅灰色制服，戴一副褐色边框的近视眼镜，更加显得文气。在这六月天穿制服是显得厚了些，好在最近不是下雨就是阴天。夏辉和周义勤同岁，却比周义勤高出半个头。

夏辉一见周义勤出来就上前一步，用两只手握住周义勤的一只手，说话间眼圈都红了："义勤，你节哀……保重……"周义勤见到好朋友如此真诚，只是点点头，眼泪在眼眶里转动，话也说不出来。

夏辉下意识地用一只手握着周义勤的一只手，没有目标地走着，不知不觉走到他们平日里最喜欢来的地方——江湾礁石滩。这礁石滩散布着许多大小不一的礁石，下大雨或者涨潮时会被淹没，平日是没有人来这儿的，偶尔会有儿童来捡拾被江水冲上来的贝壳、小螃蟹、嫩海带等。所以这僻静的地方就成为这两个好朋友经常学习、谈心，甚至疯狂玩耍的地方。

合江县地处长江、赤水河、习水河的交汇之处，亦是长江上游置县最早的三个县（另外两个是宜宾、武昌）之一，据说置县已经有两千多年的历史。由于水资源丰富，物产也特别丰盛。杜牧曾经写过一首《过华清池》：

长安回望绣成堆，山顶千门次第开。

一骑红尘妃子笑，无人知是荔枝来。

"一骑红尘妃子笑，无人知是荔枝来"中的荔枝就是合江县的荔枝，可见这儿的荔枝有多出名。每到七八月份，荔枝挂满枝头，在枝叶间灿烂地微笑着。

可是水也能够给人类带来灾难。唐太宗李世民就有一句名言："水能载舟，亦能覆舟。"眼前狂风暴雨的痕迹还遗留在这一片礁石滩上，到处是发黑的草絮和退潮留下来的腐坏的小鱼小虾，更多的是荔枝的枝干，被水浸泡得变了色的枝叶上带有一串串像风铃花一般大小没有成熟的荔枝。江面上阴云密布，一阵阵风吹来，连鸟雀都没有。

夏辉清理了他们经常坐的一块礁石上的杂物，顺手把挂在礁石上的一串荔枝拿在手中。沉甸甸的荔枝把枝干一边压弯，由于被雨水浸泡过，青涩中透着发霉的黑色。他不自觉地想起了陆游的词句，于是脱口而出："一春常是雨和风，风雨晴时春已空。"

周义勤接过夏辉手中的荔枝，低沉地叹了一口气。想起暴风雨中的爹，又看到眼前这即将成熟的荔枝，心里疼痛而又惋惜，想着有多少人家的荔枝园遭殃，又有多少人家将遭受饥饿。

他们两个人并排在礁石上坐下来，默默无言。夏辉一心想安慰周义勤，但不知从何说起。周义勤是因为娘要去做工，而且是去夏辉家，那种自卑感……自己多么想像男子汉一样，出江捕鱼承担家里的担子，可是……娘……唉，这一肚子的心事也无法说出口。

他们双腿下垂，轻轻地前后摇摆着，望着江水，望着两岸一片被水淹没过的凄凉，一时间空气好像被定格了。

"义勤，我知道你难受，我知道你可能不能再读书，你现在怎么打算？"还是夏辉打破了沉默。

周义勤抬起头，一双含泪的眼睛看着夏辉，想说什么又没有勇气，就又低下头，满脸的悲伤和屈辱。

"你说呀，你急我呀，你……你怎么也……"

"我娘到你家帮厨，你是知道的吧？"周义勤猛然打断夏辉的话，低沉地问道。

"什么？我不知道，是真的吗？那太好了，我们不就可以天天在一起读书了吗？"夏辉喜形于色，甚至手舞足蹈起来。

"你高兴什么？我怎么可以去依靠我娘帮厨而读书？况且是在你家……"周义勤的眼泪掉了下来。

"到我家怎么啦？我家又不会亏待你娘……甚至……甚至会对她更好。义勤，你都想哪儿去了。"

"我想哪儿去了？我一个男子汉不能够把家撑起来，我感到屈辱，我……"周义勤说不下去了，小声地呜咽起来。

夏辉感到伤了周义勤的自尊心，很是抱歉地拉了一下周义勤的手，可是被拉着的那只手狠狠地抽了回去。夏辉愣了一下，但是马上就小声对周义勤说："义勤，我错了，我只是想着咱们今后会经常见面，我就高兴得忘记了你的感受，对不起……"

周义勤的情绪慢慢平复了，于是静默一阵后说："对不起，我是因为不能够替娘撑起这个家而难受，不是冲着你的。"

两个人又陷入了沉默，陷入了各自的思考。很久很久他们都不说话，凝望着远方滚滚江水，水天朦胧。最后还是周义勤轻声地说："你知道吗？以后就剩我们兄弟姊妹几个和娘了，你说现在能够靠我娘一个人养活我们四个吗？我还能够像以前一样去读书，去等待长大吗……"

夏辉愕然地瞪大双眼，不解地看着周义勤。

周义勤顿了一下又说起来："我把你当作我的朋友，当作我的兄弟，我现在能够和谁去说话，去商量？他们都把我当作小孩子，可是我现在是小孩子吗？我是这个家的顶梁柱，知道吗？顶梁柱……"周义勤觉得自己又激动了，就停顿一下又轻声说起来："我娘不让我捕鱼，说家里两代人都被江水吞没，不让我再靠近这条江一步。你说一个男子汉在江边不捕鱼还能够干什么？还能够干什么？"他双手握拳，声音变得高昂起来。

"义勤，我想，要不然你外出吧。我大伯，就是我曾经给你说过的我最敬佩的大伯，他一直在外面打拼，有好多朋友，我让他想想办法，你愿意吗？"夏辉突然从礁石上跳了下来，高兴地想这下可以帮助朋友了。

"外出？是呀，我怎么没有想到？在外面是可以挣到大钱的，哈哈……这下我娘就不用去帮工啦……哈哈……"周义勤好像已经在外面挣到钱了一样，兴冲冲地也从礁石上蹦了下来。两个人高兴地搂在一起又蹦又跳，随后像以往一样开始往江里漂石子，看谁的石子蹦得远，他们喊着叫着，忘乎所以。

两个孩子！到底是两个孩子啊！

"嗨，你想去重庆吗？我去过，在我很小的时候我爹带我去看我大伯，那可是一个大城市。我大伯在那里待过好几年，他一定有朋友，刚好这几天他要来我家，我一定让他想办法。"夏辉手里捏着两个石子挺起腰说着，他越说越兴奋。可是对于周义勤来说，现在重庆不重庆的已经不重要了，重要的是他已经看见外面的天了，已经下定决心要像一个男子汉一样外出，去撑起这个家。他兴冲冲地想：从此以后可以让三个弟妹有饭吃，有新衣服穿，有书读，可以让母亲不在外面打杂……

这天，他们聊到很晚才离开江边，在江边柔和的月光下，他们诉说将来，诉说离别，诉说重逢……

周义勤回家后，再也不愁眉苦脸的了，他每天做饭洗衣，给弟妹们讲故事，教写字，把以前自己读的书拿出来，让弟妹们认读背诵。可是暗地里背着娘做着离开的准备。

其实没有什么可以准备的，两身换洗的长袖单衣裤，一件冬天的夹袄。那还是爹原来穿过的，尽管大了一些，他还是放在要带走的包袱里，想着一方面是做纪念，一方面天凉了可以御寒。记得十岁时在学校考了第一名，爹高兴地托人在重庆买了一支钢笔，他拿出来在衣服前襟擦了一下，跟去年生日时夏辉送给他的一本辞典一起卷在爹的夹袄里，放进包袱。

他在等待夏辉的好消息，可是夏辉最终给他带来的却是："大伯因故不来合江了。"但是周义勤决心已下，一定要走出去，走向他心目中的大世界。

这天晚上当弟妹们睡着了，他端了一杯水坐到娘身旁，一手把水递到娘手中，一手把娘散落下来的头发轻轻地别在她耳边。娘温柔地对他笑笑，心里想，这个动作之前只有丈夫做过，没有想到儿子也这么温柔地对她，心里很是欣慰："阿勤，有事情吧，给娘说说，是不是想读书了？娘等这个月工钱下来了，挤出一些钱让你再读书……"娘平静轻柔的话语把周义勤的眼泪逼出来了，他用手臂揩去眼泪，一边摇着头一边对娘笑着说道："娘，我不读书，我要出门去，我去当学徒，学一技之长，娘就可以休息了，弟妹们就可以上学……"

娘听了心中一紧，手中的水杯也差点儿掉在地上。她把水杯放到桌边，一把抓住儿子的手。话还没有说出口，儿子就用手压在娘的手背上说："娘，我是下了决心的，我一定要走出去，三个弟妹都要长大，咱们家等不及。既然娘不让我捕鱼，我一定要在外面学个一技之长，好帮助娘养家糊口哇。"

娘一把把儿子搂在怀里哭起来："不是娘不让你捕鱼，娘是不能够让那江水再淹没咱们家的第三代呀！"

"娘，我知道，娘不哭，我就是因为这个原因，所以一定要走出去，这样以后才会有希望。娘，咱们家一定要有希望。"

儿子的话揉碎了娘的心："十三岁，儿子，你才十三岁呀。"

"娘，儿子已经是个男子汉了，娘就放心吧。"周义勤挺了挺胸膛。

"娘怎么能够放心？再说了，你能够到哪里去？"

"娘，儿子想好了，去重庆，去那个大城市学技术。"

"什么？那么远？娘怎么能够放心呢？"

"娘！"儿子撒娇地搂着娘继续说，"娘总得让儿子尝试一次吧。娘想想，在咱们合江县有什么技术可以学的？再说了，合江离重庆只有两百多里地，儿子想娘了就会回家看娘的。"

这一夜，娘儿俩聊得很晚，几乎是通宵没有睡。

数日后，当周义勤真正背起包袱离开家的时候，他还是非常难过。不管贫穷还是富有，每个人即将离开故土都会有一种恋恋不舍的情怀。面对眼前这么多亲朋好友、左邻右舍的送行，每一张脸都会让他感动，每一句话都会让他落泪，每一次招手都会让他难舍难分。离别的伤痛刚刚开始住进这个十三岁孩子的心，往后的日子里，他不知道要多少次去抚摸这个伤痛。

夏辉给他送来一双鞋，是胶底的球鞋，可能是他大伯在外地给他买的吧。周义勤第一次有了这么一双奢侈的鞋。他们默默无言紧紧拥抱在一起，都在强忍着离别的泪水。

"我会来看你的。我爹说了，明年让我到重庆去读书，我们很快会相见的……"最终还是夏辉说了一句话。

"勤儿……"这时娘面对儿子叫了一声，话音未落就哽咽起来。

"娘，放心，你看我这样多精神。"周义勤转身面对娘挺起胸膛，装作很轻松的样子。

"记住，到那里就去找你阿嫂的兄弟宏哥，你要叫哥哥的。去了先不急着做工，多看看，看看有了合适工作再做。记住了，不行就马上回家。"娘说着，给周义勤的口袋里塞了一包角角分分的钱，那是这个家这个月全部的生活费。他又见娘在自己背着的包袱里塞了几个用粗布包裹着的粽叶饭团。

"不行，娘，这是家里的口粮钱……"当周义勤用力想把钱掏出来时，娘用双手紧紧按住他的手说道："穷家富路，出去用得着。"那低沉坚决的声音和压抑着的悲伤模样，让人感到那一双手不再是一双手，而是一颗颤抖着的心，让人不忍心再去拨动和违逆。

"娘……娘……"周义勤抬起头望着娘呼叫着，终于控制不住流出了十三岁孩子离别伤痛的泪水。娘心痛地搂着他放声大哭起来。

第四章　初见世面

　　中午时分，周义勤到达重庆。他从木船里走出来，被眼前的情景惊呆了。一进入码头就看到脚下陡直的石台阶依次而上，一直延伸到城门，城门上的城楼直耸云间。

　　江边停泊着许多客轮和小木船，有大有小，一眼望不到边，让他目不暇接。真是应了杜甫写的诗句：窗含西岭千秋雪，门泊东吴万里船。

　　他心旷神怡地享受着眼前的美景，突然肚子咕噜了几下，才感觉已经过了中午吃饭时间。他在旁边一根横倒的树干上坐下来，从包袱里拿出一个饭团，娘还心细地在饭团里撒了一点腌制过的野菜，咸津津的很可口。他大口吃着，望着江边许多木篷船随波浪起起伏伏，像是给他打招呼。再往前看河水宽阔，有大轮船往来，开阔的视野令人甚是舒畅，有一种前途无量的感觉，让他欣喜若狂。

　　当他一边欣赏一边吃饱了肚子，整理好包袱站立起来准备离开的时候，碰到口袋里娘给的那一袋钱。他不放心地用手按了按，然后又坐下来，把钱袋拿出来，想了想，拿出几个铜板放入口袋，把其余的钱郑重其事地塞进爹留下来的夹袄里，再郑重其事地把包袱牢牢绑扎好，系好的包袱结往脖子上一套，那个包袱就紧紧地贴在胸前。他用一只手再按一按放钱的那个位置，正好是心脏的位置，很有一种安全感，于是心满意足地挺一挺胸膛，拾级而上。

　　一路崖壁上可以看见一排排参差不齐的吊脚楼。吊脚楼黑洞洞的窗户里有一根根竹竿伸出，上面七长八短地晾挂着衣裤。再看看那一根根支撑吊脚楼的铁棒角钢，横的竖的密密麻麻镶嵌在崖壁上。仰着头沿着台阶边走边数着铁棒角钢，脚步也慢了下来，走了很长时间才走了一半，行人都匆匆地超越着他。他时不时嘴里嘀咕一下，感觉吊脚楼在摇晃，好像要掉下来——他很害怕吊脚楼会掉下来。

正在他杞人忧天地慢慢沿着台阶往上行走，突然后面传来呵斥声，他等不及回头看，就被黑压压的一群人连挤带拖地绊倒在地，最后一个人竟然过来从他的脖子上把包袱抢走了。他吓得汗毛倒竖，那是他的全部，是他的命根子！于是他爬着往前大喊起来："我的包袱，我的书，我的鞋子，我的……"那个"钱"字还没有说出口，只见那个人回过身使劲用手中的包袱抽了他一下，嘴里还恶狠狠地骂道："小王八崽儿，像狗一样挡路。"

这一抽让周义勤滚了几个跟头，差点滚落下山崖，吓得他紧紧抓住台阶边的一丛荆棘才没有掉下去。可是荆棘刺像一根根针一样扎进他的肉里，让他疼痛难忍。等他坐起来，一看满手的刺和血，再向上看那群人，已经快到城门，拐弯处他才看清楚那是四个人抬着的像轿子似的滑竿，里面坐着的人看不清楚，但是前后左右跟着十来个人，一路疾走，隐没在城楼里。

周义勤凄惨地呼喊起来，但是没有回音，他往前匍匐着大声地哭，大声地喊，嗓子都喊哑了。他的双手扎满了荆棘刺，血迹斑斑。刚想站起来，不经意间手碰到地上，钻心地疼痛。他泪流满面，绝望地哭泣，举起双手，用屁股把自己挪到山崖根，背靠着山崖坐在一个台阶上，忍着痛用指尖把荆棘刺一根一根拔掉。然后按照合江老人的办法掐了一把叶子用嘴嚼了嚼，敷在两个手掌中，紧紧地合住双手，血和叶子汁混在一起滴滴答答落了一地。他像虚脱了一样靠在台阶上，已经没有力气呼喊和行走，只有眼泪不停地滚落着。

他想坐直，想站立起来，一仰头看到远处的江水，怎么一下子变得模模糊糊，江面上的船只还有岸边来来往往的人都变成了灰色，整个世界都是灰蒙蒙的了……

他感到手上的疼痛不再那么剧烈，就把两只手轻轻攥成拳头，但是已经没有力气站立起来，只好用四肢往上爬着。现在他一无所有，所有的希望都没有了，可是他仍然机械地往上爬，而且是紧贴着山崖根顺着台阶一点一点地往上

陡直的石台阶依次而上，城门上的城楼直耸云间。

爬。泪水止不住流淌着，和着手上的血迹，在那山崖台阶上留下点点滴滴的痕迹。

朝天门位于渝中半岛嘉陵江与长江交汇处。到达雄伟的城门，周义勤抬头看到城门上四个刚劲有力的字：古渝雄关。他站立在那里，浑身泥土，瑟瑟发抖，觉得自己很渺小。

天黑前，周义勤好不容易找到了邻居阿嫂的兄弟李志宏所在的地方，那是重庆水巷子尽头棉花街的一家商铺。他们两个之前曾经在邻居阿嫂家里见过两次，所以当周义勤看到商铺门前有一辆马车卸货时，一眼就看到那个指挥卸车的人就是李志宏。和在阿嫂家看到的不一样，眼前的李志宏健硕干练，穿着一件白色开襟衫，因为热，前襟没有扣扣子，黑色的裤子尽管已经被马车的尘土搞脏了，但还是很挺括，远远望去一副领头管家的派头。不过那敦厚的国字脸上洋溢着的微笑，还跟原来看到的一样。

周义勤想起第一次在阿嫂家见到他时阿嫂说的话："嘿，这义勤和志宏还有点兄弟相，你看看这剑眉，这国字脸……"想到这里他微微苦笑了一下。只见李志宏一边在给别人不停地叮咛着什么，一边帮助扛麻袋的人把最后几袋往马车边上移动。

在这陌生的大世界里周义勤终于见到一个他认识的人，一个现在感觉像是亲人一样的人，站在那里不由得掉下眼泪。低头看看自己一身的污泥，一双血迹斑斑的手，而且现在是一无所有，不由得老远就带着哭腔喊起来："宏哥……宏哥……"李志宏转过身，第一眼都没有认出是周义勤，刚想回身感觉眼熟，就又转过身来："你……你是义……义勤？"周义勤一下子跑过来，一头就扑在李志宏的怀里大哭起来："宏哥，是我……"看着他血淋淋的两只手，满脸满头污泥的落魄样子，李志宏愣住了。在刚刚周义勤向他扑来时他下意识高高抬起来的双臂，现在才慢慢地落下来，紧紧搂着比他低一头的周义勤。李志宏和旁边一个伙计交代了几句就扶着周义勤往铺子里面走去。他把周义勤领到自己的住处，周义勤还在吸溜吸溜地呜咽。待李志宏坐在床沿上，两人面对面的时候，李志宏才小声问道："别哭，别哭……给哥说说，这是怎么啦？你这两只手……"李志宏温柔地小心翼翼地用两只手握住了周义勤的双臂。

"我……是在码头……"周义勤哭着说。

不等周义勤说完，李志宏就轻轻放下周义勤的双臂，站起来说："走，还是先去医院看看吧。"

"不用不用，只是一点皮肉伤，不要紧，过两天就好了。"周义勤急忙往后退了两步，生怕宏哥要拉他走似的继续哭着说，"只是我……我的包袱，我的书，我的鞋，我的钢笔，还有钱，都没有了，都……"

不等周义勤说完，李志宏就抢着说："无论如何也得再消消毒，你坐下来，等我一会儿，我就来，别动哦。"李志宏让周义勤坐下来就往外走去。过了一会儿，只见他一手端了一盆水，一手拿了一个木盒子。他把木盒子放在桌子上打开，里面有药棉、小剪刀、小瓶子等一大堆东西。

李志宏抓住周义勤的手小心地清洗起来，看见周义勤往后缩着手，就安慰他说："很痛是吗？忍着点儿，别怕，一会儿就好，忍一忍。噢，现在说说是怎么回事吧。"

周义勤不知是因为手的疼痛还是那个包袱丢失的痛，泪水不断地往外淌，他哭着把在码头遇见的情况一五一十地告诉了宏哥。"差……差一点掉下山崖，宏哥，要不是我抓住那丛荆棘，我还不知道会是什么样子呢。"周义勤还沉浸在余悸中，不过他说着哭着，好像双手真的不那么疼痛了。

"好啦，包扎好了。记得，小兄弟，出门了就要十个脑袋的警觉，自己保护好自己。这事千万不可告诉你娘哦，什么都得自己扛着。"李志宏语重心长地说道。他用纱条包扎好周义勤的双手，就收拾整理那个小木盒。

周义勤回味着那句话："这事千万不可告诉你娘哦，什么都得自己扛着。"是呀，娘知道了会多操心，多伤心，弄不好会让我回去不得再出来。我是不能够告诉我娘的，永远不能。"自己扛着"，是呀，我已经是男子汉了，我要学会扛事。

他正在琢磨着"扛"这个字，猛然听见李志宏又对他说："既然出门谋生，那就是男子汉，哭不能够哭回你丢失的东西，哭也不会帮你减轻疼痛。男子汉，就不能够哭；要哭，只能够在家里哭。知道吗？出门只能够扛着，没有眼泪。"他一边用坚定的语气说着，一边用热水给周义勤仔细地清洗着脸和头发。当他用毛巾擦拭着那稚气的脸时，心里像是刀割一样的痛——生活的苦难，就是连这样的孩子也不放过。可是，生活还得往前走，孩子也是要成长的。

"走，吃饭去，带你去街上看看。"周义勤慢慢琢磨着宏哥说的话："出门只能够扛着，没有眼泪。"那铿锵有力的语调，让他情绪慢慢平静下来，又听见宏哥说吃饭去，才感觉到自己真的饿了，就用那受伤的手抓起毛巾，把眼泪和鼻涕揩拭干净。

天已经黑下来，周义勤的手包扎后舒服多了，他一边往屋外走，一边就又有了新鲜感，在油灯微弱的光线下东张西望。李志宏在过道里顺手点燃另外一盏油灯，用一只手提起来，另外一只手搭在周义勤的肩上，一起往外走去。

"知道门前这条街叫什么吗？"

"棉花街。"

"对，叫棉花街。这棉花街是以经营棉花为主的，这些商铺就是专门经营有关棉花加工的配件。"李志宏看到周义勤的好奇心，也为了能够尽快消除他内心的伤痛，他就一边往外走一边指着那些配件介绍起来。

他们走出商铺，宏哥就指着棉花街尽头拐出去的那条街问道："小兄弟，你看那条街叫什么街？"

"噢，我刚刚路过的，我就是从那里过来找到咱们棉花街的，好像叫什么水什么巷来着。噢，是水巷子，对吧？"周义勤又不由自主地吸溜了一下，但这是生理上延续下来的悲伤，精神上的悲伤已经被眼前的新奇暂时掩盖住了，所以他的孩子气又苏醒过来，他抬起头面对宏哥骄傲地回答着。

"对，是叫水巷子。那可是咱们这儿的生命巷子。"

"生命巷子？"周义勤不解地反问道。

"是呀，这水巷子是存储水、供应水的地方，离它不远的水码头巷一直通往江边。那些挑夫把挑回来的水先存储在水巷子，再供应给各个地方。你说，是不是生命巷子？"

"噢，怪不得我路过水巷子时那个地面特别潮湿。宏哥，那么你喝的水也是从水巷子那边过来的？"

"是呀，都是喝的水巷子的水。"

"宏哥，这儿的街道名字好有意思，什么水巷子、棉花街、水码头巷的，还有更加好听的名字吧？"到底是孩子，一下子就又对生活充满了好奇和兴趣。

"当然有，多了去了，重庆这一块的街名都是以经营的行业命名，特别便于交易和扩展。什么竹子市、木货街、千厮门、小什字……比如那竹子市就是因为旁边卖鸡的需要使用竹篮子、竹筐子来装鸡，才慢慢地有人用竹子来编篮子、筐子卖，来编织的人多了就形成一条街。"

周义勤睁大了眼睛，不等他说出什么，李志宏就又说起来。

"更有趣的是打铜街。"

"打铜街？"

"对，打铜街，一整条街都是打铜的，那可是灯火辉煌的打铜街，那条街是有路灯的。"

"路灯？"周义勤更加感到新鲜、吃惊，他抬起头来费解地望着宏哥的眼睛，好像宏哥的眼睛会解开他这个疑问。周义勤脑子里根本想象不出来"路灯"是什么东西，因为在他们合江那里，晚上在家里都有一盏油灯，有钱人晚上出门最多提一盏有玻璃罩的油灯。娘为了省钱，总是把油灯芯剪得短短的。在忽闪忽闪昏暗的光线下，娘总有缝补不完的衣裤。

"那里可是热闹得很，因为打铜铺灶膛的火是永远不熄灭的，所以每天晚上打铜声不断，真正称得上是一个不夜城。到了冬季，很多无家可归的人晚上都聚到打铜街取暖过夜。呵呵，哥哪天有时间带你去灯晃看看。"宏哥拍拍周义勤的肩膀，算是回答周义勤的好奇。

"灯晃？"周义勤更加迷惑了。

"你不知道了吧，因为打铜街的路灯是悬挂在马路上方电线上的，只要有一点点风那些灯就都摇摇摆摆地晃起来，所以人们去打铜街闲逛时，就会开玩笑地说是灯晃。"

"呵呵，这可真是大世界，什么水巷子、竹子市、路灯，这又跑出来一个不夜城的打铜街,又是什么灯晃,哈哈,灯晃……"周义勤又兴奋又感慨,对宏哥所说的一切,感觉到一种神秘和神圣,不由得兴致勃勃起来。

"好了到了,就在这儿吃一碗面,这儿的面非常好吃,还实惠。"说着他们两个就一起走进一家面馆。尽管天已经很晚,里面两盏油灯把六张饭桌照得很明亮,有三个人在吃面。

"宏哥,也来吃面啦。哦,还有小兄弟来耍了哦,长得好像你……"那三个里面的一个人回头看见是宏哥,就跟他打起招呼来了。

"呵呵,是老乡,来找工作的。"李志宏回答的同时和周义勤在一张饭桌前坐下来。

"工作?这么小,还是个孩子嘛。"仍然是那个人说道。

"爹没了,所以就出来谋生。"

"我都十三岁啦,不小啦。"没有等到李志宏说完,周义勤一下站起来,急吼吼地向那个说他是孩子的人反驳道。

"哦,不说了,不说了。" 李志宏心里涌起一阵酸酸的刺痛,伸手轻轻地拍拍周义勤的头,随后按着周义勤的双肩让他坐下来,同时用手指抹去他滴落下来的两滴眼泪,压低了声音对他说道。

李志宏又扬起嗓门大声呼唤:"掌柜的,来两碗面,其中一碗多卧一个鸡蛋。"

第五章　找工作

　　第二天一大早，李志宏去掌柜的那里磨叨什么事，两个人叽叽歪歪争执起来。后来他请了一天假，带着周义勤去棉花街找工作。

　　这棉花街顾名思义就是棉花集散地，小街用不规则的石块铺成的路面，被人踩磨得光滑发亮，很是干净。两边覆盖着半圆青瓦的白色房子，错落有致地排列着。朱红色、棕色的雕花木门把街面装扮得古色古香。加之门前屋后栽种的各色树木花草，在这初夏和煦的阳光下，更加让人有一种青翠醒目的爽气和婉约的平和。

　　一大早门面都开市了，商客纷至沓来，担筐的背麻袋的在各个店铺间出入，汗流浃背地喧闹着。周义勤的双眼都不够用了，兴奋地左顾右盼，只怕漏看哪一个景致。

　　李志宏带着他进出了几个店铺，在友好亲切的介绍交谈中一提到打工，就被委婉地拒绝。十三岁矮小的双手负伤的周义勤，在一次次被拒绝中，刚刚左顾右盼的兴奋感一下子被压没了。

　　"方掌柜，其实他很聪敏，身体也棒，还念过约三年的书，您这儿生意不错，就让他在您这儿打杂务内的，他什么都会干，他……"

　　不等李志宏说完，方掌柜就急忙说道："志宏，你我也不是外人，你知道最近生意都不好，我的人员本来就多，我都打算减员呢，更何况我这儿不是幼儿园。以后生意好了我会考虑的，眼前真的不行。"

　　"方掌柜，您就抬抬手，我……"

"好了好了，我现在正忙，以后再说，以后再说吧……"

就这样，又一次被拒绝，周义勤感到内心自卑，比别人低一等，他低着头，好像都挪不动步子了。又路过昨天吃面的店铺，李志宏看见面馆才感觉肚子饿极了，原来已经是下午时分，已经过了饭点。他带着周义勤走进没有一个顾客的面馆，要了和昨天一样的两碗面。吃着面他和掌柜的聊起来，甚至问了是否可以收留周义勤打杂。

"宏哥儿，你不是不晓得，这儿是连我们两个都很难维持。其实你明白，今年棉花歉收，咱们棉花街的日子都不好过，生意都不如去年。你可以到水巷子、竹子市、打铜街走走，不定可以谋一口饭。"掌柜的说的是发自肺腑的话，李志宏怎么会不知道今年的行情？若是好的话，凭他在这儿的诚信度安排一个吃饭的那有什么问题？

出了面馆再往前走，拐弯就是水巷子，下午这个时间是水巷子休息的时间，街面上没有几个人。这水巷子的路面和棉花街的不一样，是用长条石板铺的，石板之间都有大小不一的缝隙，可能是为了让溅出来的水及时流到地下，保持路面的干燥。这条街没有棉花街长，可是比棉花街的路面宽阔，想必是方便来往挑夫的行走。两边的房子大致和棉花街一样，只是大门都是对开的两扇门，有的门上装有狮子铁环、狮子铜环，甚是庄严。有几家院子特别宽大，院子里有用钢管支撑的水箱高出屋顶，像是两层楼房似的。

李志宏带着周义勤走到一个院子门口，那院门一扇关着，一扇开着，院子门厅没有人。李志宏跨进一步就呼唤："二哥，二哥在吗？"不一会儿就听见一个洪亮的声音回答："是志宏吧，呵呵，什么风把你刮过来了？你大忙人有什么事情招呼我过去一趟就可以啦。"随着话音，从右厢房走出一个汉子，高大的身材穿一件无袖的粗布褂子，胳膊上肌肉凸出显得特别有力，说是二哥，好像比李志宏还要年轻。

"哟，还带了一个伢仔，是你兄弟？进屋讲话，进屋讲话。"说着就撩开堂屋门帘把两个人让进屋坐下。

"是我合江的老乡。唉，他爹没了，出来谋口饭。我们棉花街今年收成不好没有办法安排，二哥，看您这儿能够帮忙安排一下不？"李志宏用又是信任又是祈求的眼神看着二哥问道。

"呵呵，我说你大忙人无事不登三宝殿。"他一边沏茶一边大声说着，随后走近李志宏压低声音说，"我的兄弟，你是哪壶不开提哪壶，我这挑水的光景也不好。再说了，我这是挑水送水的地方，那伢仔这个头，还没有我的水桶高，你说合适吗？"

"我是无奈，这不，就是和你商量来着。本来也打算放我那边，可今年棉花收成情况……我那掌柜的无论如何都说不通，没办法我这才来找你，你也别嚷嚷啦。说吧，其他地方你可以给我想想办法吗？一定要帮忙的。"

"兄弟的忙我什么时候不帮的？我想想。噢，对了，这样吧，我有一个表兄弟是补鞋的，这伢仔如果能够跟着补鞋的学个一技之长，今后也是一个可靠的饭碗。我现在就去说说，你们等等，等等啊。你们兄弟俩自己喝茶，自己续茶……"说着话二哥就已经走出屋外面了。

"听见了吗？义勤，现在是困难时期，能够先吃上一碗饭，下来再想办法换一个好的事情。不过二哥说的也是，补鞋是一技之长，这年头能够有个一技之长，起码饿不死。"待二哥走后，李志宏就给周义勤做思想工作，让他能够接受眼前的处境。周义勤默默地点点头。

他能够说什么？他原来把外面世界想得色彩斑斓，想着干大事情，想着支撑一个家，可是这一天下来，他就已经被现实磨得棱角全无，遍体是伤。眼前，自己身上分文没有，下一顿饭都不知道去哪里吃。他眼睛直愣愣地望着桌子上的茶水，想到眼前的磨难，心里由不得想念着娘：在娘身边是多么好哇。泪水开始在眼眶转悠，他赶忙抬起头望着天花板，硬是把眼泪憋回去了，他不愿意再在别人面前流泪。他在成长，他在试图学着成长。

过了很长时间，李志宏都喝了好几杯茶，还没见二哥回来，急得他起身往屋外走去，刚好和要进屋的二哥撞个满怀。"嗨，磨叽了好一阵，终于算是答应了，只是说在一起混口饭吃，暂时没有工钱。"

"没有工钱？那……"李志宏说着，把头转向周义勤，然后用商量的口吻问道，"义勤，要不然暂时去那里待一阵子，等待形势好一些哥再给你找一个好的活路。总得先有一口饭吃嘛，也熟悉熟悉环境，顺便能够学习到这一技之长也是不错的,你看怎么样?"周义勤先是愣了一下,然后无奈地默默点一点头。

"哎,这就对喽,好伢仔算是个明白人,出门能够先吃上一碗饭那是最重要的了。"二哥摸摸周义勤的头,如释重负地说着。随后又转身对李志宏说:"兄弟,就这样子定喽,今天晚上请你们兄弟俩吃饭,那边新开了一家下水火锅,听说那掌柜的有一次路过川道拐那边的宰房街,街上一个挨一个的屠宰场门口都有被丢弃的下水,当时他饥肠辘辘,就捡拾了一些拿回家,清洗干净放了好多佐料在锅里煮。不知道是因为太饿还是那些佐料的缘故,把一家人吃得稀里哗啦的那个美啊。日后就用很少的钱买了那些下水,在人多的地方开起这家下水火锅店,听说口味不错还便宜。咱们今天一起去热闹热闹,也算给伢仔接个风嘛,走。"二哥热情地邀请着,不由分说推着两兄弟往外走去,一边对着厢房喊道:"三弟,换换衣服快出来,你宏哥来了,你不是一直嚷嚷着想吃下水火锅吗?一起陪你宏哥吃下水火锅。"

二哥说着就往大门外大步走去,一边嘴里哼哼着小曲:"凤凰台,川道拐,牛羊成群……"

"哎,来了,终于可以吃上下水火锅啦,还是我宏哥有面子,我沾宏哥的光啦。哈哈,宏哥好。"随着一个男中音爽快的话音,从左侧厢房跑出一个虎头虎脑满脸笑容的小伙子,瘦瘦的中等身材,和二哥迥然不同。只见他穿一身藏蓝色的单褂衣裤,黑色小口布鞋,干净利落,显得精干潇洒。由于喜欢谈论时局,是这周围几条街的知名文人。

"曜,我来好一阵也不见咱们书生露面。"宏哥正在往大门外走,刚好和从厢房出来的三弟撞个满怀,停下脚步就对三弟说道。

"宏哥,对不起,我刚刚正看书看到紧要处,想你一下子也走不了,就没有及时出来打招呼。"三弟一眼看到走在李志宏旁边羞涩得不知如何是好的周义勤,就转移目标说道,"宏哥是取笑我,我是什么书生啊,你身边的才是书生呢。"同时对周义勤点点头,算是打招呼。

果不其然,还没进入火锅店就远远闻到浓郁的香喷喷的味道,里面人头攒动,十来张桌子已经有五六张坐满了人。在一块长木板支起来算是柜台的后面，一溜地坐着七八个炉子，上面炖着像洗脸盆子一样的砂锅，热气腾腾，香气扑鼻。

他们一行四人入座，要了一个大号砂锅和一窝米饭。

第六章 下水火锅

"三弟,最近有什么新闻哪?"李志宏知道三弟见识多,兴致勃勃地问起局势的话题。

"昨天我去市区办事,走到新华路口就堵得走不过去了,原来是游行队伍在慢慢往前走,围了好多群众观看,有的甚至加入进去一起喊口号,什么打倒列强,列强从中国滚出去!那个壮观激烈……"三弟兴奋地说起来。

"我前两天去市区,还看到有人对着外国人喊洋狗子,甚至往外国人身上扔果皮,那个痛快!"二哥也上劲地说起来。

"好嘞!让一让!上桌喽……"随着大汉的嚷嚷声,四个人身体同时往后一仰,一个大砂锅就蹾在桌面上。那么大一个砂锅,简直像个洗衣盆,砂锅上漂浮着一层油花花的红椒八角花椒之类的调料,还在扑腾扑腾不停地翻滚着。随后四个人就咧嘴笑呵呵地看着那个砂锅。

"开吃,来,开吃……"二哥一声令下,大家都抓起桌前的筷子把锅里的下水往自己碗里捞,一时间只有哧溜哧溜的声音,什么时局啦新闻啦都被抛得远远的。三弟更是狼吞虎咽,迫不及待地满足着多日来的这份期盼,直吃得满头大汗,把衣服也撩了起来。

"好吃,真棒……"二哥也是吃得满嘴红油,辣得嘴里不断地吸溜吸溜着,还不断快速地大口往嘴里塞。

这四个人大战一阵后才慢慢地减速,三弟的嘴巴又开始关心局势了。他面对李志宏说道:"知道吗,自从3月初天津发生大沽口事件,北京群众首先声援举行游行示威，反对帝国主义者的侵略，但是在政府门前请愿时却遭到当局的镇压，对着游行队伍开枪，造成三一八惨案。现在全国民众都起来游行反抗。"三弟说着给嘴里塞了一大块热乎乎的下水，好像是要吃掉帝国主义似的。

"什么是大沽口事件？"周义勤也被好奇心驱使，大着胆子问起来。

"日本洋狗子把军舰开进大沽口，炮轰了咱们中国人，咱们中国人开炮把日本洋狗子的军舰给轰走了，这可是给咱们中国人长脸啦。"二哥这时也兴致勃勃地讲上了，绘声绘色地把大沽口事件讲得头头是道。

"二哥只讲了上半部，可不知下半部。那日本洋狗子恼羞成怒纠结其他七国洋狗子，开了二十多艘军舰在大沽口，提出了威胁中国的什么什么最后通牒。这才引起北京群众数万人的游行示威，反对洋狗子侵略，反对八国通牒……"三弟这时激动地把一个辣椒当下水吃了，直辣得大张嘴巴哈哈，一只手不断地在嘴巴旁扇动着。

周义勤赶紧递上一杯凉茶水，顺口叫了一声："哥，慢点。"

三弟冉浩杰一口气喝干，抹了一下嘴巴又来劲了："谢谢兄弟，听哥给你继续讲。3月18日北京数万人在天安门举行反对八国通牒示威大会，又有数千名学生到政府门前请愿，不但没有得到政府的支持，政府还穷凶极恶地向人群开枪。当时现场是惨不忍睹，几十条生命就这样被他们枪杀了，其中最小的和你一样大吧，才十二岁。"

"我十三岁了。"

"哦，那就还没有你大，太可怜了……"大家现在手里都握着筷子，却没了吃的念头，都静静地看着三弟。

"他娘该伤心死了吧……"周义勤听说那个最小的没有他大就牺牲了，伤心得红了眼圈，汪了一眼眶的泪水。

"兄弟，你听说过鲁迅吗？"三弟问周义勤道。

"没有。"

"鲁迅是作家，他后来写了《纪念刘和珍君》的文章，那刘和珍是他的学生，就是在三一八惨案中牺牲的。她是北京女子师范大学的高才生，听说当时有好几个女大学生牺牲了,我打心眼里佩服这些英雄,特别是女英雄们。"

"女英雄?"

这两个小兄弟聊得很是起劲,二哥又发话了:"好了好了,大家还是继续吃吧,三弟回头再给这小兄弟慢慢讲故事吧。"大家就又开始哧溜哧溜地吃起来。

三弟还是没停下,歪着头给周义勤继续讲:"知道吗,自那以后,全国各地都发起声援,一致反对八国通牒,驱逐八国洋狗子。咱们重庆也不例外,天天都有游行示威的。"

"哥,你懂得真多,我也佩服你……"

"你可别佩服我,先好好学技术,以后哥再好好给你讲故事。"他往嘴里塞了一大块下水,不等下咽,就又扭过头来对着李志宏说起来,"宏哥,你听说了吗?前两天万县那边有一条英国军舰浪沉了咱们渔民的一条小木船,八个渔民被江水淹没。"

"啊?还有这种事情?太过分了吧,简直是太欺负人了嘛!跑到咱们的国家横行霸道欺负人,把人命当儿戏,这个世道如何是好?"李志宏愤愤不平地说。

"自从大沽口事件和三一八惨案后,咱们北伐革命军和这些洋狗子打了很多胜仗,狠狠打击了侵略者的嚣张气焰。可是政府不但不支撑,还经常压制人民革命,正所谓国弱被人欺嘛。"三弟慷慨激昂发表着自己的见解。

"三弟,在外面说话注意一些,不可这么随意的,省得惹祸上身。"二哥听见三弟说起来一发不可收拾,就严肃地干预起来。

"知道啦,放心,我小声些,也只是和咱们好哥们聊聊呗,这不天天郁闷得慌。"三弟压低了声音。

这时周义勤伸过头来对着三弟悄声问道:"哥,什么是浪沉?"

"不知道了吧,浪沉就是大的船舰利用自己庞大的身躯,去碰撞小渔船,故意将小渔船撞翻。"

"好了好了,都给我安安静静地吃饭,不许再谈论什么局势。"二哥不等三弟讲完,就干预起来,吓得三弟对着周义勤吐吐舌头,暗示他快吃饭。

一时间大家无话，低头把自己碗里的米饭和下水扒拉干净，偌大的一个砂锅吃得空空如也，个个吃得肚子圆鼓鼓，红光满面。二哥给掌柜的付账后四个人就一起走出门去。

夜已深，很快就走进水巷子，月光把水巷子石板路面照得很亮，还有街边的树影，衬着两边一排排白色墙面的房屋，像是一幅淡淡的水墨画。大家踏入这幽静的水墨画里，满眼温柔，不忍心破坏这个情景，静悄悄都没了话语声，只听见四个人有力的脚步声，整齐和谐。

到了二哥家门口，三弟就对周义勤说："以后你就叫我三哥，这样好识别一些。"周义勤高兴地叫了一声："三哥……"话没有说完，听见二哥叮咛道："小兄弟，记得明天一大早去补鞋铺，不要迟到。"

"二哥，谢啦。今天又帮忙又请客吃饭，改天我一定过来请大家再聚聚。"李志宏带着周义勤继续往棉花街走去。

周义勤今天是大开眼界，现在脑子里还被那些什么大沽口、三一八、刘和珍、女英雄、军舰等搅和着，想着这大千世界里怎么容得下这么多事情？不过那个十二岁小英雄还是最伟大的，他娘现在不知怎么样了？一定很伤心吧。他就这么满脑子思考着默默无声地走着，把自己明天就要去上工的事情都丢到脑后去了。

"义勤，不要难过，先干起来，出来都不是一帆风顺的。"李志宏还当是他对工作不满意难受。

"宏哥，二哥三哥他们真好，那个三哥懂得那么多。"周义勤脑子还是停留在自己的思索里，好像没有听见宏哥对自己说的话。

"这个三弟是个机灵鬼，他们冉家三兄弟个个有特色。"

"冉家三兄弟？"

"是的，大哥冉浩然、二哥冉浩诚、三弟冉浩杰，听说还有一个小妹冉浩蓉在姑姑家学习读书。"听到"读书"两字，周义勤心里咯噔一下，他是多么羡慕多么向往读书啊。

因为离家还有一段路程，李志宏继续说着："这冉家也是多年前因为父亲被日本鬼子打死，母亲带着他们四兄妹到重庆投奔亲戚，结果亲戚的状况也不比他们好，于是母亲帮佣洗衣维持生活，不想上两年突然得病去世。冉大哥上几年在重庆市打工认识一些朋友，曾经和朋友结伴去法国巴黎勤工俭学，听说后来回来了，在外面工作，很少回家。上两年他为两个兄弟租下这水巷子房，兄弟俩忠厚善良，生意还是不错的。"他们就这样继续聊天，一直走到棉花街李志宏打工的商铺，也就是现在周义勤认为是自己家的店铺。

　　法国、巴黎、勤工俭学，周义勤脑子里又多了几个陌生的词语，他无法想象在这个世界上还有多少是他不曾知道的事情。晚上他和宏哥睡一张床。躺在床上他默默地把今天听到的所有词语都重新默念了一遍，深深地刻在脑海里。梦中，他脑子里还在放映着电影一样，嘴巴还时不时断断续续地嘟哝着几个词。

第七章　首封家信

"娘，娘，我哥来信啦……"

这天晚上，周义安手里拿着一封信，大步往家里奔去。推开门就看见娘一只手叉着腰，一只手往锅里添水准备做晚饭。

"信，娘，大哥的信。我来，娘……"周义安仍然激动万分，一手把信塞在娘手里，一手把娘手中的水瓢抢过来。她熟练地添好水，再往炉灶上放了几根小柴火，点燃了炉灶。做好这些，她抬起眼睛急切地看着娘。

娘走过去把二儿子义善扶起来，把信交给他，然后就把家里唯一的一盏油灯放在床头。娘坐在床边，小儿子也急忙跑过来趴在娘的膝盖上。大哥一走，家里只有二哥认识几个字，那还是大哥在时每天晚上抽空给二哥教的。义善靠在床头，激动得脸色红润起来。他撑着手臂把自己靠得再牢靠一些，两只手颤巍巍地把信封拆开，小心地抽出信纸，伸出舌头把嘴唇舔了一舔。

"二哥，你倒是念呀……"妹妹急得嚷起来。

"亲爱的娘！亲爱的弟弟妹妹们！我当天就到达重庆了，我想你们一定等急了，一定担心我是否安全，是否一切顺利。娘，宏哥已经帮我找到工作了，因为刚刚工作，太忙了，所以拖至今天才给你们写信。"

"啊，太好啦，太好啦，大哥有工作喽。"义安激动地拍起手来，小弟也跟着呼喊起来。

娘安心地微笑起来，对着义顺说道："继续念，继续念。"

"娘，那天到达重庆，一走出客运船，码头的开阔就把我迷住了，那码头宽阔的石阶路一直通到城门，一路上还看见吊脚楼了。"

"吊脚楼？"义安又是新奇地问道。

"宏哥所在的地方叫棉花街，我工作的地方叫水巷子，宏哥带我认识了许多朋友，也给我讲了许多做人的道理，也让我看到外面，外面……"这中间好像有一滴水把字给搞模糊了，义善怎么也看不清楚，于是就结巴起来。"外面……界，对了，是世界两个字。也让我看到外面世界的大。娘，我感觉我长大了，娘尽可放心。"

娘叹息了一声，眼圈红起来，心里想象着十三岁孩子在外面世界"长大了"的各种滋味。

"娘，您一定要保重身体，我适应工作后，会加倍努力工作，多多挣钱，首先让您不能再去做工。我想了，我挣到钱，一定让弟弟妹妹们读书，让他们不要再像我一样的艰难……艰难困苦……"一滴眼泪落在信纸上，义善被哥哥的真诚感动了，又或许是想着自己在拖累这个家而难过。

"义善弟你一定要坚持学习，不但要把我给你教的字熟悉起来，还要把我给你留的书自学下来。义安妹，我走了，只有你能够帮助娘做家务，辛苦了，哥哥挣钱一定让你也读书，一定读书。小弟，哥也想你，你要听娘和姐姐的话，哥下次回家还会给你讲许多故事。"念到这里，义善用一只手蒙住了溢出眼泪的眼睛，一时间屋子里鸦雀无声。

"我想大哥，想大哥！"周义安的一声哭喊，把大家的心都唤回来了。小弟随着姐姐哭喊着："哥哥……哥……"娘扭过脸去擦拭默默流下来的眼泪，她擤一擤鼻子，又轻轻地对周义善说："继续念。"

"娘，我在外面一切都好，只是惦记着娘和弟妹们，娘的那个腰痛病没有再发作吧？娘一定要保重身体啊！娘，夜深了，明天一大早我还要去工作，就此搁笔。勿念。儿子，义勤。"

娘心里一阵酸痛，背过脸擦拭着狂流的泪水。她用一只手轻轻揉了几下腰，随后站起来走到灶台做晚饭去了。

周义勤虽说是学艺，其实是什么都干，洗衣做饭，修鞋，剪皮革，擦皮鞋等，最累最苦的活都是他干。一开始手掌被扎的伤还没有好，有时候血都渗出

第七章 首封家信 / 033

来了。那个钻心的痛，让他有时候半夜都被疼醒，他连给娘写信都没办法，等到伤口终于愈合了才写了这么一封信。

时间过去两个月了，他又想着仅仅满足吃一口饭，没有收入怎么给娘交代？怎么让妹妹读书？于是这天晚上，鞋铺打烊后，他做好晚饭，和掌柜的一起吃了饭，清洗干净碗筷，并且给掌柜的把洗脚水端好，就悄悄溜出门外。

这几天他一直在琢磨着宏哥曾经说过的那个不夜城打铜街，所以白天趁掌柜的不在跟前，就悄悄地问来补鞋的客人打铜街在哪里。现在他沿着水巷子往前走去，再穿过两条大街就是打铜街，估计要半个小时才能够走到。他快步疾走，几乎是跑了起来，正当他跑得满头大汗、气喘吁吁时，突然看到前面的光亮，红乎乎的一片，好像天都染红了，很像黎明时太阳刚刚蹦起的地平线，隐约中听到远处敲打金属的叮当声。

周义勤加快步子，越走越亮，穿过这条街拐弯，不长的带坡度的泥石马路突然挡住了视线，要仰着头才能够看到街道的尽头。不宽的街面中间有一根一根的木柱子，上面连着电线，吊挂在电线上的一盏盏灯，随着路面的坡度一盏比一盏高，一眼望去像是天灯一样缥缈。

今天的风儿微微弱弱，灯像自我陶醉似的摇晃着，灯柱影子斜铺在路面一边，随风摇摆出不同的形状，在这个有坡度的路面上飘移着。

两边的铺子全都热火朝天地工作着，像是比赛一样，有节奏地传出一声更比一声高的敲打声。他慢慢往上走着，越来越感觉到热浪的冲击，这初秋的暑热还没有完全过去，两旁热烈的炉火，使热焰在打铜街蔓延开来。由于太热的缘故，街上除了打铜铺里的伙计，没有什么闲杂人员。周义勤这时热得呼吸都困难，心跳加快，他在两家铺子中间的隔墙跟前站立着，这样可以少接触一些从屋里散发出来的热焰。他休息了一下，感觉心跳才慢慢好起来。

"伢仔，什么事？这么热不在家里待着，到这个鬼地方来做什么？"铺子里出来一个透气的大叔，见到周义勤就问道。

"大叔，我想做……做工……"周义勤弱弱地回答道。

"呵呵，这个伢仔，开玩笑呢？我都受不了，你小小年纪能够承受？不好好在家待着出来玩耍，要玩耍也找个凉快的地儿，到这儿干吗？快快回家去。"大叔好心地说道。

"大叔,我真的想做工。"周义勤挺一挺胸膛,提高声音回答道。

"去去去,快快离开,一会儿热晕了就不好喽。"大叔端直在撵他走。

"我……大叔……我……"周义勤脸憋得通红,快哭出来了。

"看看,怎么样?受不了了,晕了吧?"大叔扭头对着铺子里面喊道:"强子,快快端一碗冷的盐开水。"

只见一个大小伙子端了一碗水给大叔,大叔递到周义勤手中:"快快喝了这碗盐水就走吧。"

周义勤这时也确实又热又渴,接过碗咕嘟咕嘟一口气喝干,然后诚恳地抬头对大叔说:"大叔,我爹没有了,我就是家里的顶梁柱,我……我就是要做工,大叔……"周义勤的眼泪掉下来了。

那大叔一听周义勤说爹没有了,不由得心头一阵紧缩,想起自己当年也是自己的爹没了出来混口饭,于是蹲下来双手扶着周义勤双肩,心疼地看着他的眼睛说:"伢仔,好伢仔,可是这个工作却是不好干的,你要吃不消的……"

"我能,我能……"周义勤急忙回答,然后把现在补鞋铺做工只是吃口饭,可是家里有娘,有三个弟妹,其中大弟有病……说了个痛快,一心想说服大叔收留他。

"大叔,我就是晚上来帮忙干五个小时,我不吃饭不住宿,我什么累活都能够干的。我要帮助我娘,我一定要帮助我娘,让弟妹上学……"

听着周义勤的哀求,大叔心里真不是滋味。他站起来摸摸周义勤的头,许久才小声说道:"好吧,明天开始,每天一角钱,不过干四个小时就可以了。"

"大叔,我……我给您磕头啦……"说着周义勤流着激动的泪水跪下来给大叔磕起头来。

"使不得,使不得,伢仔快快起来。"大叔赶紧拉起周义勤,拍拍他的膝盖说:"伢仔现在快快回家,好好休息明天来。"

大叔善良的眼睛里看到了童年时期的自己,他也是这样成长的。

整个秋天冬天,周义勤都是白天晚上地奔波在水巷子和打铜街之间,一天只睡五六个小时，他就像是一匹狼，在生存的田野里勇往直前。只有一次，他病倒了，发烧了，在床上整整躺了五天。他想家想娘，想娘想得蒙着被子痛哭了一场。在病的第四天李志宏来看他，给他带来了一碗红烧肉、一包麻饼。那时他已经退烧，只是虚弱得浑身无力。

"义勤，你不能够再去打铜街，你若真的有个三长两短我怎么给你娘交代？这次病好了就不再去了。"

"宏哥，我这不快好了嘛！我没事，会马上健壮起来的。"说着就要爬起来，宏哥赶快把他的头扶回枕头上。

"别动，好好休息。记得，一定多喝水。"他给周义勤倒了一碗水，然后坐在床边聊起来，"义勤，还记得二哥他们吗？"李志宏一说，周义勤才想起自从那次一起吃猪下水砂锅，就一直没再见二哥三哥，尽管在一条街居住生活工作，可是各自为了生存，特别是自己为了拼命挣钱，忙得都快把他们忘记了。

"哦，我只顾着自己，真是没心没肺的。其实我一直想去看看二哥三哥他们，我还想听三哥的故事呢。"他不好意思地说。

"三弟冉浩杰他现在也不在水巷子了。"

"怎么啦？"周义勤听说三哥不在水巷子就急忙坐起来问道。

"你记得那次英国军舰浪沉了咱们渔船的事吗？9月英国又寻事，'万流号'英国商轮在四川云阳江面故意疾驶，浪沉中国载运军饷的木船，引起国人的强烈反抗，扣留了肇事商轮，结果英国派遣几艘军舰直接对万县县城开炮，死伤无数，造成震惊全国的万县惨案。听说冉浩然就是重庆'万县惨案国民雪耻会'的负责人之一，强烈抗议帝国主义暴行。这三弟按捺不住心中愤怒，随他大哥去了，临走托我送给你两本书。"说着，李志宏就从里面单褂的衣袋里拿出两本书递给周义勤。

"啊，三哥，三哥是我心中的真英雄，我以后一定去看望三哥。"周义勤接过书一激动，满脸通红，吓得李志宏赶快摸他的头看是否又发烧了。

"义勤，快快躺下，你还是把身体养好，你是你们家的顶梁柱，还是省省心吧，你若有个什么不测，你娘和你的弟妹们怎么办啊？"李志宏语重心长地说。

"这英国洋狗子也欺人太甚,在中国的江河里横行霸道!"周义勤还是愤愤不平地说着。两个人都沉思了,替我们的母亲河叹息。

病后周义勤像脱胎换骨一样,身体消瘦虚弱,但眼神更加坚定。

腊月的一天,周义安又拿到一封大哥的来信,她欢天喜地揣在怀里,等待晚上娘从夏家回来后给娘。她把这封信贴在怀里,好像是在和大哥撒娇。

"娘,信。"当义安把这封信交给娘时,已经是夜晚。快过年了,夏家祭祖的事情越来越多,娘回来得越来越晚。周义安已经可以顶替娘给家人做饭,小小个子有时候还要在灶台下垫一块厚厚的木板,娘总是怜惜地夸奖她。

"娘,大哥,大哥的信。"娘欣喜地移动油灯让义善念。

"亲爱的娘!亲爱的弟弟妹妹们!"每次听到这两句话,大家都感受到一种温暖,都屏息静听,不出一点声响,生怕那温暖会悄悄溜走。

"我现在的工作越来越顺利。娘,我又见到宏哥,他又给我送了好吃的红烧肉,我的身体很好。娘可好?儿一直惦念娘,娘一定自己保重。娘,我今年过年不回来了。"义善读到这里停顿了一下,他多希望大哥能回来,所以读到"不回来"就卡壳了。

他顿了顿又读起来:"我在店铺值班,掌柜的给我双份工钱。娘,有了这个收入,开春了就可以让妹妹去读书。这个机会难得。娘,一定要让妹妹读书,等小弟长大了我也会挣钱让他读书的。义善,我给你带了两本书,这是我一个好朋友冉浩杰哥哥送给我的,我读完了现在送给你。知道不,浩杰哥为了中国的母亲河离开水巷子去坚持正义,我好佩服他、敬重他,我以后回家一定给你们好好讲他的故事。义安你一定听哥的话,过年后就去读书,以后要做一个对社会有用的人。义顺,过完年你就又大了一岁,可以帮助娘干一些活,扫扫地,擦擦桌子,给二哥倒水端饭。大哥给你买了一本小人书,你一定会喜欢的。娘,过几天宏哥会把这些东西带回去的,还有我这半年的工钱,你们可以过一个好年,给弟妹们都买一身新衣服,我会很高兴的。娘,给义安读书的钱我过完年会让人捎回来。娘,我瞌睡了,不多说了,望娘健健康康快快乐乐,儿在这儿给娘磕头了。"

在读信的过程中，娘好几次背过脸揩拭眼泪。听到"给娘磕头"了，她忍不住痛哭起来。义安一边流泪一边用毛巾给娘揩拭着眼泪，她们都在为义勤的牺牲和付出而感动。

"娘，我不读书，我要让大哥回家过年……"义安哭着央求娘，而娘却伤心地摇摇头。

娘太心疼儿子，娘太理解儿子了，儿子过早的懂事孝顺让娘更加伤感；十三岁的儿子为了这个家，小小年纪就已经长大成人，已经是一个背负沉重责任的男子汉。

第八章　多事之年

　　当初周义勤离家，夏辉来送行时，说过他第二年要到重庆上学，所以过了新年周义勤就急切地盼望他快一些来，他想念朋友了，想念他的青少年时代。现在他的外表像一个小大人，可是内心深处有一个地方永远藏着一个充满激情、充满理想的年轻人的影子。

　　周义勤不但想念夏辉，还想念三哥冉浩杰，想着他讲的故事，想着他投奔大哥的勇敢。不知道他现在在哪里，一切可好？平日里只是断断续续听说今年外面的世界不清静，周义勤也不关心是怎么一个不清静。他几乎每天感觉头昏眼花，睡眠不足，坚持来往于补鞋铺和打铜铺之间，像是一个机器人，只顾自己低着头晕晕乎乎地拼命赚钱。

　　这天掌柜的让他去购置一些补鞋的橡胶垫、针线等。于是他去了购物街。

　　3月底春暖花开阳光明媚，他舒坦地呼吸着空气中飘着的花香，浑身轻巧得像要飞起来。这一年他从来没有像现在这样出过门，他看到外面的世界，激动得想翻跟头，想奔跑，甚至想扯开嗓子大声唱歌……

　　走出水巷子，一路都是砂石路。他脚上穿着娘亲手做的黑色斜纹布面的鞋子，新年娘托人带来时他就给鞋底钉上了橡胶底子。他快速迈着小步，橡胶鞋底在砂石路面上响起噌噌噌的声音，随着脚后跟扬起一缕缕细尘，犹如江上小木船荡起的水波纹。他一会儿蹦跳几下，一会儿转身疾走，在没有人的地方还扯开五音不全的嗓子吼了几声，他的心情就像这天气一样灿烂明媚。一年来，就眼前这一天是他的欢乐日。

快到购物街时，他才发现街面上有好多军人，戒备森严。于是他加快步子购买了需要置办的东西，然后放进前后搭兜里，背在肩膀上。已经中午时分，本来打算在旁边饭馆吃饭，看到街面上紧张的气氛，他还是快步往回走去。穿过闹市进入一条小街时他还心有余悸地回头看看，匆忙中和一个人撞了个满怀，那人头上紧扣的一顶帽子把眼睛都快遮住了。周义勤抬头一看那脸，惊喜地大喊："三哥……是……是你……"话没说完就被三哥捂住嘴巴，然后慌慌张张拖入小街。三哥面色苍白，憔悴的眼睛下面一层黑圈，完全不是在水巷子那次见到的模样。

三哥拉着周义勤的手快步走着，一边叮咛周义勤不要说话。在小街尽头拐弯处，三哥才停住脚步说："小兄弟，我大哥出事了，我在这儿现在也不安全，也不能够回水巷子。"说着三哥落泪了。

"大哥怎么啦？"

"一下子说不清楚。"

"三哥，你到我家去，我家在合江，那里安全。"周义勤说道，"就说是我让哥顺路去看看娘，看看弟妹。只要说是我的朋友，他们会照顾你的。我的大弟是残疾，我把你送给我的两本书送给他了。你就说是那个送书的人，他就会帮助你。"

冉浩杰顿了顿，点点头小声说道："好吧，暂时去躲一躲。我二哥看来也不安全了。你回去告诉二哥，让他最好也出去躲一躲。你见了二哥把这个交给他。"冉浩杰说着把一个小包袱交给了周义勤。周义勤小心翼翼地把小包袱塞在他前搭兜的最底层。

"三哥你不要坐码头的客船，沿江有许多渔民的船，你可以乘坐他们的小渔船去合江。"

"哦，我有一个朋友在一艘叫'民生'的船上工作，我去找他。这船是从重庆到合江的渡轮，刚刚开的新航线。我乘坐这艘船到合江，会很安全的。"三哥说着，同时也叮咛周义勤说，"义勤，咱们在这儿不能多待，你也注意安全。"周义勤把大弟名字及详细住址告诉三哥，两个人就紧紧拥抱告别。

突然三哥转身面对闹市跪了下来,泪水长淌地磕了三个头,嘴里喃喃道:"大哥,我永远记得3月31日……"磕完头他站立起来,头也不回地往左边通往江边的小路走去。周义勤当时也跟着三哥跪下来,现在看着三哥离去的背影止不住的眼泪掉下来,他也不知道到底发生了什么,可是他心里明白,一定是发生了非常非常严重的事情,说不定和生命有关。他看着三哥消失在小路的尽头,才转身往右边水巷子方向走去。

他怕回到鞋铺出不来,索性先到二哥家。他把毛巾裹着的小包袱交给二哥,二哥打开一看就把小包袱紧紧抱在怀里,眼泪喷涌而出,嘴里喊着:"大哥,大哥啊……"然后用衣袖抹去了眼泪,转过头来问周义勤:"你三哥还说什么了吗?"周义勤就一五一十地把冉浩杰的去向和让他交代给二哥的话告诉了他:"三哥说了,让二哥也出去躲避一阵。二哥,要不然你也去合江吧。"

"不,不行,你三哥已经去了,目标太大。义勤,谢谢你,我会安排好自己的,你等等……"二哥急忙回侧屋,出来时手里拿了两个包袱,先递给周义勤一个小一点的包袱说道:"义勤,这个给你,里面有你三哥看过的几本书,还有我之前到成都给你买的一身运动衣,刚好今天交给你。还有这点钱转交给你娘。"二哥把手绢包着的十来个银圆塞在周义勤的口袋里,紧紧按住对周义勤说:"这兵荒马乱的,你三哥又添麻烦,你娘一定用得上。"

"不要不要,二哥,我……"可是话没有说完就被二哥打断了。

"义勤,这个是给你三哥的,想办法交给他,他用得上。告诉他我会避一下,倒是他应该注意安全。告诉他,我转移到哪里会联系他的。义勤,二哥在这儿谢谢你娘了。"二哥说着眼圈红了,伤感地自言自语,"这个江边怎么发生这么多不安宁的事,疯狂的世界,民生何堪!"

周义勤接过二哥给三哥的沉甸甸的包袱,告辞而回。

5月下旬,夏辉给周义勤捎来一封信,得知那次送给他的鞋子被抢,就又给他带了一双鞋子。

义勤兄弟：

　　一别快一年了，常常想起你，想起咱们一起读书，一起去河边写作业。那时我曾经抄写过你多少次的作业，你总是凶巴巴地把自己作业本抢回去，然后像个严肃的小老师似的给我讲题，直到我自己理解了。现在还经常想起那个情景——温馨的情景，令我难忘，令我怀念哪。咱们总是一起玩耍、摔跤、哭、笑、闹……现在这个时候，多么想再在一起闹一闹哇。

　　义勤兄弟，自从你走后，我好像也长大了，我想着你是和我一样的孩子，为什么就不能够一样地读书成长？为什么不能够一样地在家里享受父母的温情？为什么不能够坐在江边的礁石上共同畅谈理想前途？许许多多的为什么就这么困扰着我，我的心好像被一根小针刺了一下，尝到了从来没有过的隐隐的痛。

　　义勤兄弟，本来家里计划今年让我去重庆读书，可是听说今年是个多事之年。看来我家里是不会让我出门了，起码今年我是不能够到重庆读书了。

　　原来想着能够和你见面，我是多么期盼，多么高兴，可是现在一切都落空了，心里真是空落落的。你我都守着同一条江，可就是见不到面，真正是咫尺天涯。

　　他们都说是多事之年，我看就是多事之江嘛。都是被从海上、从江河上开进来的外国军舰扰乱的，这些洋狗子！呵呵，我还是从同桌嘴里知道这个'洋狗子'的名称，你那边的人也有说洋狗子的吧。你可不要在外面乱说乱叫洋狗子，不要惹事，安全第一嘛。

　　听说去年你到重庆的第一天就被劫包了，我送你的鞋当时是你我各一双的，我一直没有穿，今天顺便给你带去。还有我过生日，我爹和大伯都送了我一本《康熙字典》，他们送重了，倒是让我好高兴，这样可以让咱们俩各得一本，今天也顺便给你捎去一本。

　　义勤兄弟，我知道你在外面是很苦的，想象不到你曾经遭受了多少苦难，而最让我伤心的是我不能够帮助到你。我期待着咱们见面的时刻，一定要见的，一定会见到的。

好，就暂时说这些，祝愿兄弟身体健康！诸事顺利！

兄弟夏辉

5月20日夜晚

周义勤流着泪看完了这封信，他拿起身旁的《康熙字典》和那双鞋抱在怀里，回味着这封信字里行间的温馨，因夏辉在信中说的一句话而激动："现在这个时候，多么想再在一起闹一闹。"

一个刚刚步入十四岁的少年，内心蠢蠢欲动的热望却被生存和家庭的责任封锁，他背负着成人的艰难和煎熬。他这时对外面是"多事之年"还是"多事之江"已经没有精力去研究考虑了，他想的是怎么多多挣钱。小弟下半年就到了可以读书的年龄，所以他现在满脑子想的就是钱，想的就是一定要让弟弟妹妹读书，不能够让他们过爹和自己这样的日子。

8月的一天晚上，忙了一天的周义勤伺候好掌柜的后就往打铜街奔去。酷暑日长，晚上8点钟天空才撒下一层蒙蒙的青纱，一丝风都没有。周义勤把无袖短褂胸前的纽扣解开，一只手拉着一边衣角上下扇动着，不时地把右襟衣角拉起来揩拭头上的汗水。他走到铺子的时候已经是大汗淋漓，索性脱去褂子光着脊梁干活。

在酷热的打铜炉旁边，那机械的敲打声像是催眠似的，让这个常年睡眠不足的少年在挥舞敲打中睡着了一秒钟。就这一秒钟，他失去了平衡，手中的锤子掉落下来，正好砸在他的一个膝盖骨上，他惨叫一声就倒在了地上。

当地的土医生用石膏把他粉碎性骨折的膝盖包扎起来。他躺到自己的床上时已经是第二天黎明，昏昏沉沉直睡到下午才醒过来。他眯着眼，射进来的太阳光线刺激着他的眼睛。他不知道自己在哪里，发生了什么。他抬起头一使劲，那膝盖上钻心剧烈的刺痛一下子让他想起昨天晚上的事故。他的头重新落在枕头上，闭起了眼睛，稍作休息才睁开眼睛直直地望着天花板。天花板是用细竹条绷起来的，上面糊着旧报纸，由于时间长了有的地方已经破裂。之前他把旧报纸能够看清楚的字都挨着读过，今天，跳进他脑子的第一个字是

"钱"——我没法赚钱了,弟妹们用什么去读书?想到这个问题他的头一下子好像要爆炸,脑子一片空白,晕乎乎的又进入休眠状态。

等到他再次醒过来已经是落日时分,那血红色的晚霞射到墙面上,墙面一片橘红色。他不敢看外面刺眼的晚霞,就看着这个墙面从橘红色到绛红色到灰色,内心一片空白,好像已经没了意识,直到掌柜的进来给他的床边放了一个冷的饭团和一碗温温的漂着几根小青菜的菜汤。

他仍然躺着,突然眼睛里滚落一滴泪珠,他想起了娘——他,想娘了!

一年多了,多少次梦中想起,多少次梦中把枕头哭湿,又多少次想得都窒息了。"娘,娘啊……"这时他再也控制不住自己,任眼泪像瀑布似的一泻千里,挡也挡不住,断断续续地呼叫着娘。就在他昏天暗地无休止地痛哭时,他感觉听见宏哥在说话:"出门谋生,那就是男子汉,哭不能够哭回你丢失的东西,哭也不会帮你减轻疼痛。男子汉,就不能够哭;要哭,只能够在家里哭。知道吗?出门只能够扛着,没有眼泪。"他一下了停止了哭泣,抬起头转动着眼睛往黑暗中的四周看看,没有见到宏哥。才想起那是他刚刚到重庆时宏哥给他说的话。他呜呜地又哭起来,抽抽搭搭地说着:"不哭,不哭,扛……扛着,男子汉……男子汉,没有……没有眼泪……"

第二天他很早就起来了,忍着剧痛,靠着一条腿扶着墙蹦到厨房,在柴火中挑了一根最粗的树枝当拐杖。他拄着这根拐杖在厨房给掌柜的把早饭做好,又拄着拐杖把掌柜的叫醒。

他要跟着掌柜的去铺子,掌柜的坚决不同意,于是他天天在家做饭烧水。一周后的一天早上,吃了早饭,他等掌柜的走了以后,就坚强地拄着拐杖到铺子去了。那个月底,除了吃喝,掌柜的第一次给了他一块大洋算是薪酬,并且承诺以后月月都有。

一个月以后拆除了石膏,由于不是专业医院治疗,他的膝盖僵直,只能够弯曲二十度,走路时那条腿就一拖一拖的。医生让他坚持自己按摩,说以后会好一些。两个月以后,他拖着那条腿又在打铜街出现了。

多事的一年眼看就要过去了,宏哥知道他的腿受伤来看过他两次,除了送一些吃的,就是兴冲冲地聊家乡聊时局。什么七一五反革命政变、南昌起义、秋收起义、井冈山……那时候这些名词可以说是家喻户晓，是茶余饭后人们在一起闲聊的话题，可是这些新名词对周义勤来说好像听天书一样，根本装不进他的心里，他的心里就是娘、弟妹、钱。

周义勤现在最为难的事情就是过年，掐掐手指出来快两年了，今年是必须回家看娘的，可是这个腿，娘看见了一定伤心死了，说不定就坚决不让他再出来了。尽管现在已经好多了，走路已经不那么疼痛，膝盖可以打小弯但还是僵硬，说是有一侧骨头没有接对不能够还原，可能造成终身残疾。所以他和掌柜的商量，今年仍然留在铺子里不回家，他给娘仍然说为了弟妹的读书费不回家了。他把给家里的东西和钱让宏哥带回去，一再交代不要给娘说他的腿。

他在信中给娘承诺明年一定回家过年，娘的伤心可想而知。

正月初五他收到夏辉的来信，说他过了正月十五就来重庆。这可是天大的好消息，是他这两年最快乐的一天，他高兴得甚至滴下了眼泪，他好像触摸到他的少年时代，内心深处的"闹"又浮现上来让他激动不已。

这一天终于到来，周义勤向掌柜的请了一天假。

周义勤穿上娘过年给他捎过来的一身新开襟夹袄，脚上穿了夏辉给他的新鞋。那双鞋原来大了点，现在穿了刚刚合适。他把自己收拾得干干净净，挺着胸膛在屋子里走了一圈。

中午时分，冬日的阳光淡淡的，他站立在屋子外面，用手搭在眼睛上往前看去，那些已经遗忘的记忆，现在一下子都沸腾起来，他激动得满脸通红。当看见夏辉从巷子的一头走过来时，他感觉心脏都停止了跳动，站立在那里脚步也迈不开。只见夏辉一身崭新的藏蓝色学生制服，一条灰白相间的围巾搭在胸前，一只手提了一大网兜的水果点心，本来就高的他现在看着更加高。而周义勤这两年也长高了一头，但是骨瘦如柴。夏辉疾走几步，两个朋友就拥抱在一起。

有笑有泪的那种感觉好像从来没有离开过一样，所有一切哭、笑、闹都一下子释放出来，相互之间又是捶打又是旋转。假如当时现场有人，一定也会被这个场景感动得落泪。

两个人手拉手一起往周义勤的屋子走去，夏辉这才发现周义勤的腿不正常，他突然停下脚步，怔怔地站立在门槛旁，望望周义勤的腿，又疑惑地望着周义勤的眼睛。"先进屋，先进屋再说……"周义勤面带笑容，硬拉着夏辉的胳膊让他进屋。

"义勤，你这是怎么啦？"现在夏辉才真正感悟到这两年周义勤在外谋生的艰难残酷。他流出伤感的泪水，紧紧拉着周义勤的双手，话都说不出来。

"好容易见面，高兴都来不及，你还哭。你看，已经好多了……"周义勤劝慰夏辉，在夏辉面前故意慢慢走了几步，可最终还是在少年时的知己面前，流出心酸的眼泪。

"你告诉我，到底发生了什么？为什么不告诉我？为什么要一个人扛着？为什么？"夏辉又一次伤心地哭起来。"你坐下，你坐下来我给你好好说。"周义勤把夏辉让到床边，顺手倒了两碗茶放在桌子上，就挨着夏辉坐下来。

就这样并排坐着不正是他期盼了两年的事吗？这样静静的心灵相通不就是天下最为珍贵的吗？他都不忍心打破这种纯洁、知心的宁静。夏辉这时也被这种宁静感染了，他伸出一只手压在周义勤的手上，久久才抬起眼睛轻声对周义勤说："我知道你很难，可是真的不知道是这么的难，对我说说这两年的经历。"

"其实还算比较顺利，因为年龄小，先是在修鞋铺当学徒，只管吃住没有工钱。为了弟妹能够读书，我必须再找一份工作，于是去了打铜街，晚上干四个小时……"周义勤娓娓道来，把这两年经历都倒了出来，说得很平静。是呀，平日里谁会这样静静地倾听一个孩子的絮絮叨叨？憋了两年的话一下子倾倒出来，周义勤觉得心里一下子舒畅明快起来。

他说到自己受伤时轻松得好像是在讲别人的故事——有人愿意平静地听你讲述，这是多么好的一种享受。

周义勤讲完了，两个人都默默地沉浸在这种氛围中，谁都不想打破这个沉静。好一阵子，夏辉才用平静的语气说道："义勤，我一定要帮助你。我会让我大伯帮忙的。我大伯现在在上海，所以我这次也是从重庆到上海去读书。我大伯在这儿有许多朋友，他一定会有办法的。义勤，你一定要接受我的帮助，不能够再这样下去。"

夏辉洗了几个苹果，拿出老家合江的糕团，两个人聊着吃着，好像没有分离过，一切都平平静静，根本感觉不到时间的流逝。

天不觉已暗下来，已经快晚上了，两个朋友约着去新华街吃饭。夏辉坚持一定是他请客，那个丰盛真是周义勤从来没有见过的。夏辉在弥补周义勤的年夜饭，在补充周义勤身体所需的营养，他恨不得让周义勤一口吃成个大胖子。

两个人有说不完的话，直到夜深人静才分手。夏辉说他大伯提前安排好他在一个朋友家住。临分手时夏辉跟义勤约定好，明天晚上还是在这儿，一起吃晚饭。

第九章　洋铁皮盒子

"义勤，说好了，说好了，我大伯朋友安排的，在一个日本商船上，一个月五块大洋，管吃管住，另外还有小费。"第二天晚上夏辉一进饭店就高兴地迎着周义勤大声说起来。

"什么？日本船？我不干。"周义勤一听是日本船就坚决不同意。他听到过一些关于日本人的事情，大沽口事件好像就是日本人造成的，所以他尽管终日忙于赚钱不关心政治，但是在心里有一个印象：日本人都是大坏蛋。

"是的，日本人都是大坏蛋。"周义勤强调着。

"义勤，这个是商船，不是军舰。你想想你现在这个年龄，在外面都是把你当童工，根本就挣不到钱，你现在最大的问题是如何挣钱，如何有一份没有危险的工作。"夏辉耐心地给周义勤解释，希望他能够接受。

"可是……可是我……"

"没有可是，义勤，这个船主是我大伯在日本读书时的同桌，是一个开明人士，他也反对他们日本政府的侵华行为，听说你的情况很是同情才愿意帮助你。义勤，你在那里干两年，等再大一些，成年了就可以另外寻找自己喜欢的工作嘛。再说了，现在兵荒马乱，在那个商船里会更安全一些，你娘会少操心一些。"夏辉在饭桌对面把两只手伸过来握住周义勤的手诚恳地说道。周义勤不由得内心非常感激。

"我……"周义勤把"考虑"两个字还没有说出来，就被夏辉打断了。

"还有我大伯的那个朋友，就是我现在住在他家的那个叔叔，他说要带你去医院把膝盖看看，看是否可以再矫正一下。约好了明天早上去医院，你可千万不可以失去这个机会哟。"

周义勤不知道夏辉这一天跑了多少路，干了多少事情，和他大伯打了多少次长途电话；也不知道和大伯还有大伯那个朋友争执了多少，祈求了多少。他默默流出了感动的眼泪。

"看，好事情，你哭什么？一定听我的，昨天说好的，你一定要接受我的帮助。"夏辉在努力坚定着周义勤的思想，希望他能够平静下来面对现实。五块大洋，那可是现在家里急需的啊，还有比这个更重要的吗？他周义勤出来谋生不就是为了家为了娘？更何况这是商船，又不是军舰。周义勤终于点头应允，默默抓住夏辉的手，紧紧地握住了。

夏辉高兴地跳起来，对着跑堂的大声喊起来："上菜上菜，还有酒，一瓶法国红葡萄酒。"

在夏辉的帮助下，周义勤的膝盖在医院里又动了一次手术，把憋在膝盖里的三块碎骨头取出来，用两个钢钉加固，这样周义勤的膝盖就可以灵活打弯。但是由于缺少营养，骨头发育不好，这条腿比另外一条腿略短一些，走得慢几乎看不出来，但是走得快会有一些瘸腿的感觉。周义勤已经非常满意和高兴，起码现在可以堂堂正正地见娘了，不会让娘太伤心难过。

休养了几天，1928年2月底，周义勤踏上了重庆通商口岸的那艘日本商船，工作是在船上克郎球（康乐球）娱乐室捡拾落在地上的克郎球。

商船刚刚从日本到重庆码头，所以要在这儿停留一个多月，娱乐室每天都有人来打球。周义勤第一天去娱乐室穿着夏辉专门给他买的一身中山装——他从来没有穿过这种衣服，觉得脖子被竖着的硬领子弄得不自在，可是为了这份工作他必须把自己武装起来。娱乐室负责人也是一个中国人，在这里工作了许多年，很有工作经验，人也很善良。可能船主和他打过招呼吧，他对周义勤很是照顾，而且很有耐心。在他的指点下，周义勤很快掌握了工作的要领。这让周义勤很感动，称呼他为师父。

"记得手脚要轻，走路要慢，但是看见克郎球掉下来要机灵地钻空尽快捡起来，眼睛要像猫头鹰的眼睛四面观察，甚至背后也要长出一只眼睛，进退不能够碰到打球的人，也不能够影响他们的自如走动……"师父细心地传授着经验，"每次结束，要把环境搞得一尘不染，把东西归类到所放的位置。"

第一天，他一整天都处在高度紧张的状态下，满头大汗，气喘吁吁，不比他在打铜街轻松。

没几天，他的勤快机灵博得日本人的称道，开始有人在离开娱乐室时给他小费。一开始他不好意思，当手掌接触到日本人给他的几个铜板的小费时，他面红耳赤。

师父告诉他，这是认可他工作的一种方式："一定要说谢谢，你对他们说阿里嘎多就可以了。"师父又给他教了鞠躬、退让等一般的礼节。周义勤悟性高，很快就在这方面得心应手。

他也从师父那里得知这些日本人都住在重庆朝天门外王家沱的日本租界，那是重庆开埠后，帝国主义在重庆建立的第一个也是唯一一个租界。

"那租界就像是日本国一样，街道、房子、吃用商品都是日本货，连装修款式也一并是日本风情，就好比在中国建立了一个小小的日本国。"师父对他说，"知道不，那租界内还开设有火柴厂、缫丝厂、洋行等，还有许多我都不懂的，比如海军聚会所，呵呵，那可是他们的天堂。"周义勤听着像听天书，而且也想象不了租界是什么样的，不过他也不想知道那么多。

一个月很快过去了，周义勤第一次拿到工资——五块大洋，沉甸甸的，加上攒下来的小费，是他在水巷子和打铜街几个月的工钱。想到这下妹妹和小弟都可以好好读书了，以后甚至可以来重庆读书，他好欣慰。

他收到义善写的一封信——家书抵万金，他好高兴。义善说妹妹小弟都已经上学，他的身体比以前好多了，也在不断地锻炼自己，大哥留下的书他是天天看天天学习。还说冉浩杰在的时候就经常帮助他锻炼，鼓励他坐起来活动，扶着他在家里唯一的一把藤椅上晒太阳。他现在已经可以自己坐起来，还可以靠着床边自己倒水吃饭，甚至可以手撑着一根木棒慢慢走几步，总有一天他会帮娘做饭洗衣。义善还提到冉浩杰的境况，提到什么井冈山会师、五三惨案、红军等名词。义勤感觉义善好像变了一个人，不但对生活有兴趣，而且充满了希望和信心，不像以前总是窝在床上消沉低落，而且现在知道的世事比他还多……这些变化都令人高兴，也是他所希望的。可是他隐隐还是有一些担心和害怕，他在担心义善，但也说不出在担心什么。

商船起航的时间也确定了，还有三天就出发，要三个月以后才能够再回来。起航前一天，师父给周义勤放了半天假，让他购置一些路途上的必需品。

周义勤穿着夏辉送给自己的一身衣服出来，外面淡淡的阳光洒在屋顶、树上、行人身上。他知道宏哥下个月要回合江成亲，他现在首先到棉花街宏哥那里去一趟，拜托宏哥去家里看望娘。他把自己积攒的所有钱整理了一下，包括之前在补鞋铺和打铜铺积攒下来的钱，一共是十六个银圆还有一些铜板。他把八个银圆用一块粗布一层层地包裹起来，想一想又打开，往里又放了两个银圆，郑重其事地包裹好，另外写了一封信一起交给宏哥，并且让宏哥转告娘一定让弟妹们坚持读书。他用红纸包了五个银圆算是给宏哥的贺礼，自己只留下了一个银圆和一些零钱。

"宏哥，一定收下，我的一点点心意而已，不然我会难受的。"当宏哥推挡着用红纸包着的五个银圆的时候，周义勤诚恳地说道，"你似我长兄又似我父亲，是你让我坚强、勇敢、成长的。有你那些教诲我才能坚持下来。"

他给宏哥说三个月以后自己才能够再回来，尽管是三个月的出海，他还是感到一种离别的伤感，落下几滴男人的眼泪。

从宏哥那里出来，周义勤漫步在熙熙攘攘的街上，他没有想给自己买什么东西，只是利用这个时间放松放松而已。街道两旁的店铺各式各样，服装店、饰品店、甜品店……他都匆匆地瞧一眼，没有什么东西可以让他留意。

突然，他在一个商铺橱窗里看见一个盒子，长方形的，像是金属质地，很讨人喜欢。他转身走进店铺，手指着那个盒子。

伙计很热情地拿出来给他，对他说："这是从上海进的货，你看看做工，精细又厚实，这棱角，这盖子，里面还有内层，还有这个锁扣，多精巧，简直是浑然一体，挑不出一点毛病。你再摸摸，手感多么细腻，多么舒适。这可不是普通的铁皮，是一种叫什么合金的洋铁皮，永远不会生锈，永远这么光亮。试想把银圆存放在这里面，那可不会屈了银圆的身价，小先生，您……"

可能那个伙计看周义勤穿着齐整，于是叫起小先生来了，听得周义勤扑哧一笑，那伙计才看出这仅仅是一个十多岁的孩子，也红了脸说对不起。不过伙计的介绍，让周义勤心里一动。是呀，这是一个很好的存钱盒嘛。他出海，一路上可以把挣的钱放在这里面，也不怕海上的潮湿，于是问了价钱。

"一块大洋零八角。"伙计熟练地报价。

周义勤摸摸口袋里仅剩的那一块大洋，下不了决心，恋恋不舍往外走了几步，到门口又突然停下脚步，猛然回过身走过来，把一个焐热了的银圆放在柜台上，又在衣服口袋里摸出所有铜板。伙计细细点数，一共是一块五角。

"再也没有了。"周义勤拍拍空空的口袋说道。伙计看着他，顿了顿，就干脆地用手把钱一扫，把那个洋铁皮盒子包好了推到他跟前。他抱着这个洋铁皮盒子回到船上，小心翼翼拆开包装，放在床上枕头边，心里别提多高兴，像得到百宝箱一样。他仔细一看，正面盖子横档上压有几个小圆圈，每个圆圈里有一个字："生、意、发、财。"他惊喜不已，感觉顺心顺意。师父看见他什么也没有买，只是抱了这么一个铁皮盒子，就不屑一顾地哼哼道："这个小神经，简直不知道寻思什么，这么个破盒子也值得这么高兴，哼哼……"

当第二天商船离开码头，他站在船舷旁，看江水波涛汹涌，不免又想起两年多没有见过的娘，不知道是否有了白发；想起残疾的大弟，今后一定赚钱给他看病；想起一直在他的庇护下长大的妹妹小弟，是否坚持读书；想起在上海读书的夏辉……他面对江水，面对商船正在驶入的海面，惆怅不已。

当这艘商船朝着周义勤陌生的国度驶去时，不免有一丝丝淡淡伤情噎着他的喉咙，让他呼吸都感到困难。特别是想起了母亲，他的内心像抽丝一般，牵肠挂肚。

那年，他十五岁。

第十章　海上风云

　　商船离岸行驶在越来越开阔的江面上，4月和煦的春风让江水也平稳柔和。船尾的两条白色浪花，像新娘拖曳着的白色头纱。迎面不时开来一两艘长长的运输煤炭或者沙砖的驳船，冒着黑烟，突突突的声响打破了这江面的平静。突然江面开阔，风儿使浪花欢快地跳跃起来，商船也不似之前的平稳，随风起伏波荡，周义勤知道这是进入大海了。

　　他面对身后的长江默默念道：再见，我的母亲河！再见，我的故乡！

　　周义勤第一次看到海，蔚蓝色的海水在温和的太阳光里闪耀着银白色的光，明亮得让周义勤目眩。船头狡黠的浪花无拘无束跳跃着，挑衅地冲开海面勇往直前，激荡起一团团白色泡沫。泡沫滚过船舷，到船尾就被汹涌的波涛冲撞得像是崩溃的雪山，翻滚着，扩大着，延伸着，在远处的海面上像一条白色蛟龙。

　　周义勤就这样开始往返于重庆和日本，一年有一半的时间在海上或者日本。世界有什么变化，中国有什么变化，重庆又有什么变化，他都不知道。直到1931年，他才从封闭的世界里醒来。

　　这中间他回过一次合江，娘及弟妹们的高兴自不必言，他也看到他的努力给家里带来的变化。妹妹成了一个大姑娘，已经有些许斯文知性的气质；小弟也是变得让他认不出来了，想他离家时小弟还是一个整天因为饥饿而嗷嗷哭的孩子，现在是见了他还会害羞的小学生。至于娘，头上有了几根白头发，眼角也增加了鱼尾纹。他坚持不让娘再做工，可是娘笑着摇摇头，她又怎么舍得让大儿子一个人承担家里的一切。

周义勤的个性也在工作中慢慢地变化，他做事认真执着，更加独立刚强，也越来越沉默寡言，但是内心却越来越强大。

他再机灵也躲不过无缘无故的殴打、棒敲；因为捉摸不透每一个人的想法、性情、脾气、情绪等，再怎么努力，总是成为某些人心情不佳时的出气筒。周义勤在锤炼中成长，打到他身上的每一棒，踢在他身上的每一脚，都会牢牢地印记在心里，伴随他成长。

记得有一次他去捡球，刚好球的旁边站着一个前一晚打球失败的日本人。周义勤抬起头时谨慎微笑的眼神刚好和那个日本人的眼神相遇，那日本人伸手就给他一个结结实实的耳光，当时打得周义勤眼冒金星，一个趔趄摔倒在地板上，头磕在一根柱子上，鲜血喷涌。他下意识站了起来，一手捂着头，一手仍然捡球，鲜血糊满一脸。他不畏伤口疼痛，内心却感到无辜，想着自己哪里出错了。没有原因，也许就是在微笑那一刻让日本人感觉不舒服。你笑也不是，哭也不是，可是要生存要成长，就要学会不卑不亢，这里就是课堂。

最难的是周义勤那条受伤的腿，尽管第二次手术已经矫正，可是每次蹲下来捡球，还是很吃力。为了尽快适应这个工作，周义勤每天等打球的人走后，一边打扫卫生，一边有意识地锻炼。他蹲下来把那条有伤的腿伸直再收回来，有时候还用手压那条腿，再猛然站立起来，反复锻炼，练得满头大汗、浑身筋骨疼痛才罢休。

1931年9月25日，周义勤所在的日本商船刚刚回到重庆，船上水手们都在忙于缠绕缆绳，收桅杆，清理甲板。

商船抛锚靠岸，船的一侧搭着两块又宽又厚又长的大木板，岸上的搬运工穿梭在这两块木板上，把船舱里的货卸到岸边的仓库。

周义勤把克郎球娱乐室打扫干净，把器物摆放整齐，就关好门，往自己房间走去。在甲板上，他远远看见一支游行队伍在朝着码头慢慢移动，队伍里的人手上挥着小旗子，喊着口号。他们往码头这边走来，那个日本船主让搬运工暂时停止卸货。

周义勤退回娱乐室，他现在真是害怕他们上船来，他第一次感觉有一种负罪感，内心忐忑不安。

晚上，周义勤给夏辉写了一封信，告诉他重庆的情况及自己的处境，并且还述说了自己在日本商船工作的负罪感和茫然……

这天晚上周义勤一个人来到船尾，桅杆上有一盏昏暗的灯，旁边缆绳上蹲着一只猫。猫见了他，孤零零地喵了一声，好像要讨食似的。周义勤现在也没有心情去搭理它，他靠着桅杆，从口袋拿出夏辉的回信，那昏暗的灯光刚好让他能够看清楚字迹。

义勤兄弟：

一别又是三年，现在你我都十八岁了，已经是青年了，我想象着咱们再见面时的情景，还会像以前一样吗？

你信中说了重庆的情况，其实上海也是如此，甚至可以说全国都是如此。天灾人祸一连串地发生：8月4日，长江发生特大洪水，中下游淹死十四万人——十四万人哪，就这样没了。我都无法想象，天灾竟然如此残酷。8月25日，上海遭台风袭击，黄浦江的水位为历年最高纪录，人们惊恐万状，台风涌起的巨浪冲出江面，还好没有造成灾难……

九一八事变后，9月21日，上海三菱、日邮、日商船码头工人罢工；23日，沪杭甬铁路工人组织救国会拒绝为日本人做事；24日，上海三万五千名码头工人罢工；26日，二十三家日商纱厂工人代表集会声援抗日……抗日浪潮是一波接一波。

我能够想象到你现在的处境，你是不能够再在日本船上做工了，我想你干脆来上海吧。上海大都市总是可以寻找到生存的机会，可能会有更多更好的机会吧。上海商界已经宣布不再买卖日货，这也是咱们民族工商业发展的一个好机会。你经历五年的苦难，也应该休息几天，看看大上海。

义勤兄弟，真的很想念你，在这动荡年代，个人生存、国家生存都是那么艰难；为了你我能够再次见面，你过来吧，我会帮助你，咱们一起商量讨论你下一步应该如何走。

过一段时间我可能要随我大伯去美国读书，走之前真的想见见你。来上海吧，你现在来上海我还是可以帮上你的，我等待你的回音。

义勤，咱们都已经步入青年，我都想象不来你现在变成什么模样了，应该是确定自己发展方向的年龄了。走出来，在这广阔天地，应该更加有助于你的发展……

义勤，你收到我的信一定尽快决定，我在期盼你的到来！

兄弟：夏辉

1931年10月12日

猫已经不知什么时间溜走了，船尾留下周义勤孤独一人，在昏暗的灯光照射下，他的身影和桅杆的阴影融为一体，像是一个粗壮的驼背的木偶，尖尖的头，头发直立。

他仰起脸，把头顶在桅杆上，眼睛越过那盏昏暗的灯，看着布满星星的夜空，思绪万千。

他想起爹，想起娘，想起弟妹们，想起合江，想起三年前和夏辉见面时的情景，想起这五年坎坷的遭遇和成长，想起为了挣钱而受到的委屈和痛苦。他失去了一个正常少年的欢笑、母爱、读书、喜好，甚至哭和闹，压抑得像一个赚钱机器。有时候想呐喊，想呼叫，想奔跑……可是另一个他在压抑着他，像钢板一样坚硬冷酷的理智把他的天性又压回到那个赚钱机器里面去了。爹临终的嘱托，永远铭刻在他心头，责任使然，义不容辞。

周义勤的泪水，顺着脸颊滚落下来，他的亲人，他的思念，他的故土，他的世界，一切好像都在远离。他模糊的泪眼里看到娘慈祥的笑容，娘的倦容，娘的皱纹……他心里明白，必须离开。为了爹的嘱托，为了娘，为了弟妹，为了生存，他必须离开这里，去寻求新的发展。

他最终决定了：去找夏辉！去大上海！

第十一章　远东第一城

　　1931年10月底,周义勤搭乘着从重庆到上海的客轮在母亲河长江上航行。他看着奔腾的江水,那翻滚着的浪花好像是一页一页的书,记载着他过去的岁月:他在翻滚的浪花中看见了父亲、母亲和弟弟妹妹们;他在翻滚的浪花中看见自己少年时代稀缺的"闹";他在翻滚的浪花中看见自己十三岁第一次离开家时,在重庆码头宽阔的台阶上扎满荆棘刺的双手;他在翻滚的浪花中看见在日本商船上欺辱的棍棒,还有游行队伍的小旗子……他的脸上一会儿是隐隐的微笑,一会儿是羞涩的笑;他一会儿委屈地噘起嘴巴,一会儿痛苦地咬着嘴唇……

　　呜的一声长长的鸣笛打断了他的思路,是对面行驶过来的船只在鸣笛。他挺一挺胸膛定定神,看着眼前的船只走远了,又低下头看着滚滚的江水,心想:今天这江水将把我推向哪里?

　　母亲河的浪花啊,我的故土。

　　周义勤内心的伤痛、感念,正应了诗人张九龄的诗:

　　　　悠悠天宇旷,切切故乡情。

　　当时仅重庆到上海一条航线就有十三艘客轮。除了客轮,还有货轮、渔船,江面的船只往来穿梭,鸣笛声此起彼伏。当周义勤乘坐的客轮抵达上海,眼前的景象令他永生难忘。上海十六铺码头正是鼎盛时期,供轮船专用的钢质浮码头和固定码头已经成功建设完成。

　　周义勤看到的,不再是重庆码头那种单纯的趸船(就是转运货物上下船的接驳平台）。江边一溜的钢筋水泥墩子，像护江天使般矗立着，一条条钢缆连接着水泥墩子，再去连接一条条趸船，趸船之间由木板相连，这样就形成一个庞大的浮码头。一艘艘货轮靠近浮码头，通过浮码头和江岸连接，货物就可以很顺畅地从码头搬上轮船，或者从轮船下到码头。所以经常可以看到有好几艘货轮并排上货或者下货，浮码头上人头攒动，实为奇观。

这边客运码头也是人山人海，每天的客流量有四万多人次，每年几乎达到上千万人次。每天一大早在售票处购买船票是要排队的，热闹景观实属罕见。

白天从上海十六铺码头发往各个沿江城市的客轮，平均半小时就有一艘。可以说，这里是名副其实的水上交通枢纽，是中国对外航运的中心。

"义勤，义勤……"周义勤突然听见有人喊他，扭头一看，是夏辉。只见夏辉手里拿着一顶帽子朝他挥舞，激动地大声呼喊着。

周义勤疾步走向夏辉，由于浮桥的晃悠，也由于走得急，他走起来身体有点摇晃，两条胳膊不自然地摆动，以尽力保持身体的平衡。

两兄弟又一次拥抱在一起，兴奋激动自不必说，甚至眼睛都有点湿润。

坐在夏辉开来的小轿车上，周义勤也顾不上看车窗外的繁华，话匣子就打开了。他看着夏辉熟练的开车技能，不由得问道："开上车啦？"

"我大伯的车，不过我经常借用。"夏辉骄傲地回答。

"我的工作怎么样？好找吗？"周义勤紧接着就问起他最关心的事情。

"不急，你刚刚来，休息几天，适应一下。再说了，你这几年辛辛苦苦地工作，从来舍不得休息，现在也应该休整一下。"夏辉说着又补充一句，"刚好我这两天有空，陪你出去转转。"

尽管夏辉说得有道理，周义勤还是坚持己见："现在局势不好，有机会还是先考虑工作。况且也不要耽误你的学习。"

车子突然靠马路边停下来，一支游行队伍迎面而来，大横幅、小旗子上都写着什么"抵制日货，一致抗日，停止内战"，口号也同样是这些内容。夏辉打开车窗，伸出头向一个路边的报童买了一份报纸。

"你看这《申报》上，发表有抗日通电、宣言。九一八后，国民党政府对日竟然提出不抵抗政策，这也太明目张胆了。全国人民都反对，不但抗日，而且还抵制日货。"

夏辉越说越亢奋，继续对周义勤说道："现在民众不但不乘坐日本轮船，不允许日本货船卸货，甚至还烧毁日货，人心那个齐呀。要知道我们现在谁要是购买或者使用日货，都觉得是一种耻辱。"

游行队伍过去了，夏辉就启动车子慢慢前行，嘴巴仍然滔滔不绝："因为抵制日货，就有人提到国货的生产和发展。现在真的大快人心，为了满足国货需求大家都在努力。听我大伯说现在工厂不但加班加点地扩大生产，还搞技术革新，甚至自己研发原料，比如工业用的酸、酒精、硫黄等，这样就大大推动了咱们民族工业的发展。"

"夏辉，你都变成经济学家啦。"周义勤也激动起来。

"所以说，现在是一个商机遍地的时候，你的工作肯定没有问题，只是看干什么适合自己。这几天咱们就多多了解调查，你也开阔一下思路。"

聊着聊着，车子就到了夏辉大伯家门口。

"这几天你就和我住。"夏辉一边说一边把周义勤简单的行李从车里取出来。

"住你大伯家？这不太好吧。"周义勤站在车旁为难地说道。

"我百分之五六十的时间都是在大伯家，这就是我的家。"夏辉不由分说地一手提着周义勤的行李，一手拉着周义勤走进了大伯家。

周义勤走进客厅，马上被这个富丽堂皇的宫殿式的大厅震慑住了，脚步自然慢了下来。夏辉见状一把拽过他，一起往自己的卧室走去，同时嘴里说道："你不用这么紧张，今天我大伯有事情，很晚才回家，你休息一会儿，我带你去霞飞路那里吃晚饭。那个繁华，会让你惊掉下巴。"

夏辉的住房在二楼，有自己的一间卧室，旁边还有一间小书房。周义勤在卧室外面就看到里面的讲究摆设，于是头就歪向小书房。小书房不大，小巧玲珑，里面有书桌书架，还有一个长沙发，宽宽的。

周义勤就扭头对夏辉说："我就睡这里吧，咱们两个都方便。"

夏辉刚想反驳，看着周义勤恳求的目光，就答应了："好吧，这里书多，你可以过过书瘾。"行李拿到书房，洗了脸，两个人就下楼准备出发去霞飞路。

刚进屋时周义勤心慌意乱地也没有看清楚夏辉大伯家的环境，现在才看到这是一座三层楼房，心想这么豪华，应该是别墅吧。走出客厅，屋前是一个小花园，种了许多植物，有的树枝已经伸出院墙外面，郁郁葱葱，很有格调。

走出大门，眼前是一条很幽雅的弄堂，一边是不高的围墙，有浮雕，一边并排几栋风格各异的小洋楼。尖顶圆顶的洋楼里都有不同枝叶伸出，或者垂下来，什么桂花、丁香、香樟、榆树、杨树、柏树，还有许多叫不上名的植物，眼前这一切景致都是周义勤之前从来没有见到过的，他满脸惊讶。

夏辉看到周义勤的惊异模样，拍拍他肩头说道："这都吃惊？下来吃惊的多啦。你现在身在法租界，我们这里叫义品村，眼前就是马斯南路。离这儿不远还有一个公园叫法国公园，回头我带你去见识见识。"

短短的弄堂没走几步，他们就已经在马斯南路上了。一栋栋风格各异的独立洋房，二楼都有黑色铸铁阳台，砖瓦都带着淡淡的色彩。从小洋楼垂下来的各色花卉，还有贴墙的常春藤和爬山虎，比刚刚弄堂里的楼房显得更丰富多彩。路的两旁是两排梧桐树，枝叶仍然茂密，有几片淡黄色的梧桐叶子落在青石板的马路上，增加了几分浪漫色彩。

"这儿到霞飞路很近，咱们可以慢慢走过去。"夏辉大伯家的马斯南路距霞飞路不远，两个人边走边聊。

夏辉俨然一副主人姿态，对周义勤说起来："知道为什么叫马斯南路吗？听我大伯说，这条路是1912年开始修的，这一年法国著名音乐家马斯南去世，为了纪念他，就以他的名字为这条路命名。"

"我刚刚离开重庆日租界，怎么在上海又进入什么法租界了？"周义勤感觉这一路走来迷迷糊糊，不明白这外面的世界怎么是这样凌乱，于是就问道。

"这法租界的年代就长了，我刚刚到这里时也问过我大伯这个问题。我大伯告诉我说，1844年，中法签订《黄埔条约》，法国人就取得了在上海通商贸易和租地建屋的特权。前面的霞飞路就是法国人修建的。"

进入霞飞路，周义勤被眼前的情景惊呆了。尽管天已经暗下来，霞飞路上依然是车水马龙，马路宽阔平整，没有一点裂纹，只是每隔一段才出现一道整齐的缝隙，就像是用刀切割的一样。后来他才知道，这些缝隙是为防止路面因热胀冷缩出现鼓胀或断裂所做的伸缩缝。夏辉告诉他，不久前这里才由原来的柏油马路重新铺设成现在这样平整的水泥马路。

来来往往色彩斑斓的公交车中，人力黄包车穿梭着。每个十字路口都设有红绿灯，有巡捕在指挥过马路的行人。路两旁的建筑物上布满了广告牌和各色招牌。周义勤站立在路口，看见一辆车迎面开来，前面两个灯像是老虎眼睛，他吃惊地直往后退。

"哈哈，这是有轨电车，沿着地上轨道行走，不会越轨的。这就是鼎鼎有名的霞飞路，是以一个法国将军的名字命名的。听我大伯说，1922年3月9日，原来的宝昌路更名为霞飞路。法国人喜欢用名人的名字来命名马路。你要慢慢适应，我刚到这里也不习惯，怎么中国土地上尽是法国人的名字？现在慢慢就习惯了。"

夏辉又开始滔滔不绝起来："就眼前这黄包车，是法国人米拉从日本引进的，所以被上海老百姓叫作东洋车。你看这黄色的都是公共人力车，由人力车公司管理；那些私家人力车色彩就高雅一些，座椅也豪华一些。"

周义勤顾不上回应，一对眼睛却忙碌着。他很兴奋，可是在这花花世界里，感觉好像是在梦中。

马路两旁耸立着的高楼大厦，一栋栋风格各异。路边有从法国引进的悬铃木树，也就是法国梧桐树。时不时出现一尊雕塑，或者在街头路边看到一处精致的小风景等，让周义勤眼花缭乱。

他们从吕班路往亚尔培路方向走去，一路上尽是装潢讲究、陈设高雅的店铺，店铺里时尚品牌的衣物、装饰品、日用品等都是最优质、最奢华的洋货，华贵至极。夏辉看见周义勤不但环顾着两边商场的橱窗，而且看着来往行人的衣着打扮，就笑着说道："30年代就流行西装、长衫、马褂、改良旗袍、短袄。现在40年代就又增加了俄式、欧式、日式西装、中山装、连衫裙、时装衬衫等。"夏辉靠近周义勤，在他耳边小声说道："包括女性的内衣……你看那海报，感觉都会说话。"

周义勤顺着夏辉的手指望去，看到店铺里外墙面挂着的产品海报，把产品性能、优势都展示得十分全面。

本来在周义勤脑海里想象的上海,应该是中国文化和商业的繁华,然而眼前看到的却是异国风情的繁华。他心里有一种说不出来的落寞,把嘴唇闭得紧紧的,有时候甚至咬住自己的嘴唇。夏辉带周义勤进了一家菜馆,夏辉点了几个特色菜和几样小点心,又要了一瓶红葡萄酒,肥胖的外国女店主殷勤地招呼着。

"义勤,你知道不,这是俄罗斯菜馆。从吕班路到亚尔培路是霞飞路最繁华地段,现在有人称这里是俄罗斯区。在这儿开店的俄罗斯人都居住在吕班路附近,吃喝穿戴住就好像在他们自己的国土一样。"夏辉给周义勤讲述着。

"法租界里,怎么又都是俄罗斯人?"周义勤不解地问道。

"这是十月革命的效应,许多俄罗斯难民几经周折,在中国取得了居住权。他们很多都是贵族,仗着有钱进入法租界,逍遥自在地生活。你都不知道中国的俄侨竟然有二十五万人之多,在上海法租界就有好几千人。"

夏辉说着,就给周义勤指着酒馆角落一个俄罗斯人说:"你看那个俄罗斯人坐在那里喝酒,也不和其他人沟通交往,内心说不定在怀念过去的辉煌,指不定还是一个王子呢,哈哈哈……"

第十二章　在合江

"娘，娘……"周义安两只手紧紧捂着胸前的一封信，一边跑一边嘴里呼唤着娘。她冲进屋子，看见娘正在做晚饭，就奔上前去一把搂住了娘。

"这疯丫头，不看我在给你们做饭，急急火火地……"不等娘说完，周义安就把信在娘的眼前晃荡起来，嘴里嚷嚷着："这是大哥的信，大哥又来信啦！"

"谁来信啦？这么高兴。"刚刚回来、一只脚还没有跨进屋门的冉浩杰大声问道。

"浩杰哥，是我大哥的来信，我大哥的。"周义安骄傲地说着，就往前几步把信递给冉浩杰。

"浩杰回来了，就让浩杰念信吧。"娘一边从灶头那边走过来，一边在围裙上擦拭双手。

"义安妹妹现在也识字不少，来，你给大家念念吧。"冉浩杰把信又递还给周义安。周义安激动得满脸通红，拿着信，脸却转向娘。

娘笑了，鼓励说："你浩杰哥让你念，你就念呗。"床上周义善和周义顺两兄弟也挪动到床边，娘和冉浩杰在椅子上坐下来。屋里鸦雀无声。

周义安靠在娘身旁拆信封，抽出两封信。两封信？周义安急忙打开信纸看起来，原来有一封信抬头是浩杰兄三个字，周义安马上合起来递给冉浩杰，拿起另外一封信认真地念起来：

娘、义善、义安、义顺：

你们可好？想念你们！

我已经平安抵达上海，夏辉接我在他大伯家住。我现在坐在夏辉书房的书桌前给你们写信，然而脑子仍然回荡着远东第一城的繁华，好像见到了一个人间天堂，是在梦中见到的那种感觉。我都无法用文字表述出来，比我原来想象的还要夸张得多，也是你们无论如何想象不出来的那种繁华和美。我像一只小公鸡闯入一个富丽堂皇的宫殿，不敢啼鸣，也不敢伸出脚爪乱刨。

你们能够想象霞飞路上穿梭着色彩斑斓的公交车，一不留神一辆有轨电车朝你开来；两旁高大楼房和商铺门前挂满了各种广告牌和各色招牌；霞飞路上甚至有俄罗斯人的商铺。我站立在那里，看着那些商铺，心里有一种感触，不知道自己是在国内还是国外，不知是喜是悲。我紧紧咬住自己的嘴唇，内心却一片空白，没有了感觉。

娘，夏辉让我慢慢适应，我想我会适应的。娘，您放心，这几天夏辉陪着我，让我熟悉环境，我会努力的。等我工作落实了，再写信给你们。

娘，天气渐渐冷了，您不要再到夏家做工了，弟妹们的吃喝拉撒已经让您受累，我会很快找到工作，很快就会给娘继续寄钱回来。

义善、义安、义顺，你们一定要坚持上学，任何情况都不能够放弃。我知道浩杰哥现在几乎是义善的家庭教师，义善进步很快，我好高兴。

弟妹们，一定照顾好娘。娘，您多保重！

很晚了，就此！致安！

义勤

信念完了，娘站起来，用围裙揩拭着眼睛，无言地朝灶头走去，继续做晚饭，可那眼神包含了多少操心和挂念。她又撩起围裙擦拭了眼睛，嘴里小声嘟哝着："阿勤，娘对不起你，对不起，总是让你一人游荡在外……"

义善从妹妹义安手中拿过信，自己又细细看起来，看着看着，眼角滚落出两滴泪珠，嘴里挤出几个字："哥，我拖累你了……"

小弟义顺则高兴地在一边呼喊着："大上海，大上海，我也要去大上海……"他又摇动着二哥义善的胳膊，嚷嚷着要再听一遍信。

冉浩杰这时拿着周义勤给他的信，靠在床尾看起来。

三哥你好！你的来信在我离开重庆时已经收到，得知你又回到合江，有了新工作，而且有空就给义善讲课，我看到义善的进步很高兴，也很感激。三哥，你安心地在我家里住吧，我们是兄弟，不用客气。

上海反日运动很高涨，夏辉在十六铺码头接我回他大伯家的路上，就遇见游行队伍。夏辉说由于禁销日货，民族工业正在兴起，说对我寻找工作和发展有帮助。他让我相信，我很快会找到合适的工作。

三哥，我看到霞飞路上许多商铺里都是外国货（不是日货），不知怎么心里有一丝痛，为什么没有咱们自己的品牌？霞飞路上一溜的俄罗斯面包房、服装店、咖啡馆和饭店，给霞飞路带来了许多浪漫和时尚。但这些人同时也把苦闷和愤恨带到了中国。夏辉说现在上海法租界的巡捕房，关押的罪犯有百分之七八十都是俄罗斯人。我站立在那繁华中，没有一丝亲切感，多么希望看到咱们中国人的商场啊。三哥，就让我在梦中吧。

三哥，我会尽快找到工作。我现在的责任就是工作，就是挣钱。我希望让娘有盼头，让弟妹们坚持上学。我没有能够上的学，由他们替我上了。

三哥，今天很累，就此搁笔。

祝顺安！

小弟义勤

冉浩杰当初刚到合江那段时间，几乎是足不出户，把自己保护起来。后来就去了井冈山。这两年，他经常往返合江，说是业务上的事情，其实是在完成他大哥没有完成的事业。由于他的影响，义善现在也明白了许多革命道理，还把浩杰去井冈山时送给他的几本书背得滚瓜烂熟。《中国社会各阶级分析》这本书是浩杰的朋友从广州那边带过来的，据说是当时农民运动讲习所的读本，是一个叫毛泽东的共产党人写的。晚上大家睡着的时候，他悄悄地从床铺下面把书拿出来阅读。

冉浩杰每次来合江都是和义善、义顺在外屋睡，娘和义安在里屋睡。这天夜深人静，义顺睡着了，浩杰和义善两个人并排躺在床上聊起来。

"浩杰哥，娘和我商量，说大哥这次离开重庆时给了娘一笔钱，娘想在家旁边开辟一个小荔枝园。合江出产荔枝，荔枝又是一种长寿果树，几百年的老树仍然可以结果，娘说这样可以彻底解决我的生存问题。唉，娘不放心我，在为我做长远打算。"周义善对冉浩杰小声说着。

"这是好事情啊。"冉浩杰一下子兴奋起来，腾地一下坐起来。

义善马上指指义顺，示意冉浩杰躺下来，接着说道："大哥的钱，只够买两亩地，我娘说……"

不等义善说完，冉浩杰就打断他的话说道："我刚好认识一个朋友专门培育荔枝树苗，我可以帮你们购买树苗，而且是那种驳种的树苗，买回来一两年就可以结果的。树苗的钱我负责，你就不用操心了。"

"那太好了，我正在犯愁到哪里去购买荔枝树苗。不过荔枝树苗的钱浩杰哥你先垫上，我会尽快还给你的。"

冉浩杰听见还钱二字又急了，又坐起来说道："你这不就见外了吗？我在你们家来来去去的，又吃又喝，这次刚好是我报答的时候。我算算，两亩地也就百十棵荔枝树苗，告诉你娘，就这么定了。"

周义善感动得热泪盈眶。他轻轻地拉了一下冉浩杰的手，冉浩杰就心领神会地悄悄把身体滑下来，和周义善并排躺着，就荔枝园的前景设想，窃窃私语起来。

忽然，周义善想起一件事，对着冉浩杰的耳朵悄悄地问道："浩杰哥，我的情况你汇报了吗？组织上什么意见？"

"我这次回来，就是为了你的事情。义善，为了安全，我今后就不再住这里了，会有人来和你联系。"冉浩杰小声地回答道。

"是吗？那我太高兴了。可是我不愿意你走，你走了谁来给我讲课？"

"为了安全，必须这样。你现在完全可以自学，我会经常托人给你送书。记得，咱们的事业给谁都不能说，包括你娘和你大哥。"

这时候冉浩杰坐起来，轻轻地扶起义善，然后严肃地说道："义善，你去年已经是中国共产主义青年团团员，现在荣幸地转为中国共产党党员，由于你的身体状况，就在这里宣誓，并且由我带领你宣誓，你照着我做。"

冉浩杰从自己衣服内层口袋里拿出一面党旗，铺在义善面前，然后庄重地举起右手，义善也举起右手。

"我志愿加入中国共产党。"

"我志愿加入中国共产党。"

"严守秘密，服从纪律，牺牲个人，努力革命，永不叛党……"

"严守秘密，服从纪律，牺牲个人，努力革命，永不叛党……"

周义善一字一句地重复着冉浩杰的誓词。

就这样，周义善成为中共党员，他激动得满面红光。冉浩杰侧身紧紧握住他的双手："祝贺你义善，我们现在是兄弟，也是风雨同舟的战友。"

冉浩杰收好党旗，和周义善一起又并排躺下来，他语重心长地说道："义善，现在开始，咱们为了一个共同目标——解放全人类而奋斗，无私地把自己奉献出去。对了，你这里是一个交通站，将来有荔枝园，工作就更加安全方便。为了安全，你我今后不再见面，有人会联系你。"

"你……我……"

"不要再说了，义善，我知道你要说什么。为了安全，为了党的事业，我们必须保护自己，保护党的组织机构，这是党的纪律。目前局势仍然不容乐观，我们要发展壮大，我们的工作将更加隐蔽。过几天我将出门一趟，这里的工作你多操一点心。"

冉浩杰继续说道："有荔枝园掩护，来来往往的人和信息，就可以通过这里安全地周转。义善你也就自食其力了。荔枝园忙的时候，你可以在外面招临时工，组织上也会安排可靠的人来帮忙。我明天就去朋友那里，把荔枝树苗的事情确定下来，树苗会很快送到这里。"这天，冉浩杰和周义善两个人聊了个通宵。黎明，两个人才闭上眼睛小睡了一会儿。

周义善闭上眼睛，却兴奋得睡不着。他脑海里不再只有自己个人和这个小家的烦恼痛苦，还有着责任，一种为中华为民众的责任。他的心里有了很强烈的奋斗力量。

第二天吃了早饭，冉浩杰给娘说他有业务，就离开了周家。

这两年周义善的腿在冉浩杰的建议下，用中医的方法治疗，有很好的效果。他已经可以拄着拐杖在家里帮助娘做饭洗衣服。现在有了荔枝园的策划，他满怀信心，精神抖擞。

娘置办的两亩地，就在家门口不远处，一块贫瘠的土地。每天两个弟妹上学走后，周义善就开始在地里忙活起来，娘也来帮助他打理。娘不再去夏家做工，却面对这块土地一镢头一镢头地翻耕；周义善则依靠两个拐杖，在娘身后顽强地拍打着娘挖起来的坚硬的土疙瘩。

这一天，邻居家阿嫂突然把她家一头瘦弱的牛牵过来："喂，阿婶，我来帮你们翻一下地。"阿嫂远远地就招呼起来，肩上还扛着一张犁。

"阿嫂，你刚刚盘来的牲口，你……"娘一下子眼圈红了。

"没有关系，让它练练脚。"说着，阿嫂就到了地边，娘上前把阿嫂肩上的犁接下来。

"阿嫂，怎么好意思让你来帮忙？"

"唉，我远远看见义善的样子，就心酸得不得了。义善要是健健康康、齐齐整整的，还用得着我来帮忙？说不定是你们来帮我的忙，哈哈哈……"

在阿嫂开朗的笑声中，两亩地很快就翻了一遍，扬起一股土地的香味，让笑声更增加了几分诗意。

没几天，就有人送来一百棵荔枝树苗，都经过剪枝定型，主干的高度已经确定。义善心想：浩杰哥办事真的是上心。来人帮助义善一起把荔枝树栽种在那两亩地里，土地一下子就显得生机勃勃。同时冉浩杰还托来人给义善带了两本关于栽培养护荔枝树的书。

那以后，周义善就全身心地料理起这一百棵荔枝树，就像照顾自己的孩子一样。他晚上看书，早上就拄着拐杖去荔枝园，一整天忙忙碌碌。书上说，不要让荔枝树长得太高，要不时地施肥，还要掐尖，也就是把新长出来的枝条顶部的芽去掉。

周义善已然是一个熟练的果农了。

第十三章　洗尘

　　周义勤到上海第三天，夏辉要为他洗尘。他另外约了两个人，一个是他上海的同学，一个是他的远房表弟，也是刚刚从东北到上海来讨生活。夏辉为周义勤洗尘的地方选在大马路。

　　一大早，夏辉就催促周义勤赶快起床，说要带他去一个好地方。为了让周义勤体验坐黄包车的感觉，夏辉就叫了一辆黄包车。两个人坐上黄包车，夏辉就对着黄包车夫说了一声："去跑马厅。"

　　"跑马厅？"周义勤一脸疑惑地问道。

　　"是的，跑马厅就在大马路那边，带你去见识见识。"

　　"跑马厅还没有搞清楚，就又来了一个大马路？不是说到南京路的吗？"

　　看着周义勤一脸的疑惑，夏辉笑了："哈哈，不懂了吧？这大马路就是南京路。南京路原来叫花园弄，1865年，租界当局将花园弄命名为南京路。由于这条路的起始是从黄浦滩到跑马厅，路上常见遛马的洋骑士疾驰而去，巡逻骑队缓缓而行，兜风马车悠然而过。马能够行走的路，要比一般小道宽，故又被人们称为大马路。"黄包车从马斯南路出来，一路经过吕班路和贝谛鏖路，往南京西路而去，跑马厅就在那里。

　　周义勤坐在黄包车上，看着沿路的繁华，眼前突然出现的跑马场让他又如在梦中，不敢相信这是现实。他俩从黄包车上下来，周义勤懵懵懂懂中听见夏辉的话："这是远东第一跑马场。"他才像梦醒一般转过头看着夏辉。夏辉又冒出一句话："这里是冒险家的乐园。"

这么大面积的跑马厅在周义勤眼里就像是一片海洋，气势恢宏。跑马赛道由白色栏杆围绕，里外有两圈开阔的赛道，都由白色栏杆隔离。在他们对面，有一座四层楼的建筑物已经封顶，旁边有一座四方形的建筑物，尽管已经比旁边的四层楼高，但是看起来还在继续往上盖，不知道会有几层高。那建筑从轮廓上一看就知道是欧式风格。

"那是新建的跑马厅总会馆，在这个跑马厅总会馆前面今后会有两层开阔的看台。那个高耸的四方形建筑，听说是钟楼。听我大伯说，这两个楼是采用什么钢筋水泥建筑的。"

就算是在重庆，周义勤也从来没有见过这么宏伟的景象。家乡合江在江边，弯弯曲曲的岸边，连种粮的土地都没有，哪里见过这么大片平整的土地？眼前这片土地，仅仅是为了跑马、赛马？他想象着这片土地之前的情景：农田、农舍、牛羊，还有树丛中的田间小路……他感觉这个世界越来越陌生。

离开跑马厅，当他们两个人站立在铺着铁藜木的大马路上时，周义勤的眼睛又瞪得大大的。那铺设得整整齐齐的一小块一小块坚硬的木块，一直延伸到黄浦江边。耳边传来夏辉如数家珍似的声音："你眼前这条路是英籍犹太人哈同在1901年花费六十万两银子铺设而成的，可以说是远东最漂亮的一条路。"接着又说："这个哈同是个厉害人物，他靠房地产发家，曾是法租界和公共租界工部局董事。你看眼前大马路上的地产，有百分之四十是他的，这大马路两边的高楼大厦、高档弄堂里的石门库房子，有许多是哈同集团的房产。不过，今年6月份，在这大马路上叱咤风云的他已经去世了。"

"噢……"周义勤还没有回过神来。

他从铁藜木路面抬起头来，满眼色彩缤纷，旗帜飘扬。庞大的建筑物上都是尖顶或者精巧阁楼，除了广告招牌上的中国文字，没有一丝中国味道。两旁群楼像层叠的山峦延伸而去，比霞飞路更加热闹，更加富丽堂皇。有轨电车穿行在匆忙飞奔的黄包车中，路边无规则地停放着不同式样的小轿车。

周义勤的眼神由激动到茫然，突然嘴里吐出一句话："这是中国吗？"他感觉在中国的土地上看到眼前的景象很失望。

"这是租界，是国中国。"夏辉回答着，他感觉周义勤还是不明白，就又补充说，"是的，我第一次到这里也是和你一样的感觉，新奇而失落。"

夏辉把胳膊搭在周义勤的肩上，一边往前走，一边继续说道："其实这大马路也有咱们中国人的骄傲。你看这边的老凤祥、邵万生、先施公司、永安等许多高楼大厦，都是咱们中国人投资建造的，是咱们中国人的品牌。当然更加多的大楼商铺是外国人投资建造的，有的甚至是上世纪在上海开埠初期就有的。你看这几幢历史悠久的英资百货公司——福利公司、泰兴公司、惠罗公司、汇司公司，被人们合称为南京路'前四大公司'。"

说着，他们就已经走到汇中饭店前，这座文艺复兴风格的大楼建成于1908年。夏辉侃侃而谈："这个大厦拥有几个第一呢，是上海最早建成的旅店之一，是现在上海滩最高的建筑，也是上海第一幢安装电梯的大楼。"好像为了弥补周义勤的不满，他又接着说道："这汇中饭店是英国马礼逊洋行的建筑师设计的，却是著名华商王发记营造厂承接建造的。所以尽管说是英国人的饭店，却蕴含着中国人的智慧和心血。"

离开汇中饭店，扭身就看到波涛澎湃的黄浦江。沿着黄浦江边，耸立着一圈哥特式尖顶、古希腊式穹隆、巴洛克式廊柱、西班牙式阳台等的建筑，门头镌刻着许多外国领事馆、各大金融机构的名称。

这又让周义勤有一种说不出来的憋闷，他在江边铁链子连接起来的围栏旁，靠着一个水泥墩子，低头面对黄浦江。江水奔腾往前，有驳船鸣笛来来往往，有插着外国旗子的庞大船舰威风地行驶在江面上。那江水不语，只是滚滚往前走。周义勤小声说道："我的母亲河啊，你背负着多么沉重的委屈啊……"

"好了，上海的精华你已经看到了，现在吃饭去，我表弟说不定已经到饭店了。"夏辉扬手叫了一辆黄包车，黄包车又拐进大马路，来到新新公司旁边的一家私房粤菜馆。

这是一家镶嵌有彩色玻璃门的饭店，一进门就听见有人呼叫："表哥，在这里。"一个穿着中山装的年轻人在对着夏辉招手。表弟比夏辉小一岁，但是看起来比夏辉老成。

"夏辉……"又一个年轻人在进门的椅子上突然站立起来。夏辉笑呵呵对这两个人招手回答说:"哈哈,我们迟到啦。"

在靠近里面墙角的餐桌旁,夏辉招呼大家坐下来,说道:"这里安静一些。"接着就给大家相互介绍了一下。几个人握手后,就招呼店员点菜。他拿着菜单对大家说道:"今天四个人,每个人点一个菜。我知道这个店的看家汤是广东传统靓汤猴头菇花竹荪汤,我就点这个。下来林平儒点一个,别给我省着。"

夏辉说着就把菜单交给同学林平儒。林平儒拿着翻了两页,手指一点说道:"我喜欢吃肉,就这个蒜香骨。"

夏辉拿过菜单递给表弟:"旭和小弟,该你点了。"

高高大大、一脸纯朴的梁旭和红着脸说:"我……我从来没有点过菜。"

"人在外,就要开始慢慢学习,包括点菜。"夏辉像长辈一样地说教起来。梁旭和就对着一个素菜点了一下,说道:"龙卧茄香。可以吗?"

"当然可以,这个菜看起来是素菜,做起来很复杂,也是这个店的看家菜。行啊,旭和,有眼光。"夏辉说着把菜单又递给周义勤,"义勤,你是从大重庆来的,应该更加有眼光啊。"

周义勤笑了,一边翻看菜单一边说道:"我和梁旭和一样,从来没有在这样的饭店点过菜。我在江边长大,就点一个鱼吧。欸,怎么不见有鱼?"

"鱼?好说,我替你点了。菇茸鲍鱼,也是这里的看家菜。"夏辉说着,又潇洒地点了一个白斩鸡。

"鲍鱼?什么鱼?我怎么没有听说过?"周义勤好奇地问道。

"你当然没有听说过,你在江边长大,这个鲍鱼是生长在大海里的。"夏辉笑着回答。不一会儿四菜一汤就送上来了,菇茸鲍鱼最后摆上来,是一人一份的那种。周义勤第一次吃,不知道是用筷子吃还是用叉子吃。

表弟梁旭和是夏辉母亲娘家的远房亲戚。在夏辉十岁时,姥姥六十大寿,他随母亲回泸州姥姥家时,见过从东北回来的梁旭和一面。一晃十来年,当年的孩童们已经是小青年了。几个人在一起,感觉很亲切。吃着饭,他们聊起来了。

"听说国内首家钟表厂在山东?"林平儒面对梁旭和问道。

"是的，山东人李东山1915年7月在烟台朝阳街创办了烟台宝时造钟厂，这是中国第一家钟表厂。"梁旭和有点骄傲地回答道。

随后他往嘴里送了一口鲍鱼，又继续说起来："我在钟表店工作了近一年，听我师父说，1928年全国各地出现了抵制日货、提倡国货的爱国运动。宝时造钟厂抓住机遇，改进生产技术，降低生产成本，提高产品质量，一心打造我们国家自己的品牌。"喝了一口汤，梁旭和又讲宝时造钟厂不断完善经营的策略："那时候东北三省祖籍山东的人非常之多，反日情绪很强烈，加上'宝'牌钟表质优价廉，很受东北人民喜爱，市场越做越大，最后竟然将日本钟表挤出东北市场啦。"

"嚄，这是长咱们中国人志气的好产品、好品牌啊。这才是我们中国的脊梁。"周义勤赞许道。

"那是。去年冬天因为母亲有病，我就休学，由别人介绍进入宝时钟表店当学徒。我的收入刚刚能够贴补点家用，没有想到今年九一八事变，东北百业萧条，宝时钟表失去了最畅销的东北三省的市场，现在生产几乎停滞。"梁旭和说着，想起了在东北的母亲，眼睛有点湿润。

九一八事变以后，梁旭和所在的钟表店停业，于是他就到上海找夏辉，希望得到夏辉大伯的关照。不巧夏辉大伯近日有事情顾不上，于是梁旭和这几天就自己转悠，考察市场行情。

第十四章　巧遇合作

那天四个人吃饭时聊得很好，梁旭和很兴奋地把自己得到的信息告知大家。他深深感觉到上海现在的民族企业，在抵制日货的大好形势下，得到了充分的发展和创新。特别是当他知道周义勤也是来上海谋事，两个人聊了很多话，有许多想法不谋而合。

最后梁旭和对周义勤说："我最近跑了很多地方，本来想谋个吃饭的差事，现在想着有机会还是自己干点啥，最近你若有时间，咱们两个去考察一个地方。"周义勤惊奇地看着他，然后茫然点头允诺。

那是在闸北区的宝山路，是和公共租界北河南路相连接的地方，经济在慢慢发展。那里商铺很多，尽管没有租界那里的时髦物品，更没有出售西洋物品的商铺，但吃喝穿戴的普通商品，甚至日常生活使用的木头、竹子、编织品等，却是应有尽有。租界那边人口密度大，但是租界的大商场是外国人及少数中国富人的天下。租界还有许多当地居民，近两年又有许多中产阶级的人冲进租界，他们的消费还达不到经常在租界的大商场去消费的水平。于是在靠近租界的地方，就形成一个中低档的消费圈。

宝山路的当地居民，就更不可能去大马路那里购物了。这里生活节奏慢，很悠闲，星期天或者晚上下班后，人们经常在弄堂口打打麻将，或者在街道遛遛吹吹风。这里人口集中，房屋狭小破旧，煤炭炉子烟雾缭绕，有时候甚至天空都灰蒙蒙的。小店铺在街道两边一个挨一个，商品琳琅满目，老百姓吃喝拉撒的生活用品都在这里集中，形成平民阶层的生活圈。

周义勤看到上海大马路特定人群的生活圈，又看到眼前新兴小工商业的繁华，还有平民的生活圈，感觉还是这里比较接地气，是实实在在的中国现状。不像大马路给人一种虚假的、嫁接过的、极少数人的天堂的感觉——那是十里洋场。这里有自己的土地，有老家的味道，有中国人真实生活的气息。

宝山路除了吃喝穿戴的普通商品，这几年慢慢开始有许多小产业发展，像丝绸、布匹、服装、印刷、粮食等。这些都带动了这个商业圈的发展扩大，人口也渐渐增多。所以这条商业街不但有杂货铺、布匹店等，餐饮店也特别多。

梁旭和带着周义勤在宝山路上转了一圈，最后停留在一家杂货铺门口。

"老板娘您好，老板不在吗？"梁旭和上前和一位三十多岁的女人打招呼。女人当即站立起来，招呼两个人进去。

"哦，他不在，不过你说的事情，他已经同意。"女人倒着茶水回答着。

梁旭和正在给周义勤介绍这个小铺的情况，顺口对女人说："今天我带着朋友一起来看看。你们说的价钱是否可以再少一些？"

"已经是最低的了。要不是因为儿子上学，这么好的地段，我们是不会转让的。"女人说道。

"知道的，我是刚入世道，没有本钱，麻烦您还是和老板再商量一下，照顾我们一下，最起码给我们留一些货物，好让我们节省一些资金。我们明天再来。"梁旭和说着，就带着周义勤往外走。

"好的好的，他晚上回来我告知他。慢走。"女人送出门来答道。

出了门，周义勤急忙问梁旭和："怎么？你想盘这个小铺？"

"我一个人哪里有这个投资能力。我是看到你，想和你合作，才带你过来看看。你盘算一下，咱们现在给别人打工，永远不会有发展，只有自己干，才会有出头之日。"

梁旭和手指着不远处的一座五层大楼说道："那是宝山路最大的建筑，商务印刷馆，还有这两年修建的亚洲最大的东方红图书馆。你再看看周围，饭店一个挨一个，商铺和杂货铺也是汇聚成片，说明这儿人口集中，生意好做。"

梁旭和说着说着就激动起来，手舞足蹈地给周义勤介绍着。不等周义勤说话，他又急匆匆说起来："我不愿意去打工。最近我娘有病，没有多余的钱给我，我又舍不得放弃这么好的一个机会。那天看见你，又和你聊了许多，我看你是一个做事情的人，就有了想和你合作的想法。"

周义勤的第一感觉，就是知识的力量。梁旭和初中毕业，比自己小一岁，刚刚入世就想到个人的发展，有许多自己对这个世界的看法，他周义勤是没有这个勇气的。再看看这个地方的环境，面对中低档消费的老百姓，很适合本钱少、又有个人追求的年轻人创业。现在他内心很是服气这个比自己小的兄弟。

"我知道你也是没有钱的人，就因为没有钱，咱们两个人合作，才能够去干成一件事。况且，也不要小看这个小铺面，它可以让我们一边学习一边发展，慢慢壮大嘛。"

梁旭和真实诚恳的言谈让周义勤听着不住地点头，内心也开始激动起来。他说道："梁兄弟，说实话，我从来没有敢想过自己干，今天你让我耳目一新，我觉得自己腰杆子挺起来了，是要考虑考虑了。不过，这钱……"

周义勤一想到钱就犯难，可是也不想放弃这个机会，于是低声说着："想办法，一定想办法……"

"盘这个铺子要七十块大洋，是我据理力争过来的。要是正常情况下，要盘这么一个铺子少说都要百十来块大洋。你想想，七十块大洋，在南京路就是一尺的地皮，够干什么？更何况老板会把现有存货送给咱们一些，使咱们流动资金有了缓冲。咱们两个每人出三十五块大洋，这个店铺就是咱们的了。你比我大，又在外面经历得多，我称呼你大哥，你就是大老板。"梁旭和不紧不慢、有条理的述说，让周义勤不但有一种安全感，而且有一种创业的激情。他答应回去考虑，明天确定这个事情。

周义勤回到夏辉大伯家时，夏辉还没有回家，他直奔二楼现在住的书房，在沙发旁边的行李包里，掏出那个洋铁皮盒子，激动得双手颤抖。那是他全部家当，是他这几年省吃俭用存下来的钱，包括在船上的小费。

他拿了一块擦桌布，细心地把盒子四周擦干净，然后小心翼翼地把盒子摆放在书桌上，轻轻地把盒子扣扳开。盒子分两层，上面一层很浅，放满了铜板。他轻轻地把这一层取出来，就看见里面东倒西歪地放着十几个银圆，加上那些铜板，也远不够三十五块大洋。

他正在发呆，夏辉回来了，看见他的模样，问道："怎么啦？"

周义勤把梁旭和今天让他去闸北宝山路，又提出合作的事情都一五一十地告诉夏辉："梁旭和有文化，有魄力，有眼力，这是我缺少的。所以我想和他合作，我们会取长补短，互相学习，一起努力，或许会成就一番事业，起码能够帮助我们成长。只是……只是这钱……"周义勤说着，指指从洋铁皮盒子里拿出来的一堆钱。

夏辉高兴地回答道："这连我都没有想到过，总是想着让我大伯帮你安排一个好工作，想不到这个梁旭和……不错啊，他想的对。现在民族企业大发展，个人奋斗正是好时机。知道吗？九一八事变后，中国爱国工商业者掀起抵制日货运动。听大伯说，今年9月份日本对华输出比上年同期减少百分之三十四；到12月估计要减少百分之六十还多。日本在中国商业地位由第一位降为第五位，他们在中国的厂商企业几乎全部停滞。所以现在中国的民族工业创新发展是空前高涨，这对你们来说是难得的好机会。至于钱，不是事，我来帮你解决。"

"不行不行，绝对不行，你一直在帮助我。现在我吃这里住这里，花费你多少钱？我感激还来不及，哪能再要你的钱？钱，我会想办法的。"周义勤满心的感恩。

"哎，你见外了吧？周义勤，你都忘记了吗？我的命都是你救回来的。记得那年在合江学习游泳，我差点淹死，是你救了我。咱们是兄弟，万万不可拒绝我的帮助。"说着，他跑回自己的屋子，拿了一个小绸布袋子出来，在周义勤面前把袋子里的东西一股脑倒出来，整整三十块大洋。他潇洒地全部推向周义勤："我也不打扰我大伯，这是我自己的钱，全部是你的了，你还需要一点流动资金的嘛。人说货卖堆山，你就好好干吧，我相信你会干好的。"

他还不尽兴，又说道："明天，我和你一起去。"

"那权当是你借给我的，我挣上钱就还你，不然我是不会要的。"周义勤一脸惊喜，抬起头却不好意思地对夏辉说道。

夏辉乐呵呵地笑着说："随你，只要你现在拿着就好。"面对朋友的慷慨真诚，周义勤的泪水在眼眶里打转，他握住夏辉的手说不出话。

第二天一大早，周义勤和夏辉一起去梁旭和的住处。三个人带着不同的兴奋和激动，前往宝山路，在那个小铺里，和原来的老板完成了盘铺手续。好心肠的老板答应送一些存货给他们，结账时周义勤多给了三块大洋。

给别人打工和自己创业，那完全是两回事。三个人激动地拥抱在一起，当即一起收拾整理小铺，你争我抢地干着，不停地说着话，一起规划这个小铺的发展和创新。

"要我说，先给这个商铺取一个好名字吧。"夏辉突然说道。

"你这个知识分子，想得就是周到。什么名字？你说就可以了。"周义勤笑呵呵地回答。

"嗯，我想想。周义勤、梁旭和……对了，就用你们两个姓名的最后一个字：勤和。你们想想，要想生意好就得勤劳嘛，和气生财是不用说的商道。"

"好一个勤和，亏你想得到。"周义勤对着夏辉竖起大拇指。

梁旭和拍着手高兴地呼喊："好，好，我支持。"顿了顿又说道："我想，我们的商铺应该与众不同，改变一下铺面的格调，把货物位置调整一下。"

"不要这个堵门的柜台。"

"柜台靠边放。"

"纸箱子，来来来，全部放中间，货卖堆山嘛！"

"这边……那边……"

下午时分，小铺已经焕然一新，没有之前的一点痕迹。只见柜台移到左侧靠门的墙面，另外两面墙的货柜和柜台连成一圈。人一进来，所有货物都一目了然，更加方便选择。中间空旷的地方，原来靠门的几个纸箱子整齐地堆放着。夏辉去街上买了一块白色洋布和几个茶盘，白色洋布盖在箱子上，几个茶盘放上去，把点心小食等放在上面，既好看又方便挑选。刚刚摆放好，就有人进来买东西，当天就有进账。

周义勤和梁旭和两个人又商量进货的事情。夏辉有事先走了，说明天就把新做的门头送过来。

这天是1931年10月30日，是周义勤到上海的第五天，也是周义勤一生中最快乐幸福的一天。他做梦也没有想到，自己刚刚到上海，就有机会跟人合作开铺子，把一个天时地利人和诠释得淋漓尽致。

第十五章　茅草棚

　　周义善像爱护孩子一般守护着荔枝园，每天拄着拐杖从天亮忙到天黑，不是培土就是剪芽。老天有眼，这一阵下了两场雨，让移栽过来的荔枝苗得到滋润。

　　荔枝园也慢慢地迎来一些不认识的人，说是帮忙，其实是在执行任务。为了更加安全一些，冉浩杰特意派来两个人帮忙，在荔枝园西南角搭起一个茅草棚。一方面为了交通站工作的方便安全，一方面让周义善平日有一个休息的地方，农忙时晚上甚至可以睡在这里。周义善把家里不用的桌椅板凳都拿过来，又把家里原来堵猪圈的一块板拿来架在两个条凳上做了一张床。

　　自此，冉浩杰再也没有来找过周义善，可是周义善能够感觉到冉浩杰的存在和关心，而且他知道冉浩杰干的是大事。

　　这天他得到单线通知，说中共赤合特支的书记要过来看望他。书记姓梁，是赤水人。周义善很是激动。梁书记过来时，肩上扛着几棵荔枝苗，说是来补苗的。

　　他三十多岁，一身深灰色夹袄夹裤，瘦高健硕。听说他在赤水的一座什么庙里开设夜校，开展宣传和发展党员。他这次来也是想考察一下这里的环境，想把这里也办成一所学校。

　　梁书记和蔼可亲，表面看起来他是和周义善两个人在荔枝园里补苗、培土，实际是在交流工作。荔枝园只有一棵树苗死了，补栽以后就把其他几棵树苗栽种在旁边空地上。周义善扶住树苗，梁书记蹲着给树苗培土，小声地说道："尽管第三次反'围剿'胜利，但现在革命形势仍然很严峻，外有日本鬼子，内有国民党，我们也需要扩大实力，做好大部队的后勤工作，同时发展新鲜血液，给前线输送人员。"

梁书记站立起来，用双脚踩实树苗根部的松土，兴奋地对周义善说道："11月在瑞金举行的中华苏维埃第一次全国代表大会，宣布成立了中华苏维埃共和国临时中央政府。现在是黎明前的黑暗，我们需要加倍努力。"

这简直是惊天动地的好消息。周义善马上想起那天冉浩杰说他要出趟门。莫非是去参加这个会议？他是党的什么领导？周义善知道这是党的秘密，是不能多问的，不过他想想都激动，甚至有一点骄傲，嘴角露出一丝笑容。

他们种好一棵树苗，又挪到前面去挖坑栽种。梁书记继续说道："听冉浩杰说，你是一个靠得住的人。你这里环境很好，是一个很理想的交通站。你可以多和周围渔民接触，熟悉他们，了解他们，关心他们。有了人气，就可以考虑办学校，让不识字的人识字，同时发展有民族精神和爱国精神的人加入组织。"

周义善不言语，只是不住地点头，内心有一团火，这是他第一次接受工作任务，很激动，甚至有点热泪盈眶。

"记得，首先要保护好自己。"这是梁书记临走时说的话。

那以后，周义善和周围渔民们交朋友，渔民们有空就去荔枝园聊天，慢慢地竟变成一种习惯。家里的烦心事，捕鱼收成的事，喜事丧事，他们都会在这茅草棚里述说。当然，国难当头的事情也会自然而然地在这里讨论，外面发生了什么事情，谁又看见了什么事情，痛苦的，快乐的，危险的，不公平的……大家经常七嘴八舌地讨论。冬天日短夜长，夜晚点亮一盏油灯，会有更多的人过来叙家常。周义善有时候晚上甚至在这里睡觉。

他经常让妹妹给他带一份报纸，有时候他给大家念报纸，有人说起在外面听到日本人侵略中国的事情，周义善就会顺便说说抗战的局势。慢慢地，好像有一种凝聚力在周义善的周围形成。

有一天晚上，村头吴大叔让周义善给他在外的儿子写一封信。吴大叔口述，周义善则铺开纸张书写起来，写完了周义善又给吴大叔念了一遍。

吴大叔好高兴，说："好善仔，今后我就靠你给我写信喽。谢谢你啦。"说着从衣袋里摸出一个铜板给周义善。周义善起身把铜板推回去说道："我的吴大叔，你咋啦？乡里乡亲的，你要是这样子，我今后就不给你写信喽。"

那以后，村里只要有人想给在外的家人写信，都跑过来让周义善代笔。大家过意不去，就一把葱、几个萝卜地送来，以示感谢。有一天晚上，周义善就借机说道："现在冬天农闲，不如我教你们认字。一天认一个字，一百天不就是一百个字了吗？"

"我们几代人都不识字，一样吃饭捕鱼。"

"嘻，学不会的，这辈子只会捕鱼。"

"善仔说的对，我们闲着也是闲着，认字是好事情啊。"

"那是要交学费的……"

周义善就笑嘻嘻地说道："交哪门子学费？你们愿意学，我免费教你们，可好？"

"那敢情好，我报名。"吴大叔首先表态，另外几个年轻人也跟着说愿意来学习。当然对于大部分人来说，他们愿意来，主要还是愿意一起来聊天，其次才是学习认字。可是对于周义善来说，他的革命工作又往前迈了一步。

慢慢地，邻村年轻人也有来学习认字的，妹妹周义安也经常过来，帮着烧水倒茶。每天晚上这里都热闹非凡。

赤合特支很重视这里的工作，全力指导支持周义善的工作。不久，就有两个思想进步的年轻人和周义善关系很密切。周义善不仅给他们教认字，还把原来周义勤和冉浩杰送给他的书，偷偷地转借给他们看。之后在赤合特支的帮助下，这两个年轻人也加入了组织。有了他们的协助，周义善的工作更加得心应手。

一个月以后，赤合特支宣布在这里成立一个党小组，由周义善任组长。周义善腿脚不方便，外联的事情就安排那两个年轻人去完成。

第十六章　民族工商业兴起

勤和杂货铺在周义勤和梁旭和的努力下，生意蒸蒸日上。他们两个改变着营销模式，在抵抗日货、振兴国货的大好时机中，发挥着年轻人的热情和能力。

宝山路上商务印书馆的业务很繁忙，出版了许多教科书、词典、古籍、中外名著，其数量之大在国内都数一数二。它带动了周边小型印刷厂的建立，外来工人也就越来越多，街道上经常看到穿着同一颜色工作服的工人三五成群地转悠。

其他轻工业的发展也在这里显现出来，不断有新的造纸厂、缫丝厂、布厂、肥皂厂、米面加工厂等开设。由于人口剧增，闸北区的小学大大小小建了近百所，中学也有几十所。不断有新的商铺开张，五金店、布店、纸张铺等纷纷开设。

菜馆粥铺增加得最多。周义勤和这些菜馆粥铺的老板关系不错，只要饭店用得着的，油盐酱醋，米呀面的，他都薄利多销，还主动送货上门。

附近居民也因为他们别致的陈设和和气生财的态度，喜欢在他们店里购物。周义勤有时间也去五金店、布店、纸张铺等地方聊天，得到许多信息，感慨现在真的是商机多多，民族工商业正在兴起。

这里尽管离大马路很近，可是因为消费群体的不同，仍然有不同的发展特点。这里没有什么高档时尚洋货，但大马路商业信息的传递，使这个不起眼的商业圈有了延伸的发展，新兴行业不断增加，勤和商铺的生意也越来越好。

"义勤哥,你看见了吗？商务印书馆对面新开了一家照相馆,热闹得不得了。"这天梁旭和从外面兴冲冲地进来,兴奋地告诉周义勤。

"是吗？这可是一个好消息,说明这里越来越发达,连这种洋人的行业也从大马路延伸过来了。"周义勤一边整理柜台一边回答。

随后他转过身子把柜台上的账本拿起来交给梁旭和说道："给王家菜馆送去的小磨香油和茴香大料,他们说什么了吗？你回来了,把这个月的账分类汇总一下。"

"他们可感谢了,说一直想要这个牌子的小磨香油,今天终于送到了。王老板说今后就在咱们这里进货。义勤哥,日子过得真快,忙得我都忘记了今天是30号,我马上把账目统计造册。"梁旭和说着,接过账本趴在柜台上认真地算起来。周义勤抬腿往外走去,给梁旭和留下一句话："我去看看照相馆,这边你招呼着啊。"

周义勤急匆匆地往照相馆走去,由于走得急,那一条受过伤的腿有点跛,远看整个身体摇摇摆摆的。照相馆被里三层外三层地围着,玻璃橱窗上有几张靓丽的明星照片,门头上面"新月照相馆"五个大字清晰醒目,把这陈旧的商业街的档次一下子给提升起来。照相馆里面已经有几个人在排队拍照,都是印刷厂的年轻工人,其余都是看热闹的。

"勤和商铺周老板也来啦,欢迎,请进。"照相馆肖老板看见门外的周义勤就招呼起来。周围人就给周义勤让出一条路。

周义勤一边走进门一边问道："您贵姓？您怎么知道我是勤和商铺的？"

"哈哈,鄙人姓肖。您新奇百变的商铺风格,这条街谁人不晓得？您是我们年轻人的榜样。"

"肖老板,榜样说不上,倒是你们很超前、很前卫,前卫就是魄力,这才是我们应该学习的精神。"

"周老板很有气质,也来一张吗？"肖老板和蔼地询问道。

周义勤赶紧回答道："不了不了,过来是恭贺您的,祝您生意兴隆。"

"感谢感谢！承您吉言,我免费给您拍照,寄给家里也好让家人放心。"

肖老板的一句"也好让家人放心",引起了周义勤对娘的思念。是的,这一个月他忙着张罗商铺生意，几乎忘记了娘。他心里默默念叨：娘，您可好？

肖老板好像看透了周义勤的心思，把周义勤推向里屋照相机前。明亮的灯光让他眯缝着眼睛，等可以看见东西时，他转头把周围看了一圈。他的左边是一个低柜，摆放着各种玩具、小包、帽子，右边是几个木马、圈椅。从后面左右射来的都是灯光，正前方是一个盖有深红色丝绒布的铁质支架。旁边站立着摄影师，正在指点他的坐姿。

周义勤这才明白他在照相机前面，赶忙对摄影师说道："拍……拍半身……"

"我来，我来。"只见肖老板上前把摄影师手中捏着的一个东西接过来，然后脸朝向周义勤说道，"好的，我明白。坐直，侧身，对，身体再回过来一点。眼睛朝着你的正前方，微微抬头，对，好，好喽。"说着手使劲一捏，啪的一声，灯光一闪，周义勤的形象就留在了照相机里面。

周义勤像做梦一样，懵懵懂懂站立起来，出了那间屋子才清醒过来，手在口袋摸起来。肖老板看见，赶忙笑着捂住了周义勤口袋里的手，说道："我说过免费的，请赏脸。拍得相当好，我让他们现在就加急冲洗，您等等，一会儿就好。"肖老板这么一说，周义勤在口袋里的手就不好再出来了。他尴尬地看着肖老板进入一间暗室，才转头参观四周墙面上的照片和装饰品。

过了一会儿，肖老板手里捏着三张照片，边走边大声说："我说的果然不错，周老板气质好，拍照像明星一样。"周义勤忙转过身，不好意思地说："不敢不敢，是您的摄影技术好。"

只见照片上一位身着浅灰色立领衣服的年轻人，微微侧身，五官清秀，鼻梁挺直，丹凤眼炯炯有神，一脸的正气，有一种积极达观的气质。

"哇，真的好，太好啦。周老板您允许我放大一张摆放在橱窗里吗？"肖老板诚恳的要求，让周义勤不知所措。他想了想就回答道："本来就是免费拍照的，照片是您的，您怎么处理都可以。""太好了，太好了，谢谢周老板，您的照片会给我带来好运。这三张照片送给您。"

周义勤拿着照片，这是他第一次拍照，照片上的人英气十足，不知道的人，说不定会以为是明星。看到自己的模样，几年的坎坷就都涌现在眼前。他

第十六章　民族工商业兴起

心里想着，今天晚上一定给娘写信。娘看到这张照片，不知道会有什么感受。

周义勤回到商铺，梁旭和就站立起来高兴地大声对他说："义勤哥，咱们发啦，你知道这个月咱们挣了多少钱？"

梁旭和重新坐下来，把账本铺开，开始给周义勤算起来："义勤哥你看，这11月份咱们总销售额达到六十三块大洋。除了进货成本三十二块大洋，还有水电费等其他杂费三块大洋，现在账面上余额是二十八块大洋。"

要知道大马路的巡捕一个月才七块大洋，小工、杂工一个月才能挣到两三块大洋。当然知识分子像老师、编辑之类的月薪就很高，一个月可以拿到二十甚至四十块大洋。

周义勤想着自己在日本商船上工作时，一个月也仅仅是五块大洋，那时候自己都觉得好像是在天堂。今天自己奋斗一个月以后，居然可以有十几块大洋的收入。他喜出望外，不敢相信："噢，真的吗？这一个月没日没夜地忙活，竟然有这么大的收获？"

"义勤哥，当然是真的。这是我们的心血，是我们的智慧，也是民族工商业兴起的成果。"梁旭和说着，高兴地走到周义勤跟前，伸出双手，和周义勤的双手狠狠地拍在一起，祝贺首战成功。

高兴之余，周义勤就对梁旭和说道："旭和，拿出二十块大洋作为你我的酬劳，剩余八块大洋作为下个月的流动资金。"

"义勤哥，这个月流动资金借用了你十块大洋，先还给你，然后你我各拿五块大洋作为这个月的酬金。"

"不不不，我知道你母亲有病，急用钱的，也给家人一点安慰，一定按我说的分配。"

晚上他又收到义善的来信，得知娘平日省吃俭用，"用大哥给的钱购置了两亩薄地，并且种植了一百棵荔枝树，是冉浩杰送的荔枝树苗，果园就由我负责修整管理"。义善在信上又说："大哥，今后，我就是一个自食其力的人了，而且在信仰上也脱胎换骨，我现在是一个全新的人。"

全新的人？周义勤有点不解，但是由于都是高兴的事情，他就没有多想什么，只是乐呵呵地笑，自言自语地祝福大弟也和自己一样事业有成。

他铺开信纸给娘写了一封信，写好后把信纸折好放进信封，又把今天新月照相馆肖老板给他照的照片，郑重其事地放进去一张。

然后他抚摸着十块大洋，取出五块大洋放进洋铁皮盒子里，心里想着这是给夏辉攒的钱。还有五块大洋就放在信封上面，嘴里喃喃道："明天一起寄给娘。"

第十七章　激流岁月

　　周义善拿到冉浩杰托人送给他的巴金最新小说《激流》，那是一沓在上海《时报》上连载的文本。来人和他聊了很多，让他知道了很多国内近期的局势。

　　他马上想到大哥周义勤，想着大哥为了家里的经济而在外面打拼，内心不免为大哥担忧，不知道大哥现在可好。

　　晚上周义善躺在床上，翻开冉浩杰送给他的《激流》，看得津津有味。作品里觉新、觉慧、鸣凤、高老太爷的形象栩栩如生。特别看到书中的大哥觉新那种失去自我的既善良又懦弱的双重性格，他想起了自己的大哥周义勤。他心里想：不同的家庭，大哥怎么都是那么相像？《激流》中的大哥觉新因为担不起那不孝的罪名，只好含泪依从封建家庭的桎梏。我的大哥周义勤因为父亲去世，十三岁就辍学外出，承担起支撑家庭的重任。他以多么大的毅力冲破外面世界的险恶，以多么大的勇气去完成这个家的成长和追求。

　　想到这里，周义善眼睛睁得大大的看着天花板，眼角落下几颗泪珠。嘴里喃喃道："大哥，我知道你把自己的理想和追求都封闭起来，现在的你，就像一个赚钱机器，双耳不闻天下事，唯有一心一意挣钱。钱就是你现在奋斗的一切。大哥，对不起，让你受委屈了……"

　　几天后，娘就收到儿子周义勤的信和汇来的大洋。弟妹们围绕着这封信，看到大哥在远方惦念着娘，惦念着弟妹们，鼓励弟妹们一定坚持求学，不可放弃。这好像是周义勤的心结，每次写信都会强调，也许就是这个信念支撑着他在外打拼。弟妹们知道大哥现在居然和别人合作，在大上海开了一个小商铺，激动不已，特别是小弟周义顺还闹着去上海看望大哥。

娘却在旁边拿着儿子的照片细细看着，一只手轻轻抚摸着，儿子那过早成熟的眼神和坚毅不屈的神态，让娘的心很是酸楚。她知道儿子这几年的坎坷委屈，知道儿子为了顶起一个家所付出的艰辛。娘看着照片是又欢喜又心疼，不断地撩起围裙揩拭滚落下来的泪水，嘴里嘟哝着："五年多，离家五年多了……"

夏辉为了出国留学，在上海补习英语。这一天他一大早就到勤和商铺看望周义勤和表弟，一进商铺就把他在学校看到、听到的新闻都抖搂出来。他把手里拿着的一份报纸打开说道："你们看，连偏僻的西部包头也行动起来了。你们看，1931年12月16日的《包头日报》创刊号，就举起'舆论救国'的旗帜，头版就在为抗日救亡呐喊。"

他的呐喊声，和这里一心做生意的氛围格格不入，周义勤和梁旭和都用诧异的眼光看着他。

"你们两个简直像在异国他乡，你们都不知道现在整个中国都在热血沸腾，连我现在也难静下心来读书。"

"夏辉你知道吗？11月份我们就净赚了二十多块大洋。我们从来不进洋货，更不要说日货，那是一丝一线都没有的，而且今后也不可能有。"周义勤看着夏辉说道，好像这就是他的救国曲线。

"九一八事变后，南京国民政府对日本侵略者采取不抵抗政策，遭到全国人民强烈反对。12月17日，北平、天津、上海、广州、济南等地学生代表到南京，与南京当地学生一共三千多人联合举行示威游行，要求国民政府出兵抗日。浩浩荡荡的游行队伍，在珍珠桥中央日报社附近，突然遭到国民党军警的干预和镇压。他们荷枪实弹，卑鄙地向手无寸铁的学生棒击和射击，当场就打死三十多名学生，尸体被残忍地扔进河里。受伤学生达一百多人，被逮捕的学生也有一百多人。这个事件后，全国各地的学生们纷纷举行示威抗议。咱们上海示威的同学们甚至捣毁了国民党上海市党部，并组织民众要求在法庭上公审市长和公安局局长。"

周义勤听得是目瞪口呆,好像听着遥远的故事。说话间,只见商铺外面人声喧哗,三个人同时冲出商铺,只见宝山路上人山人海。马路正中间有一支庞大的游行队伍,是从大马路走到这里的。街道两旁站满了看热闹的人,有的人甚至加入游行队伍。游行队伍中许多人都拿着一面小旗子,还有的是两个人一组举着宣传牌,口号声震天。随着队伍的前行,宣传牌上的文字看得清清楚楚:

"中国人团结起来,同心一致,抵制日货,不买日货。"

"中国人一年不买日货,日本经济就将面临破产。"

"是中国人就抵制日货,让日货消失在中国!"

……

三个人都被这个场面震撼了,夏辉兴奋地说道:"从鸦片战争开始,一直到今年九一八日本侵占东北三省,中国就一直被外国列强争夺瓜分欺凌。今天,中国人终于觉悟起来,连中国商人都清醒起来。知道吗?眼前的游行队伍,是上海爱国商人自发的抵制日本经济侵略的爱国行动,而且现在全国各地的爱国商人都在自发参与这个爱国行动。咱们要记住这个神圣的日子:1931年12月23日。"

夏辉说完,好像还不尽兴,又感叹地补充道:"他们是咱们中华民族工商业兴起的脊梁骨哇。"

"我们也加入进去。"梁旭和想起东北沦陷,想起还在铁蹄下的母亲,热泪盈眶地对身边两个人说道。

这时候,平日只知道默默挣钱、对其他事总是很淡漠的周义勤也激动起来。他一手抓住夏辉,一手拉着梁旭和,果断地说道:"走,一起去。"

三个人迈着铿锵的脚步加入了游行队伍。

第十八章　闸北噩梦

1931年即将过去，尽管战火纷飞，闸北区宝山路的轻工业生产及商铺的生意，仍然是蒸蒸日上。

勤和商铺12月的销售额，比上个月增加了百分之四十五。这也许和新月照相馆橱窗里摆放了一张周义勤的照片有关吧。那张照片竟然成为勤和商铺的一张名片，吸引了更多的顾客。

发薪这天，梁旭和坚持把开业时周义勤拿出来的流动资金十块大洋先还给他。再扣除下个月的流动资金，两个人仍然各拿到了十块大洋，欣喜之情自不必说。

晚上周义勤拿出洋铁皮盒子，郑重其事地放进去十五块大洋。已经有二十块大洋啦，下个月就可以凑齐三十块大洋，就可以还给夏辉了。

1931年是周义勤一生的转折点，他的人生自此有了天翻地覆的改变。同时，闸北区也有了很大的发展。以宝山路上的商务印书馆为领头羊，整个闸北区的出版机构、印刷厂已经有数十家，报刊社有二十来家，图书馆也有五六座。小学、中学、大学林立，药店、饭馆、米行、布店、杂货铺等更是星罗棋布，甚至还有两座电影院。它好像是南京路旁边的新星，熠熠生辉。

最让周义勤感到欣慰的是，这里都是中国本土的民族企业家，他们都热爱中国的土地。

听说夏辉马上要去美国留学，这天下午，周义勤去夏辉大伯家看望夏辉。周义勤从洋铁皮盒子里取出那二十块大洋，又和梁旭和商量后从账上借了十块大洋。他拿出当初夏辉给他的那个小绸布袋子,把三十块大洋放进去,然后装在一个帆布挎包里。为了安全,他叫了一辆黄包车坐上走了。

当他在曾经住过的马斯南路夏辉大伯家门口下了车,往里走时,大门突然开了,急匆匆走出一个人。他抬头看去,大吃一惊,随即又高兴地大喊起来:"浩杰哥,三哥,你不认识我啦?"

"义勤?"冉浩杰看到是周义勤,不觉一惊,"你怎么到这里来了?"

"我还想问你怎么在这里?这是我从小一起长大的好朋友夏辉的大伯家。我初来上海时就住这里,亏得夏辉照应我。"

这时夏辉出来了,把两个人邀进屋里:"怎么?认识?进屋说吧。"

"三哥是我在重庆认识的哥。我太高兴了,今天居然见到三哥。"周义勤激动地说道。

"哈哈,这么巧。浩杰哥是我大伯的朋友,没有想到你们居然认识。"夏辉也兴奋起来。

"本来这几天我就想去宝山路一趟,义勤你来了就省得我跑一趟,你今天就不走了,住我这里。浩杰哥,走,咱们仨吃饭去。"夏辉说着就推着冉浩杰和周义勤往外走去。

他们仨就近在马斯南路上的一家私房菜馆吃饭,照例是夏辉点菜。三个人吃着聊着,都有说不完的话。

"听义善说,你离开我们家很久了,没有想到在上海遇上你。"周义勤高兴地对冉浩杰说道。

冉浩杰回答说:"是的,现在有一些生意上的事情和夏辉大伯合作。"

"这简直是太巧了,转来转去都是朋友。"夏辉招呼他们两个吃菜喝酒,喝的是红葡萄酒。

周义勤把自己离开重庆后的情况都告知冉浩杰,冉浩杰很高兴地说道:"这样看来,你是从商啦。现在民族工商业正在大踏步发展,但阻力还是蛮大的。对了,你们知道茅盾吗?作家茅盾,最近写了《子夜》,听说过吗?"

"知道,是《追求》《幻灭》《动摇》三部曲的作者,他还写了《豹子头林冲》等作品。我之前在《小说月报》上看过他的作品,可是《子夜》没有听说过。"夏辉喝了一口红葡萄酒，回答道。

冉浩杰就头头是道地说起来："义勤从商了，所以我就说说。《子夜》也是以上海为背景，描写纺织工业资本家吴荪甫用尽心机，吞并大批中小企业，企图摆脱帝国主义资本的控制，建造自己的实业王国。但军阀混战，产品销路断绝，苦心经营的益中信托公司也无力扭转这种局面。最后，在买办资本家赵伯韬的大规模经济封锁下，他以公债投机市场的失利而宣告彻底破产。现在中国的工商业被列强吞噬，又被国内买办资本家冲击。"

"什么叫买办资本家？"周义勤很好奇地问道。

冉浩杰回答道："买办资本家就是替外国资本家在中国市场上经营商业、银行业、保险业、工矿业、运输业等的中间人和经纪人。像南京路那边就有很多买办资本家，替外国人挣钱，冲击中国经济和市场。"

"浩杰哥，前两天深夜焚烧三友实业社是怎么回事？"夏辉问道。

冉浩杰回答道："你也听说啦？说来话长。九一八事变后，日本关东军串通日本上海公使馆助理武官田中隆吉，蓄谋在上海制造事端。在田中隆吉与川岛芳子的唆使下，1932年1月18日，日僧天崎启升等五人向马玉山路中国三友实业社总厂的工人义勇军投石挑衅，与工人发生互殴。田中操纵流氓汉奸乘机将两名日僧殴打成重伤，日方传出其中一人死于医院。随即日方以此为借口，指使日侨青年同志会的暴徒于19日深夜焚烧三友实业社，砍死砍伤三名中国警员。20日，又煽动千余日侨集会游行，强烈要求日本总领事和海军陆战队出面干涉这件事。"

周义勤像听天书一样，不明白社会怎么那么复杂。冉浩杰说完把脸转向周义勤，对周义勤说道："义勤，我很赞成你从商。不过最近上海时局紧张，你也要多加小心。"

冉浩杰说完站立起来说道："我该走了，你们两个最近都多加小心，没事不要外出。谢谢夏辉的招待。"

"我月底就去英国了，浩杰哥你也多多保重。"夏辉也站立起来，和周义勤一起送冉浩杰到门口。

送走冉浩杰，两个人又折回来继续吃饭聊天。因为知道又要离别，他们有说不完的话，聊到很晚才离开饭馆。

晚上回到夏辉大伯家，当周义勤拿出小绸布袋子，高兴地把三十块大洋还给夏辉时，夏辉生气了："我又不是不回来，你竟然急吼吼地借钱还给我？咱们还是哥们吗？"

夏辉把小绸布袋子推向周义勤，气呼呼地继续说："现在是新年的第一个月，是生意最忙碌的时候，货物流通快，流动资金是不可缺少的。你现在抽掉流动资金，就是自己掐自己的脖子；加之现在局势动荡，你身边能没有一点钱吗？"

周义勤憋得脸红脖子粗，可是说不出一句话。他感动于这份兄弟情，知道无法再争执下去，于是眼圈一红，说道："我……我收了就是，你别生气。"

"你收了我就不生气，这才是兄弟嘛。我走了就是不放心你。现在局势不稳，不知道后面会发生什么事情。"夏辉语重心长地说道。

"放心吧夏辉，我们宝山路是很安全的，那里的人都兢兢业业地忙生意，哪有精力惹是生非？"周义勤回答。

"你是不惹是非，可是日本人却在故意寻事。还是小心为好。"

第二天一大早，周义勤就离开夏辉的大伯家，回到宝山路的勤和商铺，一切如旧。街道上人来人往，甚是热闹。

1932年1月28日午夜，轰，嘭，嗵……远处猛烈的炮火声把正在沉睡的周义勤和梁旭和震醒。两个人同时一骨碌翻身爬起来，匆匆忙忙把棉衣裤穿上。炮火声越来越猛烈，人们在睡梦中惊醒，都拥上街头，宝山路一下子乱了起来。

日本恣意寻事，竟把炮口对准上海。这天夜晚，日军向闸北、江湾、吴淞等区域发起进攻。驻守上海的十九路军军长蔡廷锴、总指挥蒋光鼐和淞沪警备司令戴戟联名向全国各界发出抗日通电，坚守上海，抗击日寇。

周义勤一边心慌意乱地整理货物，一边对梁旭和说道："旭和，快把账本资金整理包扎起来……快把货物整理装箱……"

"好，好，知道了。炮声好像是从火车站方向传过来的。义勤哥，怎么办啊？怎么会是这样的啊？"梁旭和说着，好像快哭出来了。他害怕极了，害怕辛辛苦苦开起来的商铺毁于一旦。若毁于一旦，他怎么办？他有病的娘又该怎么办？

天亮时分，炮声越来越响，越来越近。街道两旁的商铺都紧闭着门，有的老板带着细软匆匆逃命去了。勤和商铺也关着门，两个人坐在整理好的货箱上。梁旭和六神无主地对周义勤说道："义勤哥，怎么办？怎么办？"

"莫慌。要不然你先走吧，我在这里守着。我是不会离开这里，离开咱们的商铺的。"周义勤看着脚下的货箱，对梁旭和说道，"你把账本带上，这个月的经营报表你回头做一下，现在盘点货物。对了，还有手头上的现金分开拿，你我平分。万一有什么情况，也能用这钱过渡一下。"

"不，你不走，我也不走。"梁旭和一边盘点货物，一边回答。

"货物我来盘点，你把账本整理打包，把资金核对一下，分配一下。"

"本来今天要去进货，包括你退回的十块大洋，现在手头共有三十二块。"

"哦，平分吧，一人拿十六块。等可以重新开业了，咱们再进货。"

轰隆隆的炮声，一声比一声紧迫，周义勤让梁旭和快快离开。周义勤帮助他整理行李，把钱放在他贴身的衣袋里，然后推着他走出商铺。梁旭和一步一回头，满脸泪水。那种失落的表情，让周义勤看得很难过。

梁旭和一走，周义勤也开始整理自己的东西。他把洋铁皮盒子拿出来，把里面的二十块大洋和今天的十六块大洋一起放进那个绸布袋子里，然后又裹在一块正方形的粗布里，对角包起来，斜挎在贴身的内衣上。这些钱可是他的命根子。还有一些零钱他就顺手放在棉袄口袋里。他想起刚到重庆时遭遇的抢劫，于是就把地上一根绳子捡起来系在腰上，又穿上了厚厚的外衣，这样可以更好地保护住贴身的三十多块大洋。

屋外炮火连天，还有飞机嗡嗡嗡的声音。他把洋铁皮盒子和一些贴身衣物打成一个包袱，放在脚下。做完这些事情，周义勤静下心来，双手合十，开始祈祷，祈祷商铺不要倒塌，炮弹不要打到这里。

下午时分，嗵的一声巨响，整个房子都震动了，甚至把周义勤震倒了。他爬起来趔趔着往门外走去，看见炮火连天，哭叫声沸腾。突然，一颗炸弹就落在距离他三十多米远的地方，弹片飞扬，他马上卧倒，心惊胆战，内心一个声音响起来：逃！

他回身拿起地上的包袱往肩上一挎，在轰炸声和火光中冲了出去。临走，他又回头看看自己的商铺和地上整整齐齐码着的几个货箱，然后伸手关好商铺大门，含着泪离开了。

他躲避着飞机和四周火焰，在人流中使劲跑。

一架飞机飞过，又一架飞机跟随着，一路抛下炸弹，压得人匍匐在地上不敢抬头，只听见强烈的爆炸声。他看见不远处有一个大纸箱，于是想把纸箱拿过来盖在身上做掩护。他趴着慢慢地移动，拿到纸箱时，却被一个炮弹的碎片打到腿上，是他的那条病腿。一阵剧痛，血透过裤子慢慢渗出来。他坐起来，把腰上系的绳子取下来，慢慢地卷起裤脚，还算好，削掉一块肉，没有伤着骨头。他把口袋里的手绢拿出来敷在伤口上，用那根绳子一圈一圈地把伤口绑扎好，再把裤脚放下来。

嗵！嘭！飞机像疯了一样，剧烈的轰炸声和爆裂声又把周义勤震倒在地。他蜷缩着，用箱子盖着身体，浑身打战。他抬起头看着远处商务印书馆冒出黑乎乎的浓烟，爆破声震耳欲聋，火光冲天，把整个天空照得通红。之后燃烧着的纸张像下雪似的飞扬起来，飘向四处。还不时地有人被炸弹击中，抛向空中，血肉模糊地落下来。

周义勤从来没有见过这个场面，已经吓瘫了。灰烬落了他一身。有的还带有火星，把衣服都烧出了小洞。他翻滚着压灭火星，蔓延的烟雾让他都睁不开眼睛。他在烟雾中匍匐着前行。飞机仍然嚣张地低空盘旋，不断地抛下炸弹。他眼看着宝山路被炸得支离破碎。

最让他痛心的，是眼睁睁看着自己的商铺被火海吞噬。那一幕，他终生难忘。他埋下头，浑身抖动，伤心地哭了起来。这一天是1932年1月29日。

那天晚上，他不知道自己是怎么爬出宝山路的。逃出宝山路，还是没有逃出闸北区，闸北区仍然在飞机和大炮的轰炸中颤抖。他走进一条说不上名字的小巷子，那里还有几座没有被炸毁的小屋，有两座门头还悬有破裂的小招牌，以前应该是小饭馆吧。

他趔趄着,拖着一条受伤的腿,走进一座小屋。小屋里没有人,墙角有一个煤炉,已经快熄灭了。旁边锅里的汤水已经冰凉,两边的桌凳东倒西歪。看起来,这里之前似乎是一家馄饨铺子。周义勤在一个破旧的碗柜里找到一块面团。他给煤炉里添了几块煤,把旁边的锅放上去,然后坐在煤炉旁边闭上眼睛歇息。闭上眼睛,眼前还是浮现出宝山路上的熊熊烈焰,还有烈火吞噬自己商铺的景象,他的泪水不由自主地滴落下来。

　　过了半个小时,锅里的汤水开了。周义勤睁开眼睛爬起来,把面团揪成面片,一片一片地下到锅里。远处时不时传来轰炸声,他已经顾不上那些,找了一个碗,连汤带面,大口大口地吃起来。整整一天,他水米未进,这时已是饥肠辘辘,他很庆幸这煤炉和面团的存在。

　　吃完了,他才感觉精疲力竭,于是蜷在煤炉旁边,享受着战乱中的片刻平安。夜里,他梦见他的商铺柜台里货物琳琅满目。

　　一阵猛烈的轰炸声把周义勤从睡梦中惊醒。他坐起来一怔,才想到这是飞机的轰炸声。他又给煤炉添了几块煤,把昨天夜晚吃剩的面汤热热,喝了个精光。随后他站了起来,摸了摸胸前的大洋,打开包袱,从里面取出一条单裤套上,遮挡住有鲜血的裤子。他把包袱往肩上一挎,一瘸一拐地离开了小屋。

第十九章　战火无期限

离开小屋，走出小巷子，满目疮痍。飞机又开始肆虐，慌乱的人们疾走奔跑，或者就地卧倒。周义勤仍然拿着那个纸箱，卧倒了就用纸箱掩护自己。

满地是废墟，满地是被炸死的尸体，触目惊心。他漫无目的地逃难，想想还是去夏辉大伯家吧，寻思着：不知道夏辉走了没有？去美国了吗？

没有任何交通工具，他朝着夏辉大伯居住的租界方向走去。他想先进入离这里最近的公共租界北河南路，那里没有战事，到了租界就可以再慢慢地往马斯南路去。因为大路已经被封锁，周义勤绕着小路，躲避着天上的飞机，在第二天上午才艰难地进入公共租界北河南路。

在进入北河南路之前，周义勤浑身上下没有一处是干净的，头发已经糊成一团，比平日里讨饭的还要落魄。这个模样肯定进不了租界，幸亏他的包袱一直还在，尽管粗布包袱也是面目全非，可是里面的东西完好无损。在接近北河南路时，他在一座倒塌的屋子旁看到一个木桶，里面有小半桶水，水面上有一层厚厚的杂物。周义勤把杂物捞出，用浑浊的水洗了一下脸和头，把包袱打开，拿出一件干净的长袍套在肮脏的棉衣上。他把包袱翻过来，干净的一面朝外，整理好拎在肩上。

进入北河南路，周义勤长出了一口气，庆幸自己能够死里逃生。可是他头脑里还是宝山路的火光和勤和商铺被吞噬的景象。他靠在一棵树旁，面对宝山路方向，泪流满面，内心一片空白。

"义勤，义勤……"熟悉的呼叫声把他唤醒，他扭头看到夏辉从马路对面奔跑过来。两个人瞬间拥抱在一起，都泪流满面。

"我知道你会从这里过来，这两天我一直在这里等你。你为什么不和梁旭和一起逃出来？我天天在焦灼中度过，晚上做梦都想着这辈子不知道还能不能见到你！"夏辉拥抱着周义勤，一边在周义勤背上捶打一边诉说着。

"我……我怎么舍得离开我的商铺？我又怎么知道会是这种结果？知道吗？商务印书馆被飞机轰炸的时候，看到那横七竖八、血肉模糊的尸体和浓烟、火团，我想着我是走不出那里了。啊……还有我的勤和商铺被大火吞噬时，我的心都碎了，啊……"周义勤对着兄弟，放声痛哭。

"人在就好，人在就好。快回家吧。"夏辉拍着周义勤的背安慰着，同时扬手叫了一辆黄包车，和周义勤一起回大伯家。一路上，夏辉滔滔不绝地说着战况，好像他曾经亲临现场一样。

"日本人怀疑商务印书馆窝藏共产党，把轰炸闸北的主要目标放在宝山路，所以你让我操心死了。"夏辉说着，又看看周义勤，好像怕周义勤又丢了一样。

他继续说道："我们这里每天都有新闻报道，连现场照片都有。知道吗？商务印书馆总社属下有四个印刷所，每一个印刷所都是独立的二层或者三层的楼房，全部被焚毁，里面那些世界顶级的印刷设备、照相器材等都烧毁了。连收藏的大批珍贵的标本模型和铜锌铅版都被毁了，惨不忍睹。中国最大的，甚至可以说是远东最好的设施一流的文化基地就这样被日本人狂轰滥炸，焚烧殆尽。"

他突然提高声调，对着周义勤说道："还有更可恨的事情呢！今天早上商务印书馆总社对面的东方图书馆也被轰炸了，那是一座钢筋水泥建成的五层大楼，现在是一片火海。那可是中国最大，甚至是远东最大、收藏图书最多的图书馆，藏书多达四五十万册；还有国外的图书、报刊数万册，有的甚至是世界上难得一见的孤本……"

周义勤听到这里，恨恨地回道："这可恶的日本鬼子。"

"知道为什么叫日本鬼子吗？这是有故事的。"夏辉顺势说道。

"中日甲午战争谈判后的记者会上，日本人想嘲弄中国人，就用汉字出了上联,让中国人现场对下联。当然,要是中国人现场对不出来,就会被日本人讽刺嘲笑。那上联是:骑奇马,张长弓,琴瑟琵琶,八大王,并肩居头上,单戈独战。意思就是:骑着快马,拿着弓箭,兵强马壮,显然以势威胁中国。当时台下一阵沉默。

"正当日本人得意地以为中国人对不出来的时候,负责谈判的李鸿章让人拿来文房四宝,挥笔写出下联:倭委人,袭龙衣,魑魅魍魉,四小鬼,屈膝跪身旁,合手擒拿。

"笔落,台下一片叫好,羞得日本人哑口无言。你说,他们这不是自取其辱吗?自此,中国人就把日本人叫日本鬼子了。"

"真是大快人心啊!长了中国人的志气!这是中国人的智慧!"周义勤感叹着,好像要把这几天憋在心里的仇恨全部倾吐出来。

"最新消息、快报快报⋯⋯"

路过吕班路时,路边有报童卖报,夏辉让黄包车停一停,买了一份《申报》。《申报》头版就报道了当天早晨七点,东方图书馆五层大厦在大火中燃烧的情景,比商务印书馆被轰炸时的情景更加惨烈。

《申报》上有两张照片,黑压压的浓烟包裹着冲天火柱,燃烧的书页像雪片飞扬,绵延数里。东方图书馆前面的宝山路上飘落的纸灰最厚处有一二尺高,像一条黑色的河流。

而且这些纸灰顺着东北风向市区飘来,向租界飘来,稀稀拉拉地落在人们的身上、头上⋯⋯

说话间到了马斯南路的大伯家。进屋夏辉给周义勤说:"我大伯不在家,说去瑞金参加什么共和国国家银行的成立仪式,这几天你我就自由了。"

两人直接上二楼。周义勤很吃力地一瘸一拐地走着,夏辉用奇异的眼光看看他,问道:"你怎么了?"

"没事,腿上有一点小伤。"周义勤故作轻松地回答。

"我去洗澡间烧水,你先洗个澡,再把伤口消毒一下。"夏辉说着,去了洗澡间。等到水烧好,周义勤来到洗澡间,脱下外面的长袍,夏辉看到他身上千疮百孔的棉衣,不由得大吃一惊。周义勤脱下裤子,腿上的伤口已经和手帕粘在一起，腿肿胀得发亮。夏辉这时才真正明白周义勤经历了什么。

除了长袍，夏辉把周义勤身上所有衣物都扔掉，拿来自己的一套冬季衣服给周义勤。周义勤洗澡时，他慢慢地润着伤口，慢慢地把那块血肉模糊的手帕揭下来，伤口又开始渗血。他让夏辉拿来一小盆盐水，轻轻地把伤口清洗干净。当他梳洗完毕，穿上夏辉给他的衣服，夏辉坚持要他到医院治疗伤口。周义勤执意不去，夏辉就拿来消毒水给伤口消毒，撒上消炎粉，用纱布包裹起来，然后让周义勤吃了两粒消炎药。

周义勤把那个绸布袋子拿出来，把那三十块大洋还给夏辉，可是夏辉坚决不要，说在这个特殊时期更不能要。

一周过去了，两周过去了，战事还在继续。因为这场战事，长江航运都中断了，黄浦江上不再像往日那样每天有许多船舰穿梭往来。夏辉买的去美国的船票也没有用上，他出国的时间也因此推后。

整个上海处在战火中，人进不来，出不去。天天炮轰空袭不断，好像战火无期限。驻守上海的十九路军奋起抵抗兵力比自己强大好几倍的日军，却得不到国民党政府的增援。上海各界民众自愿发动起来支援十九路军，送吃的送喝的，中共地下党组织也积极声援并且组织人力物力支援十九路军。

天天都有战况报道，也有振奋人心的捷报。1932年2月13日，日军劲旅久留米混成旅团一千六百余人在蕰藻浜曹家桥偷渡成功，妄想一举占领吴淞。可是他们万万想不到，在永安纱厂门前被重兵包围。六十名中国敢死队员对日军进行了自杀攻击，猛烈的反击使日军遭受重创，全军覆没。

捷报传来，大快人心，全国各地游行声援支持。日军在这期间四易主帅，多次增加兵力，最多时投入的兵力超过五个师团，八万多人，并且有海军、空军、坦克战车极力助战。而我方只有十九路军孤军作战，武器只有长枪、机关枪和手榴弹，但他们在全国人民的声援下斗志昂扬，英勇顽强——这支队伍之前经历过许多残酷战事，有着很丰富的野战经验。

从《申报》上看到这些消息，夏辉感叹地说道："这才是真正的中国脊梁。"

租界外面战斗激烈，租界里却仍然一片太平。时间在一天天过去，周义勤心急火燎，想着闸北是回不去了。夏辉建议他在租界开商铺："租界很大，中心商业圈的商铺租不起，可以在边缘地区考虑。这样安全一些。"

自那以后，两个人天天外出，把法租界和公共租界跑了个遍。

第二十章　公共租界

　　上海有两个租界：法租界和公共租界。法租界包括上海市卢湾区和徐汇区；公共租界也叫英美租界，是中国最早的一个租界，包括北黄浦区、静安区、虹口区及杨浦区靠近黄浦江边的一部分。日本人当时在上海还没有租界，大多集中居住在虹口吴淞路、武昌路一带。

　　这两个租界的行政体制完全不同。法租界直接由法国政府管理；而公共租界是欧洲各国侨民的地方自治体，并不直接受任何外国领事的支配和管理。截至1932年，上海公共租界内有一百多万中国居民，法租界则只有近五十万中国居民。上海公共租界的最高行政管理机构是工部局，拥有警察，甚至拥有用数十个国家的国徽组成的工部局徽章。

　　这两天夏辉带周义勤到公共租界，那里的跑马场、大马路，和之前一样人声鼎沸，热闹非凡，好像和外面是两个世界。十里洋场依然车水马龙。

　　夏辉天天买回来许多报纸，《申报》是必须天天看的，因为那上面对战事的报道最详细、最全面。他因为要去留学，所以也看英文报纸，其中影响力最大的是老资格的《字林西报》，据说这家报馆位于外滩。还有《大美晚报》《上海泰晤士报》《大陆报》等英文报纸。"想在上海发展，首先要了解它，熟悉它。"夏辉对着周义勤说道。

　　他们穿行在公共租界，先来到公共租界西区静安区，又到达公共租界的中区黄浦区，最后到达公共租界的北区虹口区和公共租界的东区杨浦区。

　　周义勤印象最深的还是沿着黄浦江的公共租界。耸立在外滩上的建筑，几乎有一半是英国公和洋行设计的,其中最有名气的是汇丰银行大楼、海关大楼和沙逊大厦,这些建筑在黄浦江边拔地而起,闻名世界。行走在上海公共租界各条马路,看到听见的却是怪异的街道名字,周义勤感觉又陌生又熟悉:陌生是因为那些难以读顺的外国人名和城市名,熟悉是因为脚下是中国的土地。

东区道路多数以印度城市命名,如麦特拉司路、巴特维亚路、山达刚路、孟买路、勒克诺路、倍耐尔司路等;还有以外国人姓氏命名的,如爱多亚路、麦特赫斯脱路等。周义勤也记不住,反正每个路名都有外国人的故事。在华洋混居的高档居民区,西摩路是海派文化的重要聚集区,不但有最出名的西摩小菜场,还有宋氏家族、荣氏家族,以及洋商富贾的故事绵延在公共租界,甚至绵延在中国及世界各地。周义勤走在路上,有一种深深的屈辱感。

当然也有以中国地方命名的,特别是在公共租界的中区,南北走向的马路通常以中国的各个省份命名,如浙江路、江西路和四川路;东西走向的马路通常以各个通商口岸城市命名,如九江路、汉口路和福州路。

地名都这么琳琅满目,别出心裁,迎面往来的各肤色外国人,更是数不胜数。夏辉看着周义勤皱着眉头的样子就笑了,说道:"这是公共租界,自然外国人多。你知道这租界里有多少外国人吗?可能你都不相信,这英国人、美国人、德国人、日本人、犹太人、葡萄牙人,还有印度人等,估计有数十万人。"

"这是印度人吧?"周义勤看着迎面过来的两个人小声问道。只见两个印度巡捕走过来,皮肤黑黑的,胡子一大把。一个穿戴着一身巡捕制服和大盖帽,一个身上穿着像风衣的长褂,头上缠绕着一圈圈的深灰色布条,眼睛骨碌碌的,一脸的严肃。

"是的,自从上海公共租界工部局设立了类似警察局的巡捕房后,在租界四个区一共分设了十四个巡捕房,曾经从印度招募来许多巡捕。现在印籍侨民人口总数也已经达到两万以上。像中央捕房、老闸捕房、静安寺捕房、新闸路捕房、成都路捕房、戈登路捕房等,都有印度巡捕。"

两个人不知不觉走到了黄浦区福州路,也就是四马路。整条街密布戏园、电影院、茶园书场、游乐场、舞厅等文化娱乐场所;报馆、书局、文具店都集中在这里，人们称这条街为"文化街"。

福州路近山东中路段，有一个宝塔形的建筑是时报馆，中国传统风格的八角形塔楼，飞檐翘角葫芦顶，但门洞却为欧式拱券，表现出租界的特别属性。福州路口的商务印书馆是中国第一家现代出版机构，与它相邻的是中华书局。围绕着这两个声名鹊起的印书馆和书局，中小报馆有好几十家，成为上海的新闻发布中心，人们又称这里为"报馆街"。

夏辉和周义勤不觉来到福州路185号，这是上海公共租界最高行政机构工部局的办公大楼。两个人欣赏着这个大楼呈现出来的古典主义、巴洛克和文艺复兴的不同风格。大楼四个角都采用凹进去的结构，使这一个个凹进去的场地好像是半圆形小广场。大厦正门开在东北角，面对着被老百姓称为钱庄街或者教堂路的江西路和金融报业集中地的三马路西南转角。

"哦，真的好气派。"周义勤抬头看着，不由自主地赞叹起来。

夏辉带有一点骄傲地回答说："那是，听我大伯说，其内部设施都是从国外运过来的。它的规模之大、装潢之豪华、设施之先进，在远东也属于是第一流的。"走着说着，两个人竟然走到了209号。

这福州路209号是上海租界建设的第一个巡捕房——中央捕房。一座四层的大楼，为中央捕房各部门的办公所在地。

从福州路出来就看到黄浦江外滩。来到黄浦江旁，望着滚滚的黄浦江水，周义勤感到一种亲切感，那是母亲河啊。想着自己第一天到上海就来过这里，但那时只是走马观花。江边一溜的水泥墩子，被一条条铁链相连，河水依旧奔腾，江面船帆穿梭。两个人转过身靠在一个水泥墩子上，仰头望着十里洋场数十幢哥特式、巴洛克式、罗马式、古典主义式、文艺复兴式、中西合璧式等各种风格的大厦。这里可以说是世界各国洋行的汇聚地。

往南望去，以英皇爱德华七世爱多亚命名的爱多亚路口，耸立着被誉为"外滩第一楼"之称的麦克倍恩大楼，被世界第二大石油公司的亚细亚火油公司购买。它使上海老百姓改掉了原来以食用油灯、红蜡烛照明的习惯，而改用煤油灯。

亚细亚旁边是上海最豪华的英国总会所在地——上海总会，也被称作上海俱乐部。这幢建筑里最有名气的是远东第一长的吧台，吧台用黑白大理石制作，台面三十四米长。可以想象，每天晚上，围绕长吧台的人，会有多么疯狂，会有多少故事。有利大楼、日清大楼、汇丰银行大楼、海关大楼、旗昌洋行大楼等众多楼群中，还有中国人自筹资金开设的第一家银行中国通商银行大楼，既有独特雄伟的英国哥特式建筑风格，又有平实精致的中国元素，昂首挺立，向世界展示着自己的风采。

扭头把视线再往北望去，最远处是典型的文艺复兴时期建筑风格的英国领事馆，正方形建筑平面及屋顶的蝴蝶瓦让它又具有中国建筑元素。挨着它的是东方汇理银行大楼、怡和洋行大楼、横滨正金银行大楼、扬子保险公司大楼、正金银行大楼、麦加利银行大楼、台湾银行大楼、华俄道胜银行大楼，组成了别具特色的金融中心。

两个人仰头，在这万国楼群中央的大马路口，耸立着芝加哥学派的哥特式建筑——华懋饭店，它被誉为"远东第一楼"。

夏辉说："看到了吗？这座楼的点睛之笔是在七十七米高的楼顶上，有一个很高大的绿色穹顶，高耸的绿色穹顶使整座楼的外观别具一格。"两个人都仰起头看着那高贵大气、美轮美奂的绿色穹顶。

夏辉突然转过头对周义勤说："其实这座楼是用鸦片换来的。听我大伯说，建造这座楼的主人是英籍犹太人，叫维克多·沙逊，这个家族是靠贩卖鸦片发的财，鸦片战争的爆发甚至和这个沙逊都有关系，因为沙逊是当时最大的鸦片贩卖商之一。林则徐1839年在虎门焚烧鸦片后，那些鸦片贩卖商，包括维克多·沙逊，向英国政府屡次提出抗议，于是导致了1840年英国对中国发动的第一次鸦片战争。

夏辉这一番话使得两个人都沉默起来，特别是周义勤，面对这座楼微微地皱了皱眉头，听着身后黄浦江水哗哗地流淌，想着江水也在愤恨这些强盗。

第二十一章　洋泾浜

十里洋场汇聚了世界各地的文化，是中国与西洋文化的碰撞，在语言方面，具体一点也就是上海本土吴越文化与西洋文化的碰撞。

上海人把小河流叫作"河浜"。有那么一条河浜，北侧是公共租界而南侧是法租界，公共租界在北岸修筑了一条沿河的松江路，法租界同样在南岸修筑了一条孔子路，隔岸相望，河浜很自然成为一条"界河"。这特殊的"界河"，使本来并不起眼的河浜产生了一个特殊的名称——洋泾浜。后来两岸的繁华被称为"十里洋泾"，再后来还产生了"洋泾浜英语"。这条"洋泾浜"在1915年被填平，合并了北岸公共租界的松江路和南岸法租界的孔子路，修建成一条宽阔的马路，被称作"爱多亚路"，但老百姓仍然有称其为"洋泾浜路"的。

当两个人进入爱多亚路，周义勤听着夏辉述说着洋泾浜的故事，觉得像听天书一样，云里雾里。特别是什么洋泾浜英语、洋泾浜路，从来没有听说过。

夏辉看着周义勤懵懵懂懂的神态就笑了，说道："不知道了吧？由于这里是中国最重要的通商口岸，前往这里的外商又以英商居多，加之懂中文的西方人越来越多，为了和中国人通商交流，在语言上能够沟通，就产生了一种'洋泾浜英语'。上海的洋泾浜英语主要是英语与上海话的结合。因此有些洋泾浜英语要用上海话或宁波官方话发音才能辨明意思。这种洋泾浜英语在普通市民中也流行起来，比如称一种开在屋顶上的天窗为'老虎窗'，称处世能力为'腔势'，称无正当职业而以乞讨或偷窃为生的游民为'瘪三'，等等。所以尽管洋泾浜那弯弯曲曲的河流水和狭窄的几座桥梁早已经是无影无踪，但'洋泾浜'这三个字还经常出现在人们口语中，甚至被用来借指不纯粹的外语或方言。"

夏辉还不尽兴，又对周义勤说道："讲一个笑话你听。租界内有一个外国主人回家，看见玻璃窗被打碎，问中国仆人是怎么回事。中国仆人回答：'inside吱吱吱，outside喵喵喵，glass克郎当！'主人一听就明白，哦，原来是猫抓老鼠闯的祸，哈哈哈。你今后在这里创业，也会遇到许多类似的情况，哈哈哈。"周义勤歪着头看夏辉，不明白这有什么好笑的。

周义勤这次随夏辉在租界转悠，可不是游山玩水，他很有心计地在观察各个行业的特点和发展趋势。他对夏辉说："通过这几天的观察，我感觉租界在商贸经营上是比较安全稳定的。现在我去打工吧，好像不甘心；去自己创业吧，没有那么多的资金。不过我看，这里人口集中，又多是外商和富人，服务行业应该有很好的发展，这也是一种需求吧，而且这个服务行业的投资不会太大。"

"哈哈，我就说你和别人不一样，很会发现商机，抓住商机。你的想法不错，继续谈谈。"夏辉很欣赏他的这些想法。

周义勤回答道："我现在还没有成熟的想法，容我再想想吧。"

"对，你想在这里经商站稳脚跟，就必须了解它的过去，认识它的现在，才有可能展示自己的明天。我明天继续带你去咱们居住的法租界周边好好看看，那里，更是一片具有各国文化的繁华之地。"

之前，夏辉和周义勤去过最具法国古典式风格的法国公园，所以第二天一大早他们从马斯南路出来坐上黄包车，就前往爱麦虞限路（现为绍兴路）。

眼前一条不到五百米的马路，路旁仍然是婆娑坦荡的法国梧桐，尽管树叶早已落尽，然而梧桐树的枝干末梢仍然蓬勃弯曲合拢在一起，形成一条天然的隧道。想象着在春暖花开的季节，绿叶蓬勃，应该是一条别有趣味的绿色长廊，充满浪漫温馨和幽雅。这条路不但汇聚了许多高档住宅，而且在中段还隐藏了一座小小的江南园林似的爱麦虞限公园。假山、亭台、池塘、雕塑，应有尽有，风韵十足。

当夏辉带领周义勤从陕西南路进入爱麦虞限路，一幢乳白色的三层法式建筑呈现在眼前，然而他们两个人却被一棵珍贵的水杉树吸引住了。细线一样的叶子交互对生，像一片片羽毛，郁郁葱葱地覆盖在塔形的树冠上。在"二月春风似剪刀"的时节，那绿色把乳白色的三层楼房衬得更有生命力。

"水杉，这可是世界上的珍稀植物。听说远在中生代白垩纪，地球上就出现水杉这种植物。"夏辉伫立在树前感慨万分地对周义勤说道，"这座图书馆是1931年由中国科学社建造的，叫明复图书馆，不想却在这里看到了比图书馆更加有吸引力的水杉树。"

往前走就到了爱麦虞限路96弄的文元坊。文元坊所有建筑的外立面都是红色砖墙，使这个弄堂有了与众不同的色彩。那砖木结构的二层或者三层楼联排的房屋，黑漆色的大门四周是用石条围成的门框，被称为"石库门"。

"看到这居住区的特点了吗？现在上海时兴这种住宅模式。石库门融汇了西方建筑和中国传统建筑的特点，是一种中西结合的新兴建筑。"夏辉给周义勤介绍着。

"这古朴的砖墙和四合院似的石框木门，配上从二层楼伸出来的白色弧形或者长方形的小阳台，确实具有中西合璧的色彩。"周义勤竟然也被这种建筑特点所吸引，和夏辉议论起来。

两个人一路走来，看到法国驻沪陆军总部、上海滩大亨杜月笙的"笙馆"、花园洋房等，还有很著名的金谷村。金谷村里尽是六排砖木结构的三层楼住宅，共有九十九幢，贴有稻谷大小碎石的金黄色谷仓状墙面，在阳光照射下熠熠生辉，从远处望去确实像一排排堆满谷子的谷仓。

"这金谷村里住着许多俄罗斯人和犹太人。"夏辉欣赏着用矮墙和铁栅门隔开的房子，笑着对周义勤说道。

然后夏辉又像想起什么似的对周义勤说道："咱们上海是全世界最开放的城市，所以有着'冒险家乐园'的称号。说起这犹太人，他们靠着智慧经营大宗贸易，在租界房地产业的地位也是举足轻重。那天咱们在十里洋场看到的'远东第一楼'华懋饭店，就是犹太富商沙逊建造的。还有上海现在最著名的英资业广地产公司的大地产商哈同也是犹太人。义勤，你现在从商，可以多了解、多学习这些犹太人的经商经验和成功秘诀。"

"在宝山路我听说过犹太人有一本书叫什么《塔木德》的,可是从来没有看过。"周义勤点头回答。

夏辉回答说:"是的,《塔木德》是一本流传三千多年的典籍,是犹太人创业与致富的圣经。几乎每个犹太人手中都会有一本《塔木德》。"

夏辉顿了顿又说:"我最欣赏《塔木德》上说的一句话:你如何待人,人如何待你。"周义勤说:"好像和孔子说过的一句话有点相似:己所不欲,勿施于人。"夏辉很赞同地回答道:"如出一辙。"

第二十二章　上海滩的淘金者

　　法租界跑马厅的南边，有一条跑马厅路。弧形跑马厅路的两旁，有许多马厩。参加赛马的马匹都会在这里进行调整检查，配上号衣，由马主人拉到跑马厅的马道上等待上场比赛。

　　于是围绕在跑马厅周边的几条马路，如黄陂南路、威海卫路等，不但建有许多比一般住宅低矮一些的英式马厩，还有不少香烟、煤炭、五金、钟表、当铺、菜场等铺面。

　　这天中午夏辉和周义勤从跑马厅路往前走去，穿越重庆北路和成都北路，直到威海卫路东头。一路走来，看见一个奇怪的现象，就是这里的弄堂名称有许多是以"马"字开头，什么马吉里、马德里、马安里、马霍里、马乐里等，几乎有数十条"马"字号的老石库门弄堂。人口的增长使这里充满了商机。在这些横竖相互交错的马路上，两个人不时地遇见阿婆阿姨们挎着一个小小的竹篮子，里面是新鲜蔬菜。问过才知道，在跑马厅路南面有一条小小的街道叫马立斯路，那里有一个将近一亩地大小的"马立斯小菜场"。

　　两个人好奇，就从重庆北路进到不起眼的马立斯路，在转角处看到了小小的"马立斯小菜场"。菜市场里面人头攒动，各种新鲜蔬菜应有尽有，甚至在菜市场门口的街面上也热热闹闹地摆满卖菜地摊。马立斯路沿街因为这个菜市场的繁华，商铺连连。有老虎灶、南货店、瓷器店、中药铺、理发店、小饭馆、豆腐坊、香烟店、点心铺……甚至还有一座天宝池浴室。

　　正值中午时分，两个人也走累了，于是走进一家离小菜场不远的包子铺吃午餐。夏辉在前，一只脚刚刚踏进去，四十来岁店主就笑呵呵迎出来："两位小弟里面请。"说着从肩上抽下来一条白色毛巾，熟练地在一张小方桌上揩拭一通。屋里很干净，几张小饭桌整齐地靠着墙，墙上挂有两幅苏州小桥流水的水墨画，使人感到不是到这里吃饭，而是进入书斋。兴许是过了饭点，小铺这时候没有几个客人。

"苏州人？"夏辉问道。

"小弟你是文化人，一眼就看出来了。"店主回答。

"苏州小笼包好吃，我喜欢。来几笼吧。"夏辉说道。

"汤包还是小笼包？"店主殷勤问道。

"什么讲究？"夏辉不解地问道。

"汤包个大，褶皱朝下，皮薄汤汁多，口味偏甜；小笼包褶皱朝上，以鲜咸为主。"店主说着就递上一份菜单。

"那好，就来两份鲜肉汤包，两份虾肉小笼包，外加两份香菜鸡蛋汤。"夏辉看着菜单流利地点起来。

"好嘞，稍候……"店主利落地把手中毛巾往肩上一搭，转身而去。

"嚯，吃个包子还有这么多学问。你点这么多？"周义勤对着夏辉问道。

"不多，那汤包皮很薄，一份两个，小笼包一份三个，可能还不够吃呢。在这里竟然能品尝到正宗苏州口味的汤包，不错不错。"夏辉很满足地回答道。

不一会儿，店主端出托盘，将几份汤包、小笼包摆放在饭桌上。"烫，慢用！"店主说完就转身接待其他新来的顾客。

只见两人面前的汤包皮薄透明，似乎能看到里面汤汁在流动。夏辉像是欣赏艺术品一样看着汤包，他用筷子轻轻地夹住汤包一角，轻轻地咬破皮，把汤汁慢慢吸吮入肚，仰起头美滋滋地摇头晃脑，接着有滋有味地吃起来。

一顿别有风味的美餐，让两个年轻人吃得心满意足。

这时店主又端来两杯淡茶。夏辉就顺口问道："大哥，怎么这里许多弄堂名称都是马字头的，眼前这条小马路也叫马立斯路，连旁边的小菜场也是什么马立斯小菜场？"

"哈哈，小弟算是问对人了，我在这里已经十来年了，亲眼看到这里的变化和发展。"看来这店主平日也是个喜欢说话的人，见夏辉问起，就如数家珍地说起来。

"上海是世界冒险家的淘金之地。英国冒险家亨利·马立斯当年靠跑马发了横财，便在上海广置房产，特别是在跑马场附近建了许多住宅，然后出租。就是你们现在看到的什么马德里、新马德里、西马德里、马乐里、马安里、马吉里等。他的产业统称为马立斯，在这里修建的住宅多了，马立斯路也就自然而然地形成了，他建的菜市场自然也就叫马立斯菜场。"

店主这时拉开一把椅子坐了下来，津津有味地讲起来："这些都不算稀奇。听说过明园吗？明园跑狗场。"

"明园？没有听说过。"夏辉回答道。

"这个亨利·马立斯的儿子戈登·马立斯不但继承了父亲的跑马场，上几年竟然丧心病狂地在大块地皮上建起明园跑狗场。他们豢养洋狗作为赌博工具，场地上电子兔一跑起来，那些狗就争先恐后地追赶，使跑狗赌博在上海风靡起来。上海租界有三处最有名气的跑狗场：明园、申园、逸园。明园是上海第一家跑狗场。"

"这简直是丧尽天良，闻所未闻，把上海当成什么啦？阿狗阿猫的都来伤害中国人。"夏辉听得义愤填膺，大声嚷嚷起来。

"戈登·马立斯的私家住宅——马立斯花园，那才是世界一流的。马立斯花园是在金神父路，占地数万平方米，有四幢风格各异的欧式洋楼，被绿草如茵、花草繁茂、古树参天的花园围绕。里面有亭台、假山、紫藤架、葡萄架、小桥、湖泊、喷泉。要知道它借鉴的是路易十四初期至路易十六早期的宫廷建筑规格，建筑格局宏伟而庄重，让人有一种神秘感。"

"嚯，那就是皇家宫廷规格的建筑啦，好奢侈。"夏辉脑子里都想象不来那种豪华程度，周义勤更是张着嘴巴，像听神话故事。

"举一个例子，我也是听说的：二十年前小汽车刚刚进入中国上海时，租界工部局开始发放汽车牌照。当年上海大买办总商会会长虞洽卿的车牌号是0001号，马立斯是0002号，犹太人富商哈同是0003号。汇丰银行的董事长英商沙逊，也就是华懋饭店的主人，他的车牌号才是0004号。可见这个马立斯在上海滩的势力是多么强大。"

两个人走出包子铺，往威海卫路方向走去。远远看见威海卫路，除了很精致的马厩，最有亮点的是马路两旁一溜的都是汽车零配件商铺，一家挨一家。

1928年，旧货商吴永华在威海卫路406号开了一家收拆旧汽车的利华汽车五金行，利用旧汽车拆下来的旧轴承、旧轮胎，搁上木板制造出来"载重榻车"，并很快盛行起来。一时间制造商、出租行、修理摊在这条街上涌现。永昌、永顺、协昌、信记、宝大等近二十家行号也先后开张，形成一个热门产业。

周义勤一下子兴奋起来，那清一色的民族小企业、小商铺，每个人都勤勤恳恳地在付出创造。他感觉脚踏实地，好像又看到宝山路了。

"怎么？看上这个行业啦？在这里创业？"夏辉看到周义勤激情满怀的眼神，就高兴地问道。

"我感觉这里脚踏实地，有一种亲切感。"周义勤回过头对夏辉说道，"我不可能开这么一个商铺，一是没这么多资金，二是没这种技能和人脉。"

"资金我会帮助你的，至于技能，那是可以学习的嘛。"

不等夏辉说完，周义勤就回答道："不不不，你已经帮助我很多了，不是资金问题，我还是想干服务行业，尽管还不知道干哪个服务行业。只是这里的氛围是我喜欢的，都是中国人，有地气。"

"是的，这里不似大马路或者霞飞路灯红酒绿，可是又相隔不远，闹中取静，是个好地方。你是否在这里感觉到闸北宝山路的那种繁华？"夏辉很赞赏周义勤的眼光。

"那是，我一进入威海卫路这条街，就被感动了，就好像看到创业时的宝山路。"周义勤很动情地回答。

说着走着，两个人不觉来到北成都路的路口。北成都路尽管不是摩肩接踵、人山人海的繁华，但也一样朝气蓬勃、欣欣向荣。一座座洋楼商铺沿街相连，居住区也多为石库门里弄。

在一个里弄口，有一个四五平方米的烟纸店，隔壁是一间近十平方米的房子，里面挂满了衣物，有西装、衬衫等。周义勤退后一步，抬头看见门楣上一块木条上写着"洁净洗衣铺"。这让他想起在宝山路勤和商铺斜对面的一家洗衣铺，他的一件冬季长袍曾经也送去清洗过，那家洗衣铺生意也是不错的。他上前进屋，一米宽的柜台后一位三十来岁的年轻人迎面含笑问道："请问清洗什么衣物？"

"哦，对不起，不是来清洗衣物，我们是路过这里进来看看。"周义勤谦和地回答。

这是一间有着前后门的通透小屋，后门外有一个小天井，挂满了清洗过和刚熨烫好的各色衣物。夏辉站立在周义勤后面环视着屋里梁上一排排的衣物，看见屋子靠右边有一张宽大的台面，靠顶头摆放着几件清洗干净的衣物，一位师傅正在熨烫着一件长大衣，满屋子蒸汽缭绕。

夏辉往前一步，站立在周义勤旁边，面对年轻人问道："老板，在这不很繁华的地方，清洗衣物的生意还好吗？"

"别看这店面小，有时候接的活多，清洗都来不及。旁边大厦的职员，还有威海卫路上的小老板们，都到我这里来清洗衣物。特别是年关跟前，需要再雇两个临时工，还是忙得不可开交。"小老板很爽快地回答，语气里有一丝敬业的骄傲。说完扭过头对着天井喊道："阿梅，倒两杯茶来。"想必那是他的夫人吧。

周义勤听说倒茶急忙说道："不用麻烦，多谢老板，我们刚刚吃过饭，随便走走而已。"

"喝杯茶，歇歇脚，没有关系的。"小老板真诚地说道。

夏辉和周义勤两个人一边往后退着走出店铺，一边回答："谢谢，谢谢，下次再来喝茶。"

一出店铺门，两个人继续往前走去。周义勤低头沉思着，夏辉的眼睛却紧紧地盯着周义勤。周义勤感觉到夏辉的目光，于是故意笑着问道："怎么这样看着我？"

"你明知故问嘛！"夏辉也卖关子回答道。

"是的，我觉得这个洗衣行业不错。这是一个服务行业，在这个商业发达的城市，无论哪个行业的老板，都希望穿戴得干干净净、整整齐齐。但是他们忙不过来，就会寻找这个服务行业为他们服务，这个行业会随着城市发展而发展的。而且对我来说，它投资少，上手快。你说是吗？"周义勤问道。

"说的极是，我一定支持你。"夏辉高兴地回答。

两个人不觉来到北成都路和山海关路交会处的西南角，在一个弄堂口有一个药店，药店有一块很醒目的竖招牌，上面写着"明济药堂"四个大字。周义勤最近跑路多了，受伤的腿有点痛，于是说进去看看买一些消炎药。店堂狭小，仅十几个平方米，很简陋。右边靠墙一溜木制的简易中药抽屉柜，柜子前面有一个柜台，台面很低，里面有两个圆凳，外面有两个圆凳，左边靠墙有两个长条凳子。台面靠左摆放了几个玻璃瓶子，里面有配制好的各种中药丸，玻璃瓶子上面贴有写着药名的字条。

夏辉和周义勤两个人说着话进店，和一个像是车夫模样的，头戴一顶棕色布檐帽子的人撞了个满怀。"对不起，对不起。"夏辉急忙退后一步道歉。

"哦，没关系，都是冲着脱力丸来的嘛。"这个急匆匆出来的人，不但没有埋怨，反而紧紧地搂住怀里的药包。

"脱力丸？"周义勤不解地问道。

"问马郎中吧，我走啦。"那人指了指柜台里面的一个男子就急匆匆走了。

柜台里面的那个郎中坐在里面的圆凳上，正在给坐在外面圆凳上的病人号脉，这时抬起头示意夏辉和周义勤坐到长条凳子上排队。柜台右边有一个年轻小伙子正在抓药。

长条凳子上有几个人排队候诊，最末一个对夏辉他们问道："第一次来？来对了，马郎中可是神医，方圆百里，老百姓看病都不要钱，只收草药费。"

"噢？难得有这么好的郎中。脱力丸是什么药？刚刚那个师傅说都是冲着脱力丸来的，什么意思？"夏辉顺势问道。

"这可是我们受苦人的神药，是我们的福音。你出力过度、四肢乏力、关节疼痛，甚至你的肝脾有问题了，一吃包好。"这位病友说得神乎其神。

轮到周义勤时，马郎中望闻问切后就说道："这位小生受过硬伤，是之前的旧伤有点发炎，无大碍。家里熬汤药方便吗？若不方便，就先拿几丸药吃吃。有好转了，再继续服用；如不见好，过两天我再给你另外配制。"说着就从玻璃瓶中拿出几枚药丸，用牛皮纸包好了交给周义勤。周义勤忙从口袋拿出钱来，郎中说道："试吃不用付费，下次来再付费。"

"那不行，药费是一定要支付的。"周义勤说着往台面放下一块大洋。郎中见状不好再坚持，于是说道："给零钱吧，十五个铜板。"

"十五个铜板？太少了吧。"周义勤很是吃惊。

"不少不少，仅仅是草药费就行了。"

当夏辉和周义勤走出明济药堂后，两个人都被郎中的朴实善良和爱心所感动。周义勤嘴里喃喃道："还是好人多，看似平凡，却让老百姓感受到医道的良心。"

"何敢自矜医国手，药方只贩古时丹。"夏辉脱口赞道。

周义勤心领神会地笑了，说道："是龚自珍的诗。我再加几句：悬壶济世，妙手回春；为民仁心，誉满杏林。"

"你生意做得好，学问也长进不少啊。"夏辉很惊叹道。

"那是。这些都是你的功劳，你送给我的康熙字典让我长进不少。哈哈哈。"周义勤骄傲地回答。

"那马郎中真正是一位善良有爱心、有德行、有良知的中国人。"周义勤还沉浸在感动中，于是一边走一边意味深长地说道。

第二十三章　战火中的再次创业

周义勤最近忙于寻找店铺的事情，而夏辉就要出国，两个人总会挤出时间相聚。这天晚上夏辉请周义勤吃饭，不知怎么话题又说到眼前战局。

"你说，1931年的九一八事变，和眼前发生的一·二八淞沪抗战，这一南一北抗日的力度有着天壤之别。"夏辉激动地说道。

周义勤没说话。

夏辉义愤填膺，又接着说："淞沪抗战是九一八事变的延伸和连锁反应。十九路军铁骨铮铮的三位爱国将领，总指挥蒋光鼐、军长蔡廷锴以及淞沪警备司令戴戟，当日本鬼子在闸北打响第一枪，他们就向全国发出一封抗日通电。你记得吗？"

"当然记得，那铿锵有力的通告，是对日寇侵略者吹响的冲锋号。"周义勤回答。

两个人聊得很起劲，末了，都默默无语，沉浸在战争灾难带来的沉痛氛围里。

许久，夏辉才关心地问起周义勤店铺的筹备情况："也难为你在这兵荒马乱的日子里再次创业，尽管租界里相对平静，但还是受到影响。义勤，加油哇。"

"我承受着国难、家难的悲伤，在这里为了娘而拼搏，我……"周义勤内心复杂的情绪使他说不下去了。

为了疏通上海港口和外界的交往，国际联盟为了自己的经济利益，召开国际会议，强烈要求中日双方停止战争。1932年3月3日，历时三十三天的淞沪抗战才告结束。

在战争夹缝里，周义勤终于寻找到一家铺面，那是在他喜欢的、感觉有地气的威海卫路，在一个不起眼的石库门弄堂口。原店主是一对老人，开了十几年的杂货铺，老太突然去世，老伯伤心得无法再一人待下去，被儿子接走。

那个铺面结构和他在北成都路口见到的洁净洗衣铺基本一样。屋子不大，可能只有宝山路铺面的三分之一大小，可是价格却比宝山路的高得多，原店主开口要一百块大洋。周义勤就和老爷子谈判，上海老伯很精明，一口咬定，分文不让。

最终周义勤倾尽所有积蓄，在夏辉慷慨热情的赞助下，盘下了这个铺面。

完成铺面交接手续的第三天，夏辉就乘坐客轮离开上海去美国留学。这一天是1932年3月5日。临走，夏辉送给周义勤一本《塔木德》。周义勤拿着书很高兴地说："这在书店是买不到的，也不知道你是从哪里搞到的，太谢谢啦。"

"我知道你喜欢，想着你也需要，就让我大伯想办法搞到的。我粗略地看了一遍，对你做生意很有帮助。我们做什么事情都是想到一处做一处，这本书告诉你生活中任何事情，包括生活细节，都是有规律、有秩序的。一个人有能力把任何一个生活细节演变成神圣的秩序，那事业就会游刃有余。希望这本书对你有用。"

"我不但要读，我还要把它读透。"周义勤很认真地回答道。

"哈哈，我就是喜欢你的这个认真劲头。怎么样，洗衣铺有什么新的想法？"夏辉关心地问道。

"当然有，我最近看了一些布料染色的书，很受启发。植物色素是中国几千年来着色的材料，用得最多的是蓝草和茜草，蓝草用瓮染技术染成青色，茜草用媒染技术染成红色。荀子的"青，出于蓝而青于蓝"，就是从实际中总结出来的哲理。所以，我想，我的铺面不再是洁净洗衣铺那样仅仅是洗衣物，而是增加了翻旧为新的染色。"周义勤滔滔不绝地说着，听得夏辉高兴地拍了他一下肩膀，惊喜地说："好你个周义勤，总是会有一些与众不同的经营理念，这是一个很大的创新，也是一种突破。好好好，太好了，你一定能够干成功。"

周义勤被夸得满脸通红，兴奋地说道："是考察启发了我，最近观察到人们身穿的都是棉质或者毛料衣物，一两年就显得陈旧，要是能够再次洗染熨烫，那么衣物会永远崭新体面。这是个多么大的市场啊，所以我就确定了店铺的洗染业务。"

"你的店铺一开张，生意一定红红火火。好了，我走了，明天的船。这一走，漂洋过海，咱们相见就难了。"夏辉伤感地说道。周义勤送他到门口，两双手紧紧握在一起。

为了感恩自己的父母亲，周义勤从父亲周德清和母亲陈唤美的名字中各取一个字作为店铺名称，并且把"德美"这两个字的诠释"以大德行商，唤人间真美"十个字，以强劲有力的篆体书法写下来，镶嵌在精致的镜框里，挂在店铺一进门的墙上。

现在商铺门楣上方是一块"德美洗染店"的招牌，周义勤想着开业时，他一个人肯定顾不过来，应该再增加一个人，于是就收了一个徒弟。

这徒弟本是一家汽修厂的学徒工，名叫吴阿弟，十五岁，长得圆脸白净，这么小当学徒，想必也是穷苦人家的孩子。周义勤刚刚开始收拾、整理、装饰这个铺面时，每天晚上下班后，吴阿弟都会心甘情愿地到店铺来义务帮忙。时间长了，周义勤很喜欢他的勤奋和执着，于是在开业前亲自去找汽修厂老板说明缘由。汽修厂吴老板通情达理，同意了吴阿弟的选择。

"这阿弟可是我同宗远房亲戚，好好宽待。"吴老板说道。周义勤急忙回答："那是，放心好啦，我会当他是我的兄弟。"自此周义勤和吴老板结为好友，相互帮衬。

周义勤为了保证洗染的质量，染料均是进口的。对每一单生意，无论来人身份高低，他都是一视同仁，很快回头客越来越多。

吴阿弟是当地人，他的到来，给德美洗染店带来了活力。特别在语言方面，他给前来洗染衣物的人充当了翻译，更担当了周义勤的语言老师。在忙忙碌碌的洗染熨烫中，店铺像是一个语言学堂，南腔北调，有时候像是争吵一样地交流学习。没几个月，周义勤一改西南老家的腔调，也和客户说起了夹生的吴语。

这天中午吃完饭没有顾客，师徒二人就用吴语聊起天来。

"晓得哦阿弟，我刚到这里的时候，每天早上这个弄堂里的骚动让我吃惊不小。远处跑马厅大钟刚刚敲响四下，弄堂里就有人拖着长长的音调呼叫着'马桶拎出来……'我起初听成'牧童铃侧来'，却怎么也没有听见牧童的铃声，而是一声紧似一声的刺啦啦的竹刷子刷马桶的声音。"

周义勤还没有说完，吴阿弟已经笑得捧起肚子，周义勤仍然是一本正经地用夹生的吴语对吴阿弟讲述着。

"这有什么好笑的。随着刷马桶的大合奏结束，之后是有软绵绵的有节奏的叫卖声：'大饼油条、老虎脚爪、粢饭糕……'这'大饼'两个字拖得长长的，紧接着快板两个字'油条'，像是唱戏一样。还有'老虎脚爪'，听着怪吓人，后来才知道那是一种烘烤得像面包一样的面食，形状像是老虎爪子。我买了一块吃，外面酥脆爽口，里面蓬松甜软，很是香甜可口。

"太阳出来了，许多叫卖声从远处慢慢传来，什么方糕来了，茯苓糕、黄香糕、薄荷糕要哦要……

"再后来就是交响乐：磨剪刀哦磨刀啦、修阳伞、弹棉花、修棕榔、爆米花……一声高一声低地展示着弄堂的生命力。特别是中午时分，安静下来的弄堂里，像是从天外仙境传来美妙的唱腔：'珠珠花，白兰花，又香又温馨。'

"而且到了晚上，还是不能够让人消停，什么芝麻糊、小馄饨、薏米杏仁、莲心粥……这些之前我从来没有听说过的好吃的，让你馋吐水嗒嗒滴，脚跟子往外面蹦，非得吃一碗才能够静下心来。这个弄堂可是让你从早到晚享受着各色各样的音乐。"

第二十四章 喜出望外

阳春三月的荔枝果园，春意正浓。远远望去果园一片郁郁葱葱。嫩黄色新叶在暗绿色老叶子的衬托下，像是一朵朵盛开的迎春花。周义善的心情也和这新叶一样，轻松而又充满朝气。

荔枝园白天晚上都人来人往。白天，周义善忙着培土施肥，看见不规则的小枝再修剪修剪。他总是拄着拐杖乐呵呵地在田间穿梭，好像有忙不完的活。经常有一些人来帮忙，来的人看起来是帮助他挑一担水，送一挑肥，其实是来交换情报或者谈工作。

晚上就更加热闹，好像已经形成了一种约定，想给在外的亲人写信的来找他；春耕捕鱼出现问题的来找他；有些人看见荔枝园的繁茂，就在自己家的前后院里见缝插针地栽几株荔枝，也来请教他；甚至家长里短的事情都会在这茅草棚里议论辩理。周义善忙得不亦乐乎，同时在这不亦乐乎中悄悄进行着另一番大事业——他的团队在扩大。那每天一个字的教授，已经是小妹周义安的事情了。

1933年四五月份，果园里婆婆娑娑的绿，有不少荔枝树竟然开花挂果了，喜得周义善见人就骄傲地诉说，满脸洋溢着快乐。这天一大早，周义勤在荔枝园和交通员碰头，意外地收到三哥冉浩杰的信。"三哥给我的信？"周义善像见到宝贝一样，把信贴在胸前说道。

"还有给你的两本书、三双鞋和两块布料。"交通员从挎包里像变魔术似的一样一样拿出这些东西交给周义善，喜得周义善红光满面。

"3月份第四次反'围剿'胜利后，冉浩杰同志就想过来一次，可是他有新的任务来不了，就委托我带过来。当然也是组织上让我来传达目前的形势和你近期的工作重点。"周义善递过来一杯水，交通员接过来一口气喝完，继续给周义善说道，"第四次反'围剿'是胜利了，可是日本鬼子一直不消停，最近又在东北、河北一带穷凶极恶地轰炸。更加可恨的是国民党不但不抗日，还提出什么'攘外必先安内'政策，甚至又开始紧锣密鼓地铺开了对革命根据地第五次'围剿'的准备工作。这就让我们要加倍地配合反'围剿'工作了。"

周义善一开始听说第四次反'围剿'胜利时很振奋，最后听说蒋介石的"攘外必先安内"政策，就又恨又气，把衣袖往上一撸，脱口而出："说吧，我们应该干些什么？"

"你比我还心急。"交通员微微一笑继续说道，"来，就是和你沟通下来的具体工作。你们在支持抗日和反'围剿'中，在信息传达和物力人力上给予大部队很大帮助，上级在会上表扬了你们小组的工作，已经号召各小组向你们学习呢。"

"我们也没有做出什么特殊贡献，仅仅是尽职尽责而已，比起那些流血牺牲的战友，我们做的还是不够。"周义善被表扬得不好意思起来，搓着双手，谦虚地回答道。

"第五次反'围剿'会比之前几次更加残酷激烈，在做好支前工作的同时，一定要保护好自己，保护好我们的基地力量。"交通员把具体工作安排后就匆匆离去。

人一走，周义善这才打开三哥的信，里面还夹有一封给妹妹的信。他把妹妹的信放一边，看起给自己的信：

义善兄弟！很想直接和你见面聊聊，可是生意繁忙脱不开身，见谅。近日生意德顺，高兴，特给你们三兄妹带去回力鞋各一双，还有两块布料给娘裁衣，希望喜欢。两本书，一本关于果树栽培的书是给你的，另外一本给义安妹妹，她晚上给大家教书认字用得上。

我这里一切尚好，勿念，倒是你们让我常常牵挂。娘身体可好？

你的荔枝园想必今年开花挂果了吧？小妹和小弟他们要坚持学习，不可因故放弃。

"生意德顺"，是说明工作顺利。类似这样明说暗喻的词语，周义善已经很习惯了，也能够理解所说的含义。也不知道什么时候开始，冉浩杰的来信中也会给周义安单独写上几句。晚上，当周义善把三哥的信和书交给周义安的时候，她的眼睛突然明亮起来，拿着信马上躲进内屋无人的地方阅读起来。

信，很平淡，无非是问问娘身体可好，问问周义安学校的情况，同时关心周义安在果园夜校每天一个字的教授情况，最后鼓励她好好学习。周义安反反复复读了好几遍，最后把信包裹在一方有压花的素净手帕里，保存在只有她自己知道的地方。现在手帕里已经躺了三封信，她时不时地会拿出来看。那三封信像是春天里绽放的三朵花蕾，充满了生命力，让她爱不释手。

这边周义善给大家读信，娘一边听一边抚摸着两块布料，不觉落下眼泪。她想起冉浩杰曾经帮助周义善治病锻炼，给周义善教书，想起那一百棵荔枝树，想起冉浩杰给这个家带来的信心和生气。这时候，她又想起了大儿子周义勤。

咚咚咚，很轻的敲门声。小弟周义顺耳朵灵光，转身就去开门。

"哇，三哥？是三哥！娘，三哥来了。"随着小弟喜出望外的呼唤，大家都把目光射向门口，包括从里屋匆匆跑出来的周义安，好像不相信这是事实。

只见冉浩杰进屋转身把门闩好，回过身来伸出一只食指放在嘴唇上，然后面对娘憨憨一笑，小声说道："有事情路过这里，来看看娘，只有一个小时。"义善、义顺围上来拥着他，只有义安有点羞涩地立在义顺后面，不知所措。她还没有完全从刚刚收到的信中摆脱出来，还是不敢相信突然出现在眼前的真是三哥。这时三哥突然抬起眼睛和她对视在一起，她不由得红了脸，顺口说道："三哥来了，请坐吧。"

这天晚饭，娘高兴，拿出了保存很久的一条腊肉，洗干净切片，放了几个辣椒和一把水芹菜炒了，盛了一大盘子，满屋子的香味。娘又把新年剩在面缸里的两碗面做成了葱油饼，这可是过年过节才能够吃到的美食。家里一下子热闹沸腾起来，像是遇到大节日。

"这是你们浩杰哥最喜欢吃的，多吃点。"娘把烙好的葱油饼切成小块，端上饭桌，高兴地给冉浩杰递上两块。

"娘总是疼三哥……"

"跟着三哥沾福气……"

"娘，你……"大家七嘴八舌起来。

"娘想你们浩杰哥多时啦，刚刚还睹物思人，没想到说曹操曹操到，能不高兴吗？"娘高兴地用围裙揩拭眼睛，又对着冉浩杰说道，"娘知道你现在忙，忙着大事，可是再忙仍然惦记着我们每一个人，还给我们带来那么多东西，你是好人哪。但愿你在外面平平安安。"

娘说着想起大哥，就又嘟囔着补充一句："也希望出门在外的义勤平平安安，他是这个家的顶梁柱。"

"俗语说：家有长子，国有大臣。这话是有点道理。"冉浩杰随着娘说道。

娘听着点头称赞。她不停地给冉浩杰夹菜夹葱油饼，吃得冉浩杰嘴巴鼓鼓的，一连声地说道："好吃，好吃。"

冉浩杰一边吃着，一边回答弟妹们提出的各种问题，最后抹抹嘴站立起来说道："哦，谢谢娘，吃太饱了。我……我该走啦。"随后眼神温柔地看向义安，把小姑娘看得难为情起来，绯红着脸蛋。

面对分别，大家又是一阵忙乱。冉浩杰坚持不让大家送他出门，只是让周义善一个人陪他去果园看看。他一边抚摸着义顺的头一边说道："义顺义安要坚持读书啊。娘，您一定要保重身体，我会再回来看望您。很惦念荔枝园，义善陪我去看看，随后我就走了。"

说是去荔枝园，哪里敢去？冉浩杰知道这时候荔枝园人多，他是想和周义善出来单独聊聊。

"我马上去中央苏区。国民党现在集结上百万兵力'围剿'革命根据地，这第五次反'围剿'会很残酷。义善，眼前你一定要保护好你的交通站，提高警惕，要知道现在是非常时期，叛徒和特务随处可见。"

"三哥,你放心,晚上我的茅草棚纯粹是夜校,是和老乡们聊家长里短的场所。我发展的人员,都是来帮我料理荔枝园的,往来出入没有一个是来历不明的陌生人。荔枝园给我的工作带来很大便利,倒是三哥你风里来雨里去的,让我操心。"

"嗯嗯,我会当心的。现在有两个事情交代给你。敌人封锁苏区,现在苏区没有盐,都在用硝土熬制硝盐,就是那种用老屋墙皮、地窖下面的泥土熬制出来的又苦又涩的硝盐。就是这种有毒素的盐也极少,你想办法动员党员筹一些盐,集中在这里,有人会来取的。唉,为了挽救苏区缺盐的病人,那些运送食盐的人想尽办法,都是冒着生命危险。记住了,你这里筹集食盐也要倍加小心啊。"

冉浩杰说着,从内衣口袋摸出一个折好的字条递给周义善,说道:"这个是绝密地址,记住,不是万不得已,绝对不要使用。"

第二十五章　周义善烈士

这一天，周义勤在《申报》副刊上看到两则征婚启事，不由得盯着看起来。

第一则征婚启事中写道：

本人吴姓，事业殷实。现欲寻觅女子要求：

一、有善良素养和爱心情感；

二、有治家情趣和治家能力；

三、健康秀美，性情温和；

四、芳龄在十八至二十六岁；

五、小学程度，未婚。

第二则征婚启事中写道：

我刘浩君，择偶有如下要求：

一、欲求十六岁到二十二岁大家闺秀为伴侣；

二、有清洁素质和缜密细腻的心思；

三、中学文化程度，文路通顺，有自我建议；

四、能够懂文件资料整理编号，协助文案管理；

五、性格温柔和顺，健康秀丽，品貌俱佳。

周义勤看完才明白，原来征婚也有这么大的区别。启事中竟然把征婚对象的教育程度、家庭条件、性格特征要求得这么细致。这样想着，忽然在报纸角落看到一则女子的征婚启事，他更觉稀奇，也认真地看起来。

征婚启事中写道：

小女子年方一十八，才貌俱全，择夫希望：

一、有才识文，有专长，经济独立；

二、面貌端庄俊秀，和蔼可亲；

三、身体健康，整洁，潇洒有朝气；

四、情爱专一，无侧房；

五、无吸毒嫖娼之恶习。

看到这里，周义勤惊叹不已，小小女子，为自己择偶，竟然如此勇敢。这在合江老家，是绝对不会有的事情，那是会被认为不安分守己，会被家人和邻居责骂的。这大城市到底不一般啊。

"哈哈，怎么看起征婚启事啦？"这一声问话，把周义勤吓一跳，原来是吴阿弟给客户送衣服回来了。他赶忙把报纸折叠起来，连声说道："哪里哪里，是在看新闻。"

"我说师父，你也到了娶妻的年龄啦，有了师娘，我也可以少操些心。"吴阿弟继续说着，"我堂叔吴老板前几天给你提的亲，你也应该认真对待才好。"

"小赤佬，就管闲事儿有劲，还不快帮着阿强去干活。"周义勤不等他说完就故意大声吼起来。

自1932年开业，已经两年过去了，德美洗染店的生意红红火火，不但没有受战火影响，反而越来越兴隆。师徒两个经常加班加点干到半夜，仍然满足不了洗染业务的需求。周义勤又给店里招了一个小学徒，就是阿强。

吴老板看到周义勤的勤奋和在生意场上的聪明能干，于是就想把妻妹介绍给周义勤。前几天，吴老板专程过来向周义勤说起这个事情，周义勤推说考虑考虑，没有立即答复。想着婚娶大事一定要给娘说一下，和娘一起商量商量。更何况娘这两年也多次催促自己的婚事，甚至想在老家给自己说亲。因为店面业务的繁忙，周义勤顾不上多想。所以到目前为止，不管是吴老板的热心，还是娘的关心，都没有让周义勤静下心来好好考虑考虑。

现在他一个人坐在柜台前，想起刚刚看到的那几则征婚启事，竟然脸上热乎乎的，心里也嘀咕起来：是该跟娘商量商量啦。

1935年1月5日，吴老板正式向周义勤提亲。周义勤心里想着，无论如何今年要回家过年，和娘叙叙，把自己的亲事确定下来。

年底洗染业务繁忙，直到腊八这天，周义勤想起小时候娘总是翻腾出各种豆子，熬一锅热乎乎的腊八粥，香甜软糯，现在，他多么想喝上一碗娘做的腊八粥啊。这天晚上，他静静地坐下来，给娘写了一封信，把今年回家过年的事告诉娘。

这天晚上，他在店里吃了吴阿弟熬的腊八粥，想去邮局把信给娘发出去。刚刚站立起来，就看见一个人匆匆忙忙走进来，头还在向后望着。周义勤迎上去，刚想问洗染什么衣服，抬头和那人四目相对，吃惊地叫道："三哥，是你？你怎么……"

冉浩杰一脸倦容，摇摇头，结结巴巴地说："义勤，现……现在有……有急事告知……"周义勤一把扶着冉浩杰往外走，说道："走，到我住的地方去。"两人急匆匆出了店铺，往弄堂里的住处走去。

他领冉浩杰走进屋子，关上门，让冉浩杰在窗户前的小桌子前坐下来，又去拿热水瓶给冉浩杰倒了一杯热水。这时候周义勤才看清楚冉浩杰的神态，那是一种失去亲人的悲痛。周义勤吓了一跳，小声问道："三哥，怎么啦？家里出什么事情啦？"

冉浩杰抬起头看看周义勤，欲言又止，捧着杯子的手微微发抖。

"不……不会是我娘……我刚刚就是想给娘寄信去的，这不？"周义勤从棉袍衣袋里拿出信给冉浩杰看，他有一种不好的预感，继续小声问道。

"出事了，义勤，你莫慌，我……"冉浩杰又颤抖起来，眼圈也红了。

周义勤一下子站立起来，他放大声音问道："三哥，难道……难道是我家里出事啦？我……我娘她……"他不敢再问下去。

冉浩杰狠狠地擤了一下鼻涕，眼睛里滚落出泪水。

"你说呀，到底是怎么啦？"周义勤面红耳赤地急切地问道。

"组织里有人叛变，不但交出了党员名单，而且把荔枝园的交通站也给出卖了。果园被烧毁，义善……义善他……他也……"

冉浩杰说不下去了，周义勤却双手紧紧扳着他的双肩摇晃起来，疾声问道："义善他怎么啦？被逮捕啦？"

冉浩杰摇摇头，失声痛哭起来："他牺牲了。为了保护收集起来的盐，为了掩护同志撤离，被国民党杀害了。"

"不能，不能，义善不能……"周义勤呼叫起来。他不相信，也不敢相信，可是三哥的眼泪让他知道这是真的。他绝望地伏在桌子上痛哭起来。

冉浩杰这时候擦干眼泪，对周义勤小声说："我当时也不在现场，是事后得知，这次敌人行动很快，可以说整个支部被破坏殆尽，牺牲了很多同志。当发现有人叛变时，还没来得及通知荔枝园疏散，敌人就已经洗劫了荔枝园。为了把食盐送出去，为了掩护几位同志带着食盐撤离，义善当时一个人有意转移敌人目标，在果园入口处扯住敌人拖延时间，被当场活活打死。他……他很勇敢。"

冉浩杰越说声音越低，泪流满面，突然他提高声音对周义勤说道："义善死得非常刚强，很有骨气，面对残暴，他最后仍然口含鲜血，昂然抬首地向敌人铿锵说道：我们共产党就是巴根草，知道吗？巴根草，节节生根，斩不尽，杀不绝。我死微不足道，我死不瞑目，因为我一定会看到我们的胜利。一定，一定会的……"很久很久，死一样的静默，冰冷了这个亭子间。

"义……义善，太……太可怜了，他好容易有了自己的事业，有了希望，却如此……"周义勤悲痛万分，话都说不清楚。

"娘，娘她们呢？"周义勤突然想起，惊慌失措地问起来。

冉浩杰擤擤鼻涕，然后小声说道："娘和弟妹们都被组织及时救出来了，他们现在赤水你姥姥家。我是看望娘后才得知你这里的地址的。"

"我早就感觉到义善和你在一起，高兴，也担忧，只是没有想到竟然会是这样。"说着，周义勤又落下眼泪，他悲伤得说不下去。

"说实话，尽管义善是光荣的烈士，可我现在还是很后悔当初让他走上这条道路，内心感觉对不起义善，对不起娘……"

不等冉浩杰说完，周义勤很伤痛地低声道："虽然不能说天妒英才，但也算是英年早逝。不过你给予了他人生的意义和希望。这两年，他不但成长了，而且很充实、很幸福，这个我感觉得到的。所以三哥你也不要自责，应该去痛恨那些敌人。大哥冉浩然不也是祖国的英雄吗？都是为了祖国母亲，这个理我懂得。"

周义勤又含泪说道："三哥，你下来怎么办？你也要注意安全啊。最近就住我这里，我这个亭子间很方便和安全。"

"不，不，我要急着去赶部队。第五次反'围剿'失败，根据地已保不住，部队都在转移。我马上就得走。"冉浩杰说着就站立起来。周义勤马上揩拭了泪水，然后拉着他说道："起码吃了饭再走。走，去饭店。"

吃饭时，冉浩杰对周义勤说道："义勤，你虽开店搞经营，也要记住祖国的利益，不要做对不起祖国的事情，有时间回去看看娘。"

"我知道的，三哥放心，我本来过年就要回去看娘的。"

和三哥告别后，周义勤回到店铺，不想就收到家里来信，那是小妹义安的来信，是从赤水发过来的。周义勤急忙打开，看到满纸泪痕，有的字已经模糊，他的心紧缩起来。他恨不得现在就回去看望娘，看看弟弟妹妹。

"大哥，我的大哥，我现在是泪流满面，不知道如何告知你这个天大的悲痛消息。二哥他牺牲了，果园也被烧毁，1934年的最后一天，是二哥的蒙难日。要不是有人来帮助我们逃跑，也许都难以相见。娘那天去赤水河边痛哭一场，回来就病倒了。这两天刚刚见好，就急着让我给你写信。大哥，娘说现在兵荒马乱，你一定要注意安全。假如你那里不安全，就回赤水。"周义勤看得也是泪流满面，特别看到娘到赤水河边痛哭，那是跟她的母亲河诉说，一定是撕心裂肺的。

1934年12月31日，那个黑色的悲痛日子，是家里所有人心中永远的殇。

周义勤掐掐手指头，计划这两天回赤水姥姥家。他打算把娘和弟妹接到上海来，法租界还是安全一些。

第二十六章　回姥姥家

冉浩杰和周义勤分手后，就日夜兼程地朝自己部队赶去。得知大部队在往赤水方向行军，他感到很亲切，因为娘和义顺义安都在那里，他可以顺便去看望他们。

1935年1月16日夜里，冉浩杰赶回部队，报到后第二天就去离驻地不远的赤水看望娘。娘一人在屋，苍老了许多，添了许多皱纹和白发。冉浩杰心里很难受。娘握住他的手又是高兴，又是落泪。匆匆忙忙跑进来的义安看见冉浩杰，脸就唰地一红，急忙问候："三哥好！"

冉浩杰扭头面对义安温柔地笑了笑，回过头对娘说道："娘，我去看望义勤了，他很好……"

不等冉浩杰说完，娘就激动地站立起来问道："义勤他好吗？安全吗？他现在日子怎么样？"

"义勤说他这几天就回来看望娘，他那里是法租界，很安全。"冉浩杰扶住娘坐下来，又说道，"娘，我们部队明天就开拔，今天是专程来向您老人家道别的。"冉浩杰对娘说着话，眼睛却又瞟向周义安。

"娘，我要跟三哥去参军，给二哥报仇。"站在一边的义安听说冉浩杰要随部队走，突然对娘说道。然后面向三哥，两只眼睛直视着他，好像在求助。

"娘……"冉浩杰一脸真诚，对娘投去了一种祈求的眼光。

"不行，你还太小，不能去。"娘忙把义安拉进怀里，好像怕她飞走。

"娘，我不小了，我已经快十八岁啦。我在这里什么都干不成，去部队可以锻炼锻炼。娘，我行的。"义安抬起头看着娘，撒娇地说。

娘摸着义安清秀的脸颊，眼睛却看着冉浩杰，良久，嘴里慢慢说道："跟了浩杰去，娘是放心的。"说着，双手紧紧握住女儿的一只手，眼泪扑簌簌地滚落下来。义安也哭起来。

"娘放心，义安去部队，可以安排在后勤工作，会学习到许多知识。"冉浩杰说着，把一只大手放在娘的手背上。

娘抽出手，把冉浩杰的手和义安的手紧紧握在一起，含着泪对冉浩杰说道："浩杰，把义安交给你，娘放心。"

冉浩杰眼圈红了，他知道娘内心有多么痛苦，刚刚失去一个儿子，现在女儿又要离开。他这时想起自己的娘，娘是多么遥远，远在天堂，面容在记忆中都已经模糊了。他想起这几年在这个家得到的保护，得到的许多关心关爱，还有和弟妹们在一起的快乐温馨。于是他面对眼前的老人，深情地叫了一声："娘——"

1935年1月17日，周义勤准备回赤水，安排好工作，把店铺交给吴阿弟管理。他给姥姥、娘和表兄妹们准备了许多礼物。同时在弄堂自己居住的楼房里，租了二楼的一间屋子，是专门给娘和弟妹们的一个家。

两千来公里的路途，他乘坐火车又多次转乘长途汽车，到处是战争残骸。一路艰难奔波，历经十天，于腊月二十三到达赤水，没想到妹妹义安已经随三哥参军。娘看见周义勤先是一愣，然后就惊喜地把儿子拥抱在怀里，她一下子想起二儿子周义善，母子两个拥抱着痛哭。姥姥过来让母子两个坐下来，周义勤对着娘含泪说道："娘，儿子不孝，让您受苦了。"周义勤的话让娘使劲摇头。娘拉着义勤走进自己的屋，和儿子一起坐在床边，流着泪絮絮叨叨地把近来发生的事情告知儿子。

娘最后结结巴巴地说道："巴根草，义善说是巴根草……我怕义安也……也变成巴……巴根草……"娘说不下去了。

冉浩杰给周义勤说的话又响在耳边："巴根草，节节生根，斩不尽，杀不绝。我死微不足道，我死不瞑目，因为我一定会看到我们的胜利。一定，一定会的。"他很伤痛，但是在娘跟前，他知道自己要坚强。

他含泪安慰娘说:"娘,义善死得其所,死得刚强有骨气,祖国不会忘记他。娘,义安有浩杰哥在她身旁照应,会很安全的。娘放心,我会随时联系浩杰了解情况。

"娘,现在局势混乱,赤水也是战事多多。我这次来就是接您和小弟去上海,房子都安排好了。

"娘想等待局势稳定一些,还是回合江。那里还有咱们家的老屋子。

"娘,合江出了那么大的事情,不安全的,现在果园都没有了,还想着那个老屋子干吗?况且义安也参军了,义顺也长大了,他需要继续读书,在上海会有更好的成长环境。"

娘又哭了,点点头说道:"儿子,娘拖累你了,娘知道你在外面这几年也受了许多罪。你为了给弟妹们挣学费,在这个动荡不稳的年代,千辛万苦地拼命……为了这个家你付出太多太多,娘都知道,知道。"这时义顺也走进屋,因为娘的这番话也流出了眼泪。

是的,大哥为了这个家,为了让自己读书,牺牲了自己读书的岁月,沉重的工作压力,甚至使大哥致残。义顺这时候伸出一只手握住了哥哥的手,他感激哥哥。外面飘起零星小雪,屋里娘和两个儿子在一起,特别是大儿子的到来,让她终于在悲痛中感受到春天的温暖和安慰。

由于战事,周义勤想尽快回去,第二天,就和姥姥、舅舅及表兄妹们告别。姥姥泪流满面,想着这一走,何时能够再见面,坚决不让走,哭着说:"哪有马上过新年要走的道理?你们难不成在路上过年?这是万万不行的,都在这里过完年再走。"这时娘含泪对儿子说道:"这一走,何时回来看望姥姥?就听姥姥的话,在这里过完年再走。"

看到姥姥和母亲的热泪,周义勤想着还有几天就过年,让母亲在路上过年,未免也太残忍,于是也不忍离去,一家子在姥姥家安安心心地过新年。

这是周义勤自十三岁离家外出后最惬意的一段时光,尽管战争连绵,不知上海店铺生意如何,可是都不影响他和亲人在一起的好心情。

年三十晚上的祭祖,和往年一样庄严,很神圣。桌案上摆放着太姥爷、太姥姥、姥爷、父亲和义善的灵位。蜡烛高照,香烟缭绕,姥姥带领儿女、孙辈，在桌前站立几排。

姥姥点燃三炷香拜三拜，插入香炉，跪在蒲团上祈祷一番，站立起来拿一杯酒洒地上，滴落几滴眼泪，嘴里叽叽咕咕地念叨着……一切都在有序进行。轮到娘、舅舅、舅母这辈，都点燃三炷香磕头祭拜。周义勤等孙辈一起虔诚地点燃三炷香，跪拜祈祷。桌前一个瓦罐里燃烧着用锡箔纸折叠成的元宝，每人都往里面扔几个元宝，待火焰消失端出去，姥姥在桌边砰砰砰地敲三下，让男人们轻轻移动了一下桌子，祭祖就算结束。

外面噼里啪啦的鞭炮声响起，一大家子人围着姥姥，敬酒祝福，其乐融融。儿孙们抢着敬酒，姥姥喝了两杯酒，就不胜酒力，满脸通红，兴高采烈地说道："喝，大家都喝，大家都喝，别总是敬我一人啊。"

这下子大家都相互敬酒，夹菜添茶。娘被舅母灌了两盅酒，辣得用手扇着。周义勤看见忙夹了一筷子菜喂到娘嘴里，引得舅妈不由得说："这义勤，孝子一个，对母亲那么温柔。"说得娘一脸幸福。想起周义勤十三岁时，有一次很温柔地把自己的乱发别到耳边，那时候就感受到这个儿子的细心和孝顺。

直到正月初三，周义勤提出回上海，姥姥恋恋不舍地留到初五。初五一大早，姥姥拉着娘的手，含着热泪，和舅舅舅妈们一起送他们到村外车站。周义勤拿过简单的行李，和娘及小弟离开了赤水。

正月十五这天下午，他们到了上海。

一进入上海，周义勤叫了两辆黄包车，一辆他和娘坐，一辆周义顺带着所有行李坐。在黄包车上，娘和义顺各自想着心事。娘是感觉背井离乡，眼泪汪汪地感受着水泥马路上冬季森冷的苍白。小弟却因为这花花世界震撼、惊奇。之前听大哥说起过大上海的繁华，可是眼前自己看到的却更加美好。他心里想着，面对这么一个既陌生又繁荣的花花世界，会有什么样的生活道路可以由自己去开辟、选择？

同样的十三岁，当年周义勤是为了求生，为了承担家里沉重的生活责任，而且在离家第一天，就在重庆朝天门被抢劫一空，上了一堂残酷的人生之课。今天，周义顺在哥哥的护佑下，坐着黄包车，进入一个大世界，考虑的是个人的前景。

正月十五是元宵节，是一年中第一个月圆之夜。所谓一元复始，是大地回春的时候，只见大街小巷张灯结彩。周义勤对娘说："今天正月十五，晚上就更加灯火辉煌，人们赏灯，猜灯谜，吃元宵，有的地方还有耍狮子、舞大龙，热闹着呢。"正说着，路过一个公园，里面人头攒动。

娘听着点头，心里却回忆起家乡的正月十五，月圆之时，孩子们打着自己糊的各种灯笼，有的是小白兔，有的是大公鸡。一帮子年轻人在江边蹦跳着，把一条龙舞得气势十足。娘自言自语："龙是吉祥之物，合江老百姓一年过的好像就是正月十五这一天。十几个壮汉撑着一条七八丈的长龙，龙头追逐龙珠而起舞，姿态优美。后面紧跟着踩高跷的队伍。一直要热闹到正月十八方告结束。"

"娘，这大上海的正月十五，也是别具特色，应该更加洋派一些。"周义勤回答道。紧跟在后面的周义顺兴致勃勃地说："大上海嘛，肯定要洋气一些，我喜欢。"

周义勤回头对周义顺笑着说："还没有见到，就这么崇拜。"

大街上行人很多，都是急匆匆的样子，家家户户张灯结彩，从窗户里飘出浓浓的香火味道和美味佳肴的气息。

周义勤在弄堂口的烟纸店里买了一把香和两根蜡烛。周义顺一眼看见德美洗染店的门头，激动地手指着问道："大哥，这……这就是你的店铺？"店铺里有灯光，两个学徒看见门外的周义勤，急忙扑过来又高兴又激动地呼喊着："师父回来啦，哈哈，终于回来啦。"说着就把周义勤他们手提肩扛的行李接过来，直接送入弄堂里的住房。

石门库弄堂有坚实的门框，是娘在合江和赤水没有见过的。娘用一只手摸摸门框，厚实的框架让娘心里踏实下来。弄堂里周义勤租的两间住房就在第三排楼房里，一间是他和两个徒弟一直居住的亭子间，这个亭子间在楼梯的中间，是在一楼公用灶披间的上面，楼上晒台之下，八个平方米的小屋，面朝北，冬寒夏热。靠左面墙有一张用两个长条凳支起来的木板床，是之前周义勤和徒弟吴阿弟睡觉的地方。后来又增加了徒弟阿强，周义勤就给自己买了一张不到一米宽的单人床。两张床把亭子间摆放得满满当当，只是在迎面小窗下面摆放了一张长条桌,是餐桌,也是书桌,义勤每次给家里写信都是在这张条桌上写的。也许是由于住习惯了,也许是为了不让自己忘记创业的艰难,周义勤一直没有换住处。

这次娘来了,周义勤很奢侈地给娘租了一间二楼的房子,房子朝南,正面有两扇窄窄的木框玻璃门,有一个半米宽的小阳台。阳台四周是一圈黑色铸铁栅栏,栅栏上绕一圈浅棕色木扶手。当时周义勤想着小妹周义安一定喜欢这个小阳台,就租了这屋子,而现在小妹却已经参军离家了。

屋子两头用薄薄的木板简单地隔出两间小屋,中间空地就算是起居室。左边小屋里有一张双层架子床,架子床对面有一张长条桌,并排两把椅子,这是给小妹和小弟的。右侧小屋是给娘的,有一张棕绷床,棕色的床头有一点雕花,看着很雅致,旁边一个五斗柜也是棕色的。靠阳台有一张半旧的八仙桌,是老房东留下来的,配有四个凳子。

这简单的配置却让娘和小弟大开眼界。小弟扑向架子床,摸着架子床的腿和架子床一头的小隔板,那上面放着几本书。

娘在自己屋里用粗糙的手抚摸着光滑的棕色床头,连连说着:"费心了,费心了,这要花多少钱呀……"说着眼圈却红了。

两个学徒放下行李,就去楼下灶披间忙活起来,把提前准备好的蔬菜拿出来清洗配盘,还有新年做的红烧肉、白斩鸡和一条腌过的鱼。吴阿弟主厨,阿强打下手,择菜清洗配盘,忙而不乱。吴阿弟把红烧肉放锅里重新烧热,把白斩鸡取出来摆了一盘,鱼蒸在锅里,然后拿着阿强配好的菜炒起来。一个多小时,几个菜就做好了,一盘一盘地摆上八仙桌。

屋子里周义勤帮助娘把行李打开,在五斗柜上摆放了爹和义善的照片。娘拿起义善的照片撩起衣角擦拭起来,一边流泪一边说道:"正月十五也是祭奠的日子,看来这点和合江一样。可怜义善,竟然被活活打死。"回过头对周义勤说道:"这照片还是去年和浩杰合影的。当时浩杰说,什么时候你回家了,一定好好给咱们照一个全家福,可是……义善他……"

娘说不下去了。周义勤从娘手上接过义善的照片摆放在爹的照片旁边。娘从一个包袱里拿出香炉,点燃了三炷香插上,双手合十小声说道:"他爹,义

娘用一只手摸摸门框，厚实的框架让娘心里踏实下来。

善，你们保佑家里人都平平安安、健健康康。"周义勤把蜡烛点上，摆放了几样水果，然后也点燃三炷香插到香炉上，恭恭敬敬跪在地上拜了三拜。小弟看见也过来，照着大哥的样子祭拜了父兄。

"爹，义善，你们回家了！从今以后，这里就是咱们的家。"周义勤面对爹和义善的照片小声说道。

八仙桌已经摆放在屋子中央。桌上食物摆放得满满登登，两个徒弟还很细心地购置了筷子小碟，摆放在桌子四边。两个人都亲切地招呼着娘。娘洗了手来到八仙桌前，感动地说道："好孩子，感谢你们，难为你们做了这么多菜，清蒸鱼、红烧肉、白斩鸡，好齐全。"

在靠墙的桌边，娘多摆了两副碗筷，周义勤知道这是给爹和义善的。

周义勤把娘扶在桌子右侧的椅子上，他和义顺坐在桌子左侧，两个徒弟在靠近门的桌旁并排而坐。吴阿弟拿出一瓶酒说道："这是新年没有舍得喝的，现在娘来了，为娘洗尘。"说着给大家斟满酒。大家举杯，相互说起祝福的话语，气氛一下子热闹起来。虽然比不得大户人家的隆重，在这异地他乡，眼前一切娘已经很满足了，她感动得又是泪流满面。

吃着喝着聊着，此时，外面鞭炮声不断，义顺蠢蠢欲动，吴阿弟从一个手提袋里拿出两串鞭炮对义顺说："知道小弟要来，早就给你准备好了。走，一起去楼下放鞭炮。"说着就站立起来。义顺马上跟着，阿强也随他们两个冲出屋子，一起去楼下放炮。

第二十七章　在家靠父母，在外靠朋友

知道周义勤把娘接到上海，左邻右舍，还有一些老顾客、老朋友都来给娘拜年。刚刚背井离乡的娘，感觉到些许安慰和温馨。

吴老板是少不了的客人，正月十六晚上就来拜年，他不但拿了许多糕点水果，还特意送给娘两块衣料："老人家笑纳，今后这里就是您的家。您的儿子义勤是个好小伙，很能吃苦，又很聪明能干。您看看这开店才两年，就干得风生水起的。"

"全托您这样的好人帮衬，在家靠父母，在外靠朋友嘛。谢谢，谢谢！"娘居然也很会说话，周义勤内心很高兴。

"现在您老人家来了，我就向您禀请，义勤已经不小了，到了该婚娶的时候啦。"吴老板直截了当地向娘提出周义勤的终身大事。

"很惭愧，在我们老家，像他这样的，孩子都有了。我原来也想着在老家给他说一门亲事，可是多事之年，把这个事情耽误了。我也知道他为了这个家，总是牺牲自己。"娘说着，红了眼圈。

"恕我冒昧，现在既然已经定居上海，就找一个当地人结亲，这也算是一种风俗、一种文化交流吧。"吴老板竟然风雅起来了。

吴老板风趣的话语把娘也惹笑了："什么风俗、什么文化交流我不懂，但是有说入乡随俗的。"

吴老板忙笑着回答："是是是，入乡随俗。老人家您也很懂人情世故。我直说了，我的小姨子，就是我内人的阿妹，今年十九岁，曾经上过两年学，人长得又清爽又聪慧，正是待嫁之年。我看义勤能干聪明，又是孝子，对家是绝对负责任的，就想做一回月老，希望您老人家成全。"

"噢，义勤没有给我提起过。既然吴老板有此好心，我看也是好事情嘛。义勤，你看如何？"娘扭头问义勤。

"娘，本来这次回赤水我是想告诉您的，看到那里战事紧张，就急于赶回上海。这不，现在和您商量呢。"周义勤回答。

"那就约个时间，见见面吧。"娘回答。同时心里琢磨着，现在这种情况，娶一个当地媳妇，对义勤也是一件好事。

"我和义勤是好朋友、好兄弟，现在是亲上加亲，实在是佳事一桩。"吴老板很高兴，又补充道，"择日不如撞日，就明天，明天下午相互认识一下如何？"

"吴老板真是急性子。按这里风俗，是去你那里还是来我们这里为好？"娘问道。

"那姐妹俩母亲早逝，父亲后来另娶，虽说那小妹和父亲继母在一起生活，总觉得不自在，就把姐姐家当作自己的娘家。这不，初二就回娘家来了，在这里会多住一段时间。"吴老板回答着，紧接着又说，"都是出门在外，没有什么规矩要求的，您老人家在，一定是先来这里给您拜年喽。"

第二天天气晴朗，和煦的太阳把寒气逼走了许多，使下午三点钟的屋子有了春天一般的温暖。屋里八仙桌上摆了水果、瓜子和糖果，周义顺上午出门还买了一幅年画挂在墙上，让屋子增加了新年喜庆的气氛。

吴老板准时带着妻子和妻妹来到周义勤的家。新年节气，他们都穿着一身新衣服。吴老板介绍说妻子叫徐弘霞，妻妹叫徐弘雯。姐姐落落大方，很喜欢说话，妹妹则腼腆内秀。

名如其人，只见徐弘雯上身穿一件紫色隐格薄棉袄，下身着一条灰色粗花呢长裙。斯文安静，面容温柔，眉宇间有一丝庄重的气息，静静的笑容如花儿被春风抚摸，使这个屋子更加明亮起来。姑娘给娘拜年问好后，娘就拉着她的手，上下打量着，高兴地问这问那，徐弘雯则羞答答地回应着。

周义勤看见娘喜欢，就小声对娘说道："娘，您查户口啊？"然后对大家说道:"都坐下来吧,义顺倒茶啊。"屋子里一下子活跃起来。

徐弘霞看着这个气氛和谐的家,看到娘也是善良开朗之人,义勤是她之前就认识了解的,所以也是满怀喜悦,话题不断,使屋子充满了笑声。

这天晚上,周义勤坐在娘的床前聊了很久。娘从五斗柜里拿出一个包袱,把一个包裹了几层、鼓鼓囊囊的小袋子递给周义勤,说道:"这是娘给你准备的结婚钱,不多,但这是娘自己挣的,这几年娘亏欠你太多。"

周义勤流下了眼泪,他不是因为这个钱,而是感受到娘温暖的心,一颗永远记挂着儿女的心。

这几年为了这个家,自己在外面受到的所有苦难、屈辱、痛苦,在娘这里都烟消云散。他半跪扑在娘怀里,呜呜呜地哭起来,像是一个孩童,把这几年在外面的委屈都倒了出来。

娘双手抚摸着儿子的头,她明白他的眼泪,那是作为独身男子的最后哭泣,今后成家了,就不会再有这种眼泪。

周义勤想着娘的艰难,不想拿娘的钱,可是他心里知道假如不接受娘的这个钱,将会深深地伤害娘的心。这不仅仅是娘多年积攒的钱,也是娘多年的操劳和爱。

第二天晚上娘儿俩又在一起商议婚礼之事。娘温柔地教导说:"成家立业,应该有自己的根基,应该把钱集中起来购买一间房子,这样才可以让新娘安心。"

周义勤回答道:"娘,我的生意刚刚起步,还是先扩大业务,我已经打算开一个分店。娘,我想好了,这个楼房顶楼有一间屋子,面积大,租金也便宜一些,听房东说老住户这个月底就退房,我打算租下来作为婚房。今后生意好了,再考虑买房子的事。"娘听着有道理,点了点头。

正月十八,周义勤和娘一起去吴老板家提亲。除了礼品,娘还给未来儿媳妇包了一个红包,让她自己买几件衣服。周义勤把娘和他商议的关于婚房的想法告诉他们,没想到徐弘雯竟然通情达理地同意了。

这是徐弘雯又一次看到周义勤,今天才敢直面周义勤的脸。她感觉这个人面相善良忠厚,穿戴也是干净利落,不免暗暗高兴。现在听说周义勤对婚房的想法，更加觉得这个人有志向，崇拜之情油然而生，于是就说道："我不是为了钱财择夫的，而是看重一个人的勤奋、努力和志向。"

徐弘雯的表态，让周义勤更加敬重她。双方约定五月初成婚。

元宵节过后，周义勤洗染店的生意就繁忙起来，现在店面业务基本上都交给吴阿弟。他忙于新婚房子的装修，还要去联系商谈分店的事情。

进入3月底，婚房已经快装修完毕，可是分店铺面一直未确定下来，不是太偏僻，就是租金太贵。这天下午吴老板急匆匆跑来找周义勤，一进店铺就嚷嚷起来："周老板，我给你找到一个好门面，在马立斯路的西端，南端就是马立斯小菜场，离咱们威海卫路不远。"

周义勤马上想起那次他和夏辉考察市场时，在马立斯小菜场旁边小店吃过一次包子，于是回答说："那里有马立斯小菜场，是很热闹的。"

吴老板又说："马立斯路西端是没有南端繁华，可也是小商铺连片。加之周边有许多住户，人口集聚，生意一定会好。不妨去看看？"

那是一个不大的街面房子，里面歪斜着两个有隔层的架子，之前应该是货架。屋子上面有一个斜顶小阁楼，人进去要弯腰，进去后就可以站直。靠近左侧墙根有一张一尺高的榻榻米，看来原来是有人住在这里。街面房的后门有一个小天井，这个铺面的两边，一家是土杂店，一家是销售布匹的小铺。

"地方虽小，五脏俱全，包括住的地方都有了，开个小洗染店还是不错的。租金怎么说呢？"周义勤上下前后转悠，对此很满意。

就这样，周义勤在马立斯路西端确定了第一家洗染分店的商铺，他把收拾婚房的装修人员调过来几个，开始进行简单装修，铺面的柜台、墙面挂件等均参照总店设计装潢，周义勤现在把威海卫路洗染店称作总店。他很高兴，想着把这个分店作为给徐弘雯的结婚礼物。

第二十八章　别致的婚礼

"师父，快看，市政府的结婚公告。"一天，吴阿弟手拿一份《申报》，从外面急匆匆跑到柜台前的周义勤面前说道。

"什么市政府县政府的，干你的活去。"周义勤说罢，拿过报纸看起来。果然在"本埠新闻"版面上看到一则竖式的长方形公告：

上海市社会局公告：继1935年2月7日公告，凡参加1935年4月3日"第一届新生活集团婚礼"的新人，为了统一服装，现将制作服装费用公告如下：男礼服袍褂甲种料十五元，乙种料十二元；女礼服旗袍甲种料十元，乙种料八元，租兜纱一条一元五角。特此公告。

周义勤马上把一摞旧报纸拿出来，找到了2月7日的《申报》，在同样位置上看到一则竖式的长方形公告：

上海市社会局公告：为提倡新生活，由上海市政府举办的公益性集团婚礼，定于1935年4月3日举办"第一届新生活集团婚礼"。其报名通告如下：1.申请参加集团婚礼者必须是本市市民；2.举办集团婚礼时间为每月第一个礼拜三；3.本次集团婚礼地点为市政府礼堂；4.参加集团婚礼报名费每对二十元；5.报名地点上海市社会局。望崇尚新生活的青年踊跃报名。

"怎么前几天看报纸就没有看到这则公告？"周义勤沉思了一会儿，又自言自语，"二十元，可以享受政府主办的婚礼，那是多么光荣的事情。"接着他又寻思着：明天一定去社会局看看，假如能够参加这个集团婚礼，那是省钱、省事又体面的一件事情，何乐而不为？

上海市社会局出出进进的人很多，报名处更是热闹非凡。周义勤等到人少一些时，才上前问询。工作人员很有礼貌地说道："不好意思，第一届集团婚礼报名结束了，您可以参加第二届集团婚礼。"

那个人刚刚说完，就走进来一个人，大声说道："科长，有一对新人要退出婚礼。钱都交了，怎么办？那人临时遇上急事外出，不能够参加这次婚礼。"

科长听说，点点头，又把头扭过来面对周义勤说道："小伙子，看来你很有运气，这个缺就由你填补吧。"周义勤喜出望外，说好第二天来办理手续。

他一回去就直奔吴老板那里告知这件事，吴老板很高兴："我就知道你周老板干什么都是最棒的，我这个弘雯阿妹真是有福气。走，回家喝酒去，祝贺祝贺。"说着就拉着周义勤回他家去。

没几天，《申报》公布了最终参加第一届集团婚礼的人员名单，并且通知新人在典礼前一天务必到现场排练。

周义勤加快了对婚房的装修，随后带着徐弘雯去看了家具及日用品。二十平方米的新房，两边低矮处被隔成两个六平方米的房间，一个是他们的卧室，一个是书房，也是将来孩子们的屋子。

等家具进屋摆好，周义勤就邀请徐弘雯去看看新房，征求意见，以便于再次完善。一进屋，徐弘雯双眼放光。主卧室放有几件典雅的中式家具：一张浅咖色有雕花的木床，两个床头柜，再加上一个五斗柜。屋子摆放得满满登登，而且显得高雅美观温馨。中间是起居室，也充当饭厅，摆放了一套古色古香的八仙桌和橱柜。徐弘雯拿出自己带来的一幅月份牌，与周义勤一起挂在墙上。底图是秀丽的西湖山水，中间配有全年月历节气，下面是一部进口小汽车及汽车的配件图，在最底下写着"稺英画室"四个字。周义勤心想，想必是稺英画室设计的吧。这月份牌把新房气氛渲染得很活跃，充满了喜庆。他感觉到徐弘雯精心的选择和布置，心里想着，看来她也是一个热爱生活的人。

婚礼提前，并没有让周义勤措手不及，只是原本想在婚礼上送给徐弘雯当礼物的那个分店还没有完全装修好。

这天，惠风和畅，风柔日暖。远远就看见五颜六色的彩带在空中随风飘扬。上海市政府大楼最高一层，悬挂着巨大的横幅"上海第一届新生活集团婚礼",在礼堂大门上醒目地贴着一个很大的红色"囍"字。

礼堂内,几盏豪华吊灯把四周照得通透明亮。每个窗台上有一盆鲜花,墙上贴有"囍"字,四周角落摆有绿植和鲜花。主席台上有一幅孙中山画像,墙面上红色绸子结的一个大"囍"字在射灯下闪闪发光,下面整整齐齐一排鲜花。礼堂中间一排排座椅等待着来宾,其间也是鲜花簇簇。整个氛围喜气洋洋,场面整齐宏大。

乐队奏起进行曲,婚礼隆重开始。首先是来宾入场。在这些来宾中,有周义勤的娘和吴老板。紧接着证婚人入场,只见市长和社会局局长像过新年一样,身着簇新的服装,双手抱拳,笑容满面走上主席台。

他们刚刚在主席台落座,就有一位年轻主持人春风满面走上台来,一声长长的喉音压过乐队的奏乐声:"贺喜——"只见他上台直接来到市长先生和社会局局长面前,双手抱拳说道:"感谢两位贵人为五十七对新人证婚。"

然后转身双手扬起,大声宣布道:"新郎新娘入场!"

音乐响起,五十七对新人踏上红色地毯,由手执红纱灯的人引入大礼堂。只见新郎统一着蓝袍黑褂,新娘则身着粉色旗袍,头戴兜纱,一只手捧着一束鲜花,另一只手挽着新郎的胳膊。这种服装形式,既体现了中西文化的融合,又显现出时代的新风尚。这正是周义勤和徐弘雯这些年轻人所向往的。

当新人全部进入礼堂,主持人宣布:"婚礼开始!"

主持人宣读新人名单。每念到一对新人的名字,新人就上台。先向孙中山画像鞠躬行礼,再夫妻对拜,最后向证婚人,也就是市长和社会局局长鞠躬行礼。

当脚踩着一路的红地毯,由四个打着红纱灯笼的人引导进入礼堂,现在又站立在主席台上,一种神圣感充满了周义勤心头,内心又多了一份责任感。他想起自己十三岁独自出门以来的辛酸和艰难经历,眼圈红了。

挽着周义勤胳膊的徐弘雯看到他的变化,拿出手绢递给他,他才清醒过来,面对徐弘雯微微一笑。徐弘雯好像很理解他,也对他回报一个浅笑。

等所有新人的婚礼仪式都完成,主持人又大声宣布:"现在请证婚人给新人颁发结婚证书,赠送结婚礼物。"大礼堂一片掌声,来宾们兴高采烈地相互祝贺恭喜，周边陌生人也都变成亲人似的。

主持人宣读新人名单，每念到一对新人名字，新人再次上台，接受市长和社会局局长颁发的结婚证书和礼品。

徐弘雯拿着结婚证书，周义勤手里拿着珍贵的礼品，下面摄影师的镜头对准他们，全场发出热烈的掌声。周义勤看见娘了，娘泪流满面，娘流的是高兴幸福的泪水。他也激动着，想着今天他周义勤能够站立在这里，由市长给自己这个小小的老百姓当证婚人，那是平日连做梦都不敢想的。现在享受到政府给予的一种高尚、文明、隆重、豪华的人生之旅，他觉得自己是幸运儿，内心有一种感恩之情油然而生。

颁发完结婚证书和礼品，市长喜气洋洋地面对这五十七对新人，热情洋溢地宣读新婚贺词："在这个柳绿桃红、莺燕鸣语的吉日良辰，所有笙歌为你们吹响，所有鲜花为你们绽放，所有祝福和欢笑向你们涌来。祝愿你们比翼双飞开新宇，琴瑟和奏神仙侣。"热烈的掌声把婚礼推向高潮。

结婚仪式结束，一对对新人再次由红纱灯笼引导，来到市政府广场拍合影。这次婚礼全程由大马路上大名鼎鼎的王开照相馆负责拍摄，这可是市长亲点的照相馆。十几位摄影师参与这次活动，现场忙碌又充满激情。

听说，为了完成这次拍摄任务，王开照相馆花巨资购买了德国360度转机。新人的照片在报纸上刊登，一下子轰动了上海市，也轰动了整个中国。

这天晚上，周义勤和徐弘雯送走了最后一位客人，屋子才安静下来。徐弘雯把结婚证书和政府给的礼物摆在八仙桌上，这时两个人才一起坐下来仔细欣赏起来。

礼品盒里是一对精细的细瓷金边碗，还有两双精美的骨质筷子；另外一个盒子里是绣有一对鸳鸯的红色丝绸被面。"这是娘家人的陪嫁，政府是咱们的娘家人。"徐弘雯惊喜地说道。周义勤也抚摸着礼品回答："是很精美，想得真是周到。今后就用这副碗筷吃饭。"

结婚证书大约四十厘米长，三十八厘米宽，四周是蓝底多彩的连枝花草，上方两边对称的红太阳旁边是手牵红线、身上长双翅的小天使，他们和口衔红心饰品的鸾鸟共同飞翔。在粉红与橘黄色的纸面上，从右到左写着"鸾凤和谐"四个大字，旁边四个"囍"字排列着。中央白色套红边的篆体字"结婚证书"凸现立体感。左侧盛开的牡丹花丛中有一对活泼可爱的褐色白头鸟，右侧是鲜艳的玫瑰与一对戏水的鸳鸯。下方两只花篮由丝带连接，中间的金色鸡心，"百年好合"四个字在其中闪闪发光。

"好精美啊。真是难为设计者了，这底纹图案既有欧洲文化元素，又不失咱们中华传统的喜庆古典，这结婚证书也像今天咱们穿的服装一样，中西合璧。"徐弘雯细声细气地对周义勤说道。周义勤没想到她还有一定的审美观，不觉抬起头看着她。徐弘雯感觉到这火辣辣的注视，脸上泛起红晕，她不敢抬头对视，仍然看着结婚证书。

徐弘雯又指着证书上的字说："这个毛笔字好工整啊，你看咱们两个的名字、生辰八字都写得清清楚楚。你看，介绍人、证婚人、主婚人也都有签字盖章。咱们的证婚人竟然是市长亲自署名。"

周义勤看着徐弘雯的新奇激动，也笑起来。他站立起来，上前拥抱了徐弘雯。徐弘雯温柔地把头贴在周义勤胸前，羞涩地闭上眼睛，心跳得咚咚咚地响，想起已经逝去的母亲，她这一生只有在母亲胸前得到过这种温暖。今天在眼前人的怀抱中，她感受到男人的力量，一种安全、温柔、幸福感充溢着她全身心。

她突然想起婚礼时周义勤的眼泪，于是抬头轻声问道："义勤，今天你在婚礼上怎么哭了？"

周义勤轻轻地抚摸着她柔顺的头发，一边坐下来，一边让徐弘雯坐在自己腿上，然后亲切地回答说："是的，在那一瞬，我想起自己十三岁独自出门来到重庆，第一天就上了一堂深刻的社会课。想起那满手的荆棘刺，学补鞋，打铁铺，日本商船上的拳打脚踢，甚至想起闸北勤和商铺在日本人飞机轰炸下被烧成灰烬。唉，那种绝望伤痛……"说着，他眼圈又红了。

徐弘雯心疼地抚摸着他的背说道："我知道你受了很多苦，今后有我，不再是你一个人，咱们一起承担。"

"其实我生命中也有许多帮助过我的恩人，夏辉、夏大伯、医治我腿伤的大伯朋友、三哥冉浩杰、日本商船上的师父、邻居家阿哥李志宏、闸北合作伙伴梁旭和……他们都是我成长中的良师益友、贵人。"

周义勤说着嘴角又浮现一丝笑容,继续温柔地说道:"现在我心里充满了幸福之情,感到这个世界还是温馨的,充满了爱。包括今天市长给咱们当证婚人,让我有一种感恩之情。当然现在还有你,我更加感谢老天对我的恩惠。"周义勤低头亲吻了徐弘雯的眼睛,这个吻来得这么自然、亲切,以至于徐弘雯更加紧紧地缩进周义勤的怀抱,她知道,今后有一把伞会永远撑在她的头顶,有一座高山坚实地靠在她身旁。此时无声胜有声,两个人沉浸在内心的柔情中。

周义勤突然想起义善,他问徐弘雯:"你知道我大弟义善的不幸吗?"

"我知道一些,是姐姐告诉我的。"徐弘雯抬起头回答道。

"说实话,我一直不太了解浩杰哥他们具体在干什么,但是我知道他们都是好人。有时候我想,浩杰的哥冉浩然,还有义善,在生命关头他们情愿牺牲自己,也决不屈服。我也知道三哥和义安,他们现在也是追逐着自己的信仰目标,也许也会无怨无悔地去献出生命。"周义勤说到这里停顿下来,紧紧地搂抱住徐弘雯。过了一会儿他自言自语:"但愿逝去的在天堂安好,生存的永远平安幸福。"

很长时间的静默,徐弘雯好像在周义勤胸前安静地睡着了,周义勤小声耳语道:"好了,不说了,睡觉吧。"

躺在床上,周义勤还是很激动、很感慨。两个人如胶似漆地紧紧拥抱在一起时,感觉人间充满了温柔,温柔中充满了激情,在羞涩中共同阅读了人生第一课。周义勤看到徐弘雯额头渗出的香汗,温柔地亲吻了她的额头,对着她的耳朵小声说道:"今天,我不但感受到生命的庄严庄重,也更加感受到一种责任感:做人的责任,对自己对家人的责任,以及对国家的责任。你想想,国家强盛了,老百姓才会有好日子,才能够享受到大爱,你说是这个理吗?"

周义勤顿了顿又说道:"今天,你我都是幸运儿,你说对吗?"

然而他没有得到回音,低头一看,徐弘雯已经在他怀里睡着了,睡得很安稳深沉。

这一年,周义勤二十二岁,徐弘雯十九岁。

第二十八章 别致的婚礼 / 149

第二十九章　义安来信

1935年6月，当冉浩杰随军团长和政委去中央军委时，突然听见有人叫他："三哥……"他扭头一看，心脏都差点停止了跳动，周义安一脸惊喜地站立在对面不远处。

"义安？是义安啊！"冉浩杰喜出望外。眼前的周义安一身军装，好像长高了，浑身上下少了几分原来羞怯的淑女模样，多了几分刚强的精神和干练，脸上皮肤也比以前红润、结实。

冉浩杰急忙迎上前去，尽管内心激动，嘴上却说道："呵呵，小丫头长大了。"

"冉浩杰同志，我是红军战士。"周义安对于冉浩杰称呼她为小丫头很不高兴，就双脚一并，严肃地回答。

"对，对，是战士。几个月不见，要刮目相看，哈哈哈……"冉浩杰欣赏地看着她哈哈笑起来。

"人家每天都在操心你牵挂你，见面了你却这样笑话人家。"周义安低头委屈地小声说道。"傻丫头，我那是高兴，我何尝不是天天操心牵挂你啊。想着带你出来，却把你一人搁下，万一有什么事情，回家如何给娘交代？"冉浩杰一副关切的神情，看得周义安不好意思起来。

冉浩杰又问道："怎么样？习惯吗？工作可好？一切都顺利吧？"周义安笑起来："呵呵，一连几个问题，让我如何回答？"笑着，她又回答说："这里真的是一所大学堂，我学到好多东西。三哥，放心好了，我会更加努力，会进步的。"

冉浩杰看着她，一会儿小声问道："第一次离开家，想娘了吧？"

义安低头，红了眼圈："怎么不想？我就担忧娘在赤水会不会有危险？"

冉浩杰回答道："之前一个赤水战友养伤归队，得知新年过后，义勤已经把娘和小弟接到上海，一起居住在法租界，我想应该不会有危险的。"

义安高兴地说道："太好了，大哥总是为娘分担，为娘着想。这是我这几个月来听到的最高兴的事情，谢谢三哥。这下我就可以给大哥写信了。"

几天后，冉浩杰和周义安恋恋不舍地分别，周义安给冉浩杰一双布鞋和一件夹袄，冉浩杰给周义安一支钢笔和一个笔记本。

"浩杰哥，保重身体，保护好自己……"周义安眼圈红了，她深知浩杰哥工作的危险性，面对分别她感觉喉咙堵塞说不出话。

冉浩杰现在很想把眼前人拥抱在怀里，想给予她温暖和安全感。可是他知道现在不能够，他知道自己随时会遇到意想不到的危险，在这动荡不宁的时候，他不想给眼前人增加太多的牵挂和离愁，所以很轻松地说道："好好学习，下次见面，我要考你的哦。"

他的平静反而把周义安的眼泪逼了出来，她不想这样流着眼泪告别，就又笑着回答："放心吧，我不会让你失望，只是担心你会有危险。"

"放心，子弹头不会找上我，哈哈……"冉浩杰开朗的笑声，安抚着周义安不平静的心。

1936年4月的一天下午，周义勤从马立斯路分店回到总店，意外地接到一封信，打开一看，是近一年没有音信的妹妹义安的来信，他高兴地马上三步并作两步地往娘那里跑去。未进娘的屋子就嚷嚷开了："娘，娘，义安来信啦。"

娘正在给小弟缝制一件衣服，听说来信就急吼吼站立起来问道："什么？义安的信？这丫头失踪了一样，终于来信了。快，快念念。"

"我知道娘惦记牵挂，这不，没来得及看就先上您这里来了。"周义勤话没有说完，周义顺刚巧从外面回来，进屋听见义勤的话就惊道："姐？她来信啦？"

周义顺看到周义勤手中的信，和娘急切的样子，他笑起来说道："哈哈，我好像回到了合江。大哥，你知道吗？以前你每次来信，娘就是这样急切的模样，我们也是这么高兴地围着娘。"

"小弟，你来念吧。"周义勤把信递给周义顺。娘突然对小弟说："去，去把你大嫂叫下来一起听。"周义顺转身上三楼，一会儿徐弘雯就随周义顺进屋。娘亲切地拉着徐弘雯的一只手，两个人并排坐在八仙桌一侧，义勤和义顺也围着桌子坐下来。周义顺很认真地念起来。

亲爱的娘、亲爱的大哥小弟：
不知道什么时候你们才能够收到这封信。

我于1月随浩杰哥离开娘，至今已经有八个月，这八个月，对我来说是人生的里程碑。我从一个只会帮娘做饭洗衣的羞涩小姑娘，变成现在能够独立担当工作和生活的人。

大哥，你想象不来，这八个月我经历了什么。我和浩杰哥都很忙，我每天都得到新的锻炼，不但让我成长，而且教会我做事情的能力。

我现在都好，近日见到浩杰哥，才知道娘和小弟接到大哥你的身边，辛苦大哥啦。告诉娘，我很好，只是很想念她。小弟是否在上海也上学了？一定要坚持念书。想念你们大家。

义安敬上
1935年8月19日夜晚

一封信念完，谁也没有吱声。大家都明白，这封简短的信是为了报平安，她遭遇的艰难困苦却一个字都没有提，是为了让大家安心。周义顺低着头，娘已经哭得呜呜咽咽，心疼女儿这么小年龄就独自面对社会，一定吃了许多苦。没有见过周义安的徐弘雯这时候也是满眼泪水，她把娘紧紧搂住，双手抚摸着娘的脊背。

周义勤已经好几年没有见到妹妹，他眼圈一红，把信从义顺手上拿过来，看到信的末尾日期，自言自语地说道："天哪，一封信，竟然走了半年多。"

徐弘雯说道："是呀，兵荒马乱的，能够收到信算是幸运的了。"

娘说："义安虽然只是在说安慰我的话，但我知道她吃了不少苦。我也知道她和义善一样，是为了什么真理、理想，为了老百姓。义勤，你也写封回信，告知她家里安好，让她好好工作。不过要注意安全，保护好自己。"

说完又补充了一句："对了，你再告诉义安，她已经有大嫂了，有时间一定回家看看。好了，义勤，你现在去忙你的吧，我和弘雯再聊聊。"

周义勤出门，义顺就去自己屋子的书桌前学习。屋子里安静下来，只听见五斗柜上自鸣钟嘀嗒地响着。娘仍然拉着徐弘雯的手，站立起来说："走，到我屋里。"两个人进屋坐在娘的床边，娘回身关上屋门。

"最近身体可好？有什么需要可一定给娘说。"娘抚摸着儿媳妇的手问道。

"娘，我很好，倒是娘自己多保重。"徐弘雯回答，内心不免有一个小鼓在敲打，她知道娘关心的事情。

娘拉着她的那只手紧紧地握了握，小声问道："一年了，身上可有？我知道义勤曾经说过他刚刚创业，现有了分店特别忙，有时候连你也帮忙店里的事情。可是你们这个年龄，不要再拖了。"

娘的话，让徐弘雯满脸绯红，她结结巴巴地回答道："娘，这半年来，不再回避的，可是不知怎么，还是……还是没有。"

"这种事情急不得的，心急了，反而不得的。最近你不用太忙，做饭的事情你就完全不用管，我一人就可以的。"娘发自肺腑地说道。

"娘，不碍事的，做饭仍然是我做，哪能够让娘辛苦？娘放心，我会照顾好自己。"不待徐弘雯说完，娘就说道："你好好养养身子，听话。"

"娘……"徐弘雯靠在娘肩膀上撒起娇来。

这天晚上，周义勤和徐弘雯躺在床上时，徐弘雯轻声把娘今天问她的话告诉周义勤："义勤，看来这个事情要认真对待了，娘很认真的。娘让我灶披间也不要去，说让我好好休养。我能够天天在家静躺吗？"

"结婚时，娘就很认真，我是长子，她是希望尽快有个孙子孙女的。不过，也不用娘说的所谓静养，该帮娘的仍然去做。这段时间你也辛苦，帮我不少忙，两个店现在总算都平平稳稳。今后店里就不用你帮忙了，今天我又聘用了一个学徒，有点文化，下来我也可以轻松一些。咱们这个事情就顺其自然，你也不要太焦急，急了反而适得其反。"

说着，周义勤紧紧搂抱住徐弘雯，咬着耳朵说道："今后要多爱我，不要一换花样就躲躲闪闪的。"周义勤现在可以流利地用上海话和徐弘雯对话，说起话来也像上海男子一样轻声细语的。

"你好坏！"徐弘雯满脸通红，把脸深深地埋入周义勤宽阔的胸膛。

"孝敬娘，就是要生儿育女，今后你要对我更加温柔。"周义勤探起身对着徐弘雯一阵亲吻，他多么喜欢这个通情达理、善解人意的老婆。两个人如胶似漆地温存起来，一会儿就像飘浮在云端，腾云驾雾。徐弘雯娇弱地声声嘶叫，浑身轻微地颤抖；周义勤大声疾呼，仿佛灵魂都出窍。

徐弘雯像一只小猫紧偎在周义勤怀里，又像是婴儿一般幸福地闭上眼睛。

第三十章　店铺规矩

1935年末,周义勤的生意越来越忙碌。每天早上八点整,店铺学徒就准时卸门板开门营业,晚上九点钟关门歇业。忙起来的时候,师徒几人甚至加班到夜里十二点。

再忙,周义勤都要坚持给店铺员工培训。除了洗染技术方面的培训,还少不了礼仪方面的培训。他要求员工称呼自己为师父,称呼徐弘雯为师娘。上海出租车公司的车都是统一的颜色,司机也是统一的着装。周义勤受到启发,也统一了所有员工的服装,这在同行业中独树一帜。

他的培训看似简单,但是也许会让人终身受益。他对技术改革者给予支持和奖励,还要求所有员工在工作时间绝对不能够大声喧哗和谈论私事。在礼仪培训中,周义勤不但写出很严谨的条款,有时候还会有互动,就是一对一的问答。

比如一个员工问道:"老顾客很久没来怎么说?"另一个员工就答道:"久违了。"

"因为忙,顾客进门等待已久怎么说?""不好意思失迎了。"

"请顾客提出批评建议怎么说?""请多多指教。"

"欢迎顾客进门怎么说?""欢迎光顾。"

"顾客离开怎么说?""欢迎再来,再见。"

"填写顾客名单怎么询问?""先生您贵姓?"

"顾客表扬咱们服务好怎么说?""谢谢,过奖。"

类似这般，甚是认真，一丝不苟。

周义勤要求员工必须把这些做到位。他在培训时说："服务行业就是要一清二白，不能够偷工减料，更没有捷径可走。待人接物，首先自己要礼貌谦和、遵守规则。这并不意味着你低人一等或者软弱卑微，而是一种做人做事的原则、气度和素质。"

店员穿着整齐一致的服装，用语又如此温婉礼貌，顾客来到店铺就如同进入温暖的家，业务自然越来越稳定。

1935年12月10日这天早上，德美洗染店的学徒照例卸掉门板开门营业，忽然听见外面街上一片喧嚣声。在通往跑马厅的跑马路上，有游行队伍浩浩荡荡行进，口号声震天。连威海卫路这样的马路，也有小队伍走过。

吴阿弟现在是马立斯路分店经理，开门营业后，因为有事情给周义勤汇报，就出门往威海卫路走去，一到街口就被游行队伍堵住。游行队伍里都是年轻学生，高呼着口号往跑马厅方向走去。队伍里巨大的横幅和竹竿撑起的大旗十分醒目，横幅上写着：打倒日本帝国主义！停止内战，一致对外！全国武装起来保卫华北！立即停止内战，立即向日本宣战！

顺着游行队伍往远处看去，吴阿弟看见隔壁烟酒店的马老板逆行往这边走来。马老板老远看见吴阿弟就大声嚷嚷着说："阿弟，你不去看闹忙？那跑马厅、大马路都人山人海，听说霞飞路那边也是闹忙得不得了。有许多商铺老板都慷慨激昂地拿出所有日本货，堆放在商铺门口焚烧起来。他们以这种形式支持抗日救国，拒绝买卖日本货。"

"这是怎么了？"吴阿弟不解地问道。

"你不知道吗？昨天，在北平爆发了一二·九抗日救亡运动。学生们从各个大学出发，呼吁停止内战，共赴国难，团结全国各界民众，武装反抗日本侵略者。这不，今天全国各大城市的学生都出来声援北京学生，把全社会都带动起来抗日及抵制日货。"这马老板五十开外，说起话来铿锵有力。

"号外！号外！北平一二·九学生抗日救亡……"这时有报童举着几份《申报》在叫卖，吴阿弟随手买了一份看起来。报纸上刊登了北平十五所大学的几千名学生向全国人民发出抗日救国的呼吁，并且报道了爱国学生请愿提出的正义要求。

1936年的新年，周义安是在陕北革命根据地度过的。大年初一这天，她特别想念娘，想念大哥和小弟。手里拿着前几天周义勤的来信，想着离开娘一年了，这是她人生第一次单独在外面过新年。她也挂念冉浩杰，不知道冉浩杰部队现在在哪里，他是否安全。

1936年10月19日，全国各大报纸报道了中国著名文学家、思想家、民主战士，鲁迅先生因病逝世的消息。

周义安手里拿着《呐喊》和《彷徨》两本书，眼里满含泪水。这两本书，当初是浩杰哥送给义善哥的，义善哥牺牲，义安就把这两本书当作义善哥的遗物保存起来。今天写这两本书的作者也去世了，她感受到像失去义善哥那样的悲痛。是的，这两本书曾经唤醒了多少像义善和自己这样年轻战士的心？

眼前，作者去世，义善哥牺牲了，送书人杳无音信。她紧紧搂抱着这两本书，牵挂着冉浩杰，眼睛朝向陕北高原那连绵起伏的山山洼洼，好像在希望浩杰哥能够从那山山洼洼中走来。

这之后的第三天中午，周义安正在资料处整理资料，听见隔壁通讯处的小沈在门口呼叫她："义安，周义安，快来，快出来……"

周义安一出来就被小沈一把拉住往通讯处走去，嘴里说道："知道吗，今天，咱们三大主力红一、二、四方面军在将台堡会师啦。"

"什么？会师啦？那……那红三十二军也……也和大家会……会师啦？"周义安一边激动地说着，一边随小沈走进通讯处，她没有想到日夜期盼的事情竟然会是这么突然地到来，激动得语无伦次。

"这下子长征胜利结束，红三十二军也完成了艰难困苦、浴血奋战的后卫任务。"通讯处另外一位小吴战士接话说道。

"那……那……"周义安激动得说不出话来。

"有更激动的事告知你，知道你心里惦着一个人，所以就提前分享给你一个惊喜。"小吴走到电话机前，更加神秘地问道，"想和冉浩杰通话吗？他现在就在将台堡通讯中心，我刚好有事情找他，你可以和他先说两分钟。"

"可以吗？不违反纪律吗？"周义安激动而羞涩地问道。

"当然不会违反纪律,但是也算是开小灶。总部需要红九军团也就是现在的三十二军在长征中执行特殊任务的报道,我通知他写报道的要领和相关事宜,因为是我和他单独通话,所以给你们争取了这两分钟的时间。"小吴直白地说道,"我现在就拨通电话,你准备啊。"

只见小吴拨通电话后说道:"喂,接机要冉秘书。噢,你就是。我是小吴,是找你商议关于红九军团在长征中执行特殊任务的报道。不过,现在先给你一个惊喜。"

小吴说着,就把话筒交给一旁的周义安。周义安激动得满脸通红,对着话筒不断地喂喂几声,说道:"是我,你……"

对方猛然停顿了一下,随后又高兴地大声问道:"是义安吗?义安,你已经知道我们会师了吧?你听,现在战士们还在欢呼。你还好吗?好高兴听见你的声音。"

"浩杰哥,我一切都好,只是挂念你,长征胜利结束,辛苦你们了。你还好吗?这么长时间没有音讯,现在听见你的声音,我……我也好高兴。"周义安说得高兴,眼泪却一直不断地滴落。

"义安,义安别哭,我知道你牵挂我,我这不是好好的吗?没有想到现在会以这种方式和你说话,太高兴了。义安,你最近回家去看娘了吗?娘和义顺他们可好?"冉浩杰听到周义安的哭腔,于是安慰她。

周义安回答道:"我这是高兴。我在延安的工作很忙,还没有时间回家。不过收到哥的来信,说家里一切都好,娘也好,说娘牵挂你和我。"

"义安,等待我这里工作安排好,你我请假几天,一起去看望娘,我想得到娘的祝福。"冉浩杰说话声音温柔起来。

周义安懂得冉浩杰说的"娘的祝福"的意思,一下子红了脸,回答道:"浩杰哥,你先忙吧,回头再聊,小吴给咱们的两分钟时间已经到了,你在外自己多保重。"

话筒里急切地响着"喂、喂"的声音,周义安却不好意思延时,把话筒交还给小吴说道:"谢谢小吴,不好意思,超时了吧?""没有没有。好了,你回去吧,我这里要谈工作啦。"小吴接过话筒微笑着回答道。

周义安踩着轻快的脚步回到只有她一人的资料处，满脸通红，一颗心跳得像小兔奔跑，而后又兴奋地小声哼起歌来。她现在觉得自己是世界上最幸福的人。一周后，她竟然收到冉浩杰的来信，这是冉浩杰给她的第一封情书，一封实质意义上的情书——冉浩杰直白地向她求婚了。

第三十一章　除夕夜

　　长征结束后不久，冉浩杰又参加了山城堡战役，激烈而残酷的战役中我方大胜，而冉浩杰不幸受重伤，一颗子弹穿左肩胛骨而过，距离心脏只有一寸多。

　　周义安在山城堡战役结束后，才知道冉浩杰也参加了此次战役，可是战役结束却没有冉浩杰的消息。当她知道冉浩杰受伤时，冉浩杰早已在山城堡医院进行了手术。子弹被取出来了，但是由于延误了时间伤口感染，整条左臂红肿，连左边脸颊也被扯得肿胀起来，后被转送到延安战地医院治疗。

　　1936年11月29日下午，周义安工作结束后去延安战地医院探视冉浩杰，她乘坐部队后勤部门的一辆吉普车，穿越延安城，来到医院。医院病房是两排窑洞，此时住满了病人。她进入一个窑洞，很浓的酒精味道扑鼻而来。里面有两张病床，门口床上空着没有病人，冉浩杰在靠窗的病床上，脸朝窗外直视着已经漆黑的天空。周义安便蹑手蹑脚走到冉浩杰床前。她看见冉浩杰一边大一边小的脸，是如此苍白憔悴，左臂被抬高，在冬天大厚被子里身躯显得很单薄。

　　周义安的抽泣声使他慢慢扭过脸来，他一下子没有看清楚是谁，再定睛一看，用沙哑的声音呼喊起来："义安，是你吗？你……"

　　他想坐起来，伤口的剧烈疼痛使他皱起眉头，周义安一步上前扶住他的头安放在枕头上说道："别动别动，你怎么也不告诉我一声……"说着就又抹起眼泪。"义安，不哭，你看我现在不是好好的吗？"冉浩杰越这么说，周义安的眼泪就越多。

她轻轻地抚摸着冉浩杰红肿的左肩胛骨，再往下，见整条胳膊发黑发青，不禁吓了一跳。她着急地问道："这是坏死了吗？难道要……要截肢？"她害怕地捂住嘴巴，不等待冉浩杰解释，就去找医生。医生告诉她："感染很厉害，在山城堡时就考虑截掉左臂，所以就转到这里治疗。目前保守治疗，最近用药后已经能够控制炎症发展，我们会尽力保住这条胳膊。"

"医生同志，一定要保住，他还那么年轻……"周义安泪流满面，双手合十，伤心地祈求医生。医生说："放心好了，我们会竭尽全力，目前看来，也许会控制住，但愿不会发展到截肢状况。不过一定要病人配合，不要太着急，要对自己有信心。"

周义安回到冉浩杰身边，默默地用手轻碰他那半边红肿的烫脸时，才感觉到一种生命的顽强，感觉到他的存在，不由得小声说："活着，就好！"

冉浩杰对周义安打趣地说道："义安，你说我多么幸运，我参与了咱们红军长征胜利后的第一战，这是多么有意义的事情，这是我一生永远磨灭不掉的印象。今后咱们中国人可以一致抗日，不会再浪费时间和精力去内耗。"周义安被他说得又气又笑，说道："都这样了，还说幸运。你呀，现在安安心心地养病，养好了就可以去打鬼子了。"

冉浩杰见周义安情绪回转，就又迫不及待地说道："义安，等待我身体恢复，我就去看你，然后就……"兴奋而又激动的冉浩杰还没有说出请假去看望娘，就被周义安小声地阻拦住，她说："现在这样，还是安静一些，别这么激动，对身体不好的。"

周义安说着，从背包里拿出十几个鸡蛋，放在病床旁边的一个纸盒子里，嘴里说道："这是我从农民那里买到的，你每天让护士用开水冲一个喝，可以消炎清火。"她拿起热水瓶去打开水，回来就冲了一个鸡蛋，慢慢地喂给冉浩杰吃。冉浩杰一下子像孩子一般安静，听话地一口一口地喝着，随后小声说道："义安，有你真好，谢谢……"他多么想去拥抱她，想去亲吻她，然而他现在却像婴儿般的脆弱，享受着周义安给他的温暖。

"看到你好高兴，义安，我的伤很快会好的。"冉浩杰呈现出幸福十足的孩子气。这以后，周义安不辞辛苦，哪怕是行夜路，每周抽空两三次来看望冉浩杰。有一次竟然买了一只母鸡，给冉浩杰炖了一大锅鸡汤，喝得冉浩杰脸色也红润起来，精神好了许多。

1937年新年前夕，冉浩杰的伤势得到控制，他每天坚持运动促进伤口恢复，胳膊的黑青色在慢慢变浅。有一天早上，他醒来躺在床上，伸出右手食指和大拇指做出手枪射击的样子，眼睛一眯，瞄准窗框上的一颗铁钉。

"对，我利用这段时间学习狙击。"他知道狙击手分为两种：一种是受过正规狙击训练的具有正规编制的狙击手，另一种是在战时临时挑选的枪法准确的射手。他自言自语地小声说道："对，我左边有伤，右胳膊完好无损，我一定练习，起码培养自己作为一名优秀狙击手冷静、自信和勇气的必备素质。"自此以后，冉浩杰就开始天天模拟练习，等到能够站立起来行走，就在院子里对着树上的麻雀瞄准，再后来就用小石头或者一根树枝抛向目标。这种专注模拟练习几乎成为冉浩杰的生活习惯，对伤口恢复也大有好处。

经过两个月的治疗，冉浩杰不但肩胛骨的伤慢慢愈合，胳膊和脸颊上的炎症也在消除，他消瘦许多，但是精神很好。

由于枪伤还没有痊愈，需要继续调理，部队特意批准他一个多月的假。周义安则接到通知，组织上让她去南方执行一个任务，也许是知道冉浩杰带病休假，需要有一个人照顾，也许是对他们革命工作的奖励，两个人终于可以回上海看望娘。记得1935年1月冉浩杰带着不到十八岁的周义安离娘，离开赤水去参加革命，距今已经两年过去了。

1937年1月25日清晨，冉浩杰怀里揣着一份调令，那是调他到师部宣传科任科长的调令，部队领导让他在假期满后直接去师部任职。第二天他激动地来到延安接周义安，并且办理了结婚手续。他幸福地亲吻了周义安，同时在她耳畔高兴地说道："双喜临门、双喜临门……"

"什么双喜临门？你是怎么啦？"周义安当他乐糊涂了，就询问道。

冉浩杰从口袋拿出调令，和结婚证摆放在一起。周义安才明白他高兴的原因，她也高兴地回报了冉浩杰一个吻。

两个人略作准备，换上生意人的装扮，于1937年1月28日起程前往上海。西安事变以后，国共达成统一抗战条约，可是一路上还是有国民党设卡检查，交通也不是很顺利，坎坎坷坷地多次转乘汽车又换乘两次火车，一千八百公里的路程他们竟然走了十几天。加上周义安在南京、无锡办理公事耽搁两天，2月8日下午，他们两个才抵达上海。

他们从闸北火车站出来，坐上一辆黄包车，看到一路上熙熙攘攘的人群，都拎着大包小包的年货，热闹非凡。按照大哥周义勤原来信中留下的地址，他们来到威海卫路199弄。

从黄包车上下来，冬日下午的阳光软绵绵的，寒冷的风吹来，使得周义安缩了一下脖子。站立在这个弄堂口旁边，他们抬头看到德美洗染店的招牌，店铺还没有打烊，隔着玻璃大门，里面朦朦胧胧的。周义安激动地说道："这一定是大哥的店铺。"话音刚落，只见从里面出来两个人，其中一个冲上前来叫道："姐，三哥……"说着就和周义安冉浩杰拥抱在一起。

"义顺，是你吗？长这么高啦。"周义安高兴地抬头看着弟弟说，侧头看见大哥在一旁搓着双手乐呵呵地笑，她转身扑过去喊道："大哥，大哥……"眼泪就簌簌地流出来了。是的，多年不见，这期间发生多少事情啊，看见大哥她就想起二哥周义善，二哥去世时就没有见到大哥。她哭着说："大哥，二哥他……""知道，知道，大哥知道。"周义勤拥抱着妹妹，一只手轻轻地抚摸着她的头，低沉着嗓音回答道。

周义勤回头看到冉浩杰，放下妹妹就去拥抱了他。哥俩紧紧地拥抱在一起，尽管两个人没有话语，但是心灵相通，知道他们不但是朋友，而且是手足。许久，周义勤才说道："三哥，谢谢你。"

"大哥，娘等急啦。娘让我们每天在店铺看着门外，看她的宝贝女儿回来了没有。"周义顺拿起周义安他们的行李说道。

"回，快回，娘这几天总是焦急地说你们怎么还没有到。"周义勤一边说一边拉着妹妹和冉浩杰向弄堂里走去。

四个人上了二楼，一进屋，周义安就奔跑着扑向娘的怀抱，然后跪下来："娘……"一时间又哭又笑，抱作一团，喜悦的眼泪和着相互间的话语，家里像是沸腾了起来。娘好像突然想起什么，抬起头在寻找，和迎上前的冉浩杰对视在一起："娘……"像两年前离开娘时的呼叫声一样，充满了感情，他也扑跪在娘的膝下。

"儿,我的儿啊……"娘拥抱着两个人又哭又笑。

"娘,今天是高兴的日子,三哥小妹刚刚到家,应该是笑都来不及。"周义勤在一旁对娘说道。

"三哥起来吧。"这边周义顺拉着冉浩杰和周义安站起来。

"是的,是的,是高兴的日子。不过你们今后不要再三哥三哥的叫,义勤要称呼浩杰为妹夫,义顺你就要称呼姐夫。"娘说着也站了起来,招呼着正在整理桌子的儿媳妇说道:"弘雯,过来过来。"她拉住徐弘雯的手,对周义安和冉浩杰说:"这是你们的大嫂徐弘雯。雯儿,这是你小妹周义安和妹夫冉浩杰。"

"大嫂好,没有见过面,可是心里早就认识,大哥来信总是提到您。"周义安落落大方地对徐弘雯说着,同时亲热地拉住了她的一只手。

周义勤在一旁看见很是高兴,想着他最后一次见到妹妹,她还是个十五岁的姑娘。尽管当时一直上学,已经有着知性的韵味。时隔四年,眼前的她,在部队经过两年锻炼和学习,已经是亭亭玉立的大姑娘,文静中透着沉稳。

热闹一番后,娘和大嫂去准备晚饭,大哥和冉浩杰在小弟周义顺床边谈论着什么。周义安一人慢慢踱步到娘的房间,她看见爹和二哥的遗像,遗像前面摆放着几样水果。周义安走上前去,默默流出了泪水。她点燃三炷香,磕了三个头,就与爹和二哥述说起自己对他们的思念之情。

"爹,我回来了。二哥,我们都记着你,想念你。在部队里我总是以二哥为榜样,为祖国、为家园做着我们应该做的事情。爹、二哥,今天我是和浩杰哥一起回来的……"正说着,冉浩杰也过来站立在周义安身边,点燃三炷香敬拜,也跪在地上磕了三个头。他们俩站立起来一起注视着遗像,感觉爹在祝福他们,义善也在为他们高兴。

娘做了好几个女儿喜欢吃的家乡菜,八仙桌上摆得满满当当,不禁说道:"一家子,好难得的一次团圆,想起几年前在合江的日子,总是少了义勤。现在义勤在,可义善却……"娘想起义善,难免又用围裙揩拭起眼泪,强带笑容招呼大家入席,不断地给女儿和浩杰夹菜。

年三十一大早，大嫂就过来整理布置屋子，给门窗都贴上"囍"字，在义顺的帮助下给客厅屋顶也交叉拉了彩带，桌子铺上新桌布，喜糖糕点水果点缀在桌面——满屋子的喜庆气息。周义安知道这是增加新年的喜庆，也是给她和冉浩杰布置婚房。布置妥当，娘和大嫂去准备年夜饭及祭奠的事情。

义顺忙着在书桌上写春联，冉浩杰则在旁边侧着头看周义顺一笔一画地书写。周义顺从小就喜欢书法，尽管现在只有十五岁，可是写出的字却娟秀挺拔，很有个性。

书桌上摆了好多裁好的红纸条，只见他正在落笔一副春联的最后一个字。冉浩杰拍手叫好："万邦敦睦谊，五族享共和。好联，好字。"

他抬头又看见书桌一头已经有一副写好的春联："新年纳余庆，嘉节号长春。"冉浩杰惊喜地呼道："了得，这可是中华第一联。"

周义顺抬起头笑了："还是三哥……噢，不是不是，是姐夫，还是姐夫知道的多。我就喜欢这副春联的头尾合了'新春'二字。"

"更加难能可贵的是，中间又嵌入了'嘉节'两个字，合起来是'新春嘉节'，巧妙至极。"冉浩杰接着回答道，随后又面对周义顺说道："还是叫哥吧，叫哥亲切。就叫三哥吧。"

周义顺笑哈哈地回答道："哈哈，我也觉得绕口，还是叫哥好，三哥。"

"那不行，我不能够再叫三哥了吧，妹夫就是妹夫。"刚刚进屋的周义勤走过来说道。

"哈哈，义勤感觉吃亏啦。咱们在一起就随便叫呗。对外，你就正儿八经地称我为妹夫吧。看来我该尊称你为大哥啦，哈哈。"冉浩杰说道。

"你随小妹改口吧，哈哈哈。"周义勤得意地回答。

冉浩杰双手抱拳，面对周义勤呼道："大哥。"

周义勤忙答应道："哎，这就对啦，哈哈。"屋里顿时响起一阵快乐的笑声。

一会儿，冉浩杰指着书桌上的春联对周义顺说道："对了，义顺，你这两副春联选得太正统，特别这副中华第一联，是后蜀最后一任皇帝孟昶写的，这位皇帝在位三十多年，之后打不过北宋，投降了。就在投降前的那个春节，他写下了这副对联，贴家门口会觉得太沉重了吧。"

"这两副我是想挂在店铺大门上，家里的我还没有写呢。刚好你们都在，也建议建议。"周义顺回答道。

周义安听见他们三个热闹地谈论春联，也跑过来说："去年我在延安过年，那里老百姓的春联很接地气，印象最深的有'劳动庄户，革命家庭''五谷丰登，六畜兴旺''一门孝悌传家业，万里江山入梦魂''心如老骥常千里，春入梅花又一年'……"

"民国初始的春联，简单明快，也有一股清新之风。比如'一元复始，万象更新''万年有道，四海同春''福同春满，学与时新''中华全盛日，世界大同春'等。"周义顺听见周义安说了那么多，也急切地说道。大哥周义勤也不甘落后地说道："我在大马路那边看到很怪异的春联，'共和三脱帽，光复一戎衣''三阳启泰，五族共和'，哈哈。"

"我这还有更奇特的呢，你们听好了。上联是'大道生财，财连银汉三千丈'；下联是'尊古炮制，制死黎民百万家'；横批是'路断人稀'。还有一副：'三三四四七七，千千万万亿亿。'横批是'满载而归'。另外还有一副：'年难过，年难过，年年难过年年过；事无成，事无成，事事无成事事成。'横批是'春待来年'。"冉浩杰徐徐道来，把几个人都笑得前仰后合。

"哈哈哈，三哥这'千千万万亿亿''年年事事'的，绕死我们啦。"周义顺弯着腰笑着说道。

"我说三哥是咱们家的文曲星吧，连看到的春联都和我们不一样。大家说了那么多，娘这屋子和大哥屋子到底写哪副啊？"周义顺说着。

周义安忙说道："我看娘这屋就选'福同春满，学与时新'，因为这屋里既有娘在，又有小弟住着。你们看可好？"

"不错。那大哥大嫂屋子里我建议写'一门孝悌传家业，万里江山入梦魂'。"冉浩杰说着，大家一致赞同。

周义顺润润笔写起来，不一会儿，四副齐整的春联展现在大家眼前。周义勤说道："咱们仨去各屋和店铺贴春联，义顺记得把那两对红灯笼带上挂店铺门前。"说着，三个男人就往外走去，先在娘的屋子门上贴春联，再给大哥的门上贴，最后提着灯笼去店铺挂灯贴春联，一路话语，一路笑声，和着街面上零零碎碎的炮仗声，真的是喜庆无比。

娘一直在厨房忙，大嫂开始摆桌子，周义安就协助着一起收拾，同时问道："大嫂，你们这里除夕会有什么讲究吗？"

"老百姓除夕祭祖会随意一些，但摆放什么东西还是蛮有讲究。因为要祭祖，这一桌年夜饭除了饭菜，还需要摆放一些水果。比如摆放的瓜果点心必须要有苹果、柿饼、杏仁、长生果，寓意平安、幸福和长寿。年糕是寓意一年更比一年高。花生、桂圆、瓜子、橘子寓意早生贵子、吉祥如意。我也说不好，就知道这些。"大嫂徐弘雯柔软的吴语，给周义安一种温馨的感觉。

按照大嫂说的把瓜果点心摆放好了，娘那边各色菜也准备得差不多了，周义安和大嫂开始从一楼厨房往上端菜，摆放碗筷小碟子。这时候贴春联挂灯笼的人也都回来了，说说笑笑地帮忙拿凳子椅子，煞是热闹。

娘最后一个进屋，大家一下子严肃起来，因为祭祖是不能够有声响的。她对大哥说道："义勤，去把爷爷奶奶的牌位拿过来，还有你爹和义善的遗像拿过来。"周义勤拿来后把爷爷奶奶的牌位摆放在饭桌靠墙的正中间，两边是爹和义善的遗像。他在桌前香炉两边点燃两根蜡烛。随后给酒杯斟上酒。娘让弘雯给每个碗添上饭，娘自己重新摆放好筷子。

这时候祭祖开始，大家都站立在娘身后。娘拿了三支香在蜡烛上点燃，退后一步，对着眼前几个逝去的亲人说道："爹、娘、德清、义善，你们回来吧，回来吃饭。今天义安、浩杰也回来了，总算是一家子团团圆圆地在一起过年。"娘说着，就把手里的三炷香插在香炉里，在备好的一个蒲草垫子上磕了三个头，站立起来后端起一杯酒洒在地上，然后在桌旁一个瓦罐里开始烧纸。想起义善，她伤心地落泪。

这边大哥大嫂一起上香跪拜，再就是周义安和冉浩杰上香跪拜，最后小弟周义顺一个人上前上香跪拜。他们先后都在瓦罐里烧了几张纸，等待火熄灭了，就把瓦罐拿开。娘上前又双手合十拜了拜，把桌子轻轻地摇摇。据说摇摇桌子，祭拜的先祖就都离开饭桌了。

娘让义勤义顺把牌位、遗像香炉蜡烛放回五斗柜上。又让几个人把桌子抬出来一点，围着八仙桌摆放好椅子凳子，娘坐在桌子上方，大哥大嫂坐在桌子右侧，义安和冉浩杰坐在桌子左侧，小弟周义顺就坐在靠门这边。

看到眼前的儿女，娘特别高兴，激动地说道："除夕夜，讲究子女都从外地回家，全家人要团圆，今年总算是齐全，总算是齐全啊。娘看见你们好高兴。"娘说着高兴，眼泪却不由自主地流下来，想必是又想起了义善。

看见娘这样，大家都站起来围在娘左右说道："娘，祝福您老人家长寿、健康。""娘，祝福您大吉大顺。""娘，祝福您老人家永远幸福快乐。"

娘揩揩眼泪笑起来，双手向两边扬起来说道："还没有吃年夜饭，怎么提前说起祝福语啦，快快坐下吃饭。"

等待大家归座，娘拿起酒杯说道："娘今天高兴，祝福我的儿女们都健康快乐幸福。来，为团圆干杯！"大家举杯相碰，男儿们拿起酒杯一口干掉，女人们都浅浅抿了一口。娘不断给义安、浩杰夹菜，顺便又补充道："下来你们随意，不要有拘束。今天除夕，要守岁的。"大家一下子活跃起来。

周义勤敬大家一杯酒，为活跃气氛故意问道："除夕，为什么叫除夕？"

义顺抢先回答道："除夕就是辞旧迎新、一元复始、万象更新嘛。"大家都哈哈大笑起来。

"传说中古时候有个凶恶的怪兽叫'年'，每到岁末便出来害人，后来，人们知道'年'最怕红色、火光和声响，于是年三十晚上，家家户户贴春联，挂红灯笼，燃放爆竹来驱除这个怪兽，以求新一年的安宁。"冉浩杰娓娓道来，大家频频点头。

义勤又说："贴春联，挂灯笼，放鞭炮，燃烟花，全家团聚在一起吃年夜饭，也预示着来年的好兆头。"

"吃饭前先祭祖，祈求祖先神灵保佑，平安地度过这一夜。这大概是除夕守岁的目的吧。大嫂你说是吗？"周义安也高兴地问道。

"全家老少围坐在一起吃饭，表示和睦团圆呗。"大嫂的话，让大家又举起酒杯喝了起来。

这顿饭直吃到子时，子时的到来，意味着新年第一天的到来。大家站立起来互相祝福道贺，为新的一年到来干杯。这时候只见周义勤对着弟妹们耳语几句，瞬间大家都围拢在娘的左右，齐刷刷地跪下磕了三个响头，然后嘴里齐呼道："祝福娘寿山福海、寿富康宁、吉祥如意！"娘感动于他们的一片孝心，幸福地涨红了脸，忙不迭地说道："起来起来，快快起来，自家人不讲究那么多，不必行这么大礼的。"这时候大嫂给大家煮了汤圆端上来，更增加了团团圆圆的热闹气氛。

小弟是家里唯一还在上学的，所以这时调皮地双手握拳给大家拜年。娘递给他一个红包说："压岁祈福，好好学习，不要辜负大哥的辛勤付出。"义顺忙对着大哥祝福道："是大哥让我得到学习机会，祝福大哥生意兴隆，祝福大哥大嫂幸福健康！"说着要跪下来磕头，大嫂忙一手扶起，给他塞了一个红包。义安、浩杰两人一边发红包一边说："祝福小弟学习进步、前程远大，你是我们的希望。"

外面炮仗震天响，义顺约了冉浩杰下楼去放鞭炮。娘对义顺喊道："明天是你姐大喜的日子，不要玩得太晚了。大家都早点睡。"

第三十二章　义安婚礼

这天晚上，娘和义安聊得很久，母女之间贴心话永远说不完，娘絮絮叨叨地说着这几年的牵挂，最后给义安一个大红包说："这是娘自己的钱，专门留下来给你结婚用的。"

义安捂住娘的红包说道："娘，不能够，我还没有孝敬上您，怎么可以……"

"傻孩子，拿上，这是娘的一点心意，到了部队安家用得上。"娘执意让周义安收下。

"娘，女儿舍不得离开娘，我……"义安偎在娘怀里撒娇。不等待义安说完娘就搂着她说道："傻孩子，你怎么可以和娘一辈子呢？男大当婚女大当嫁，这是人生大事。浩杰是个好孩子，跟了他，娘放心。"

"娘，听浩杰说，明天他二哥也来咱们家。"义安突然想起来给娘说道。

"那太好了，他是代表冉家来参加你们的婚礼，是大喜事。我安排他在你大哥那里住。"娘很高兴，又说，"睡吧，都大半夜啦，明天你会很累。"

1937年2月11日，是这一年的农历正月初一，也是十九岁的周义安和二十五岁的冉浩杰大喜的日子。大清早外面的炮仗声把只睡了三个小时的娘吵醒，娘起床了，义安也跟着起床。两个人蹑手蹑脚下楼到厨房，却看见大嫂已经在厨房忙着烧水做早餐。

"娘，义安，新年好！你们再睡一会儿嘛。"大嫂忙给娘拜年。

"大嫂新年好！大嫂起这么早？辛苦大嫂啦。"义安也忙着给大嫂拜年。

"娘，这里交给你了，我去二楼收拾一下。"大嫂说着上楼去了。等待义安和娘做好早餐送上楼时，看见屋子大变样。红色的床单上撒满红枣和花生，红色的被子和枕头上有一对大大的剪纸"囍"字，床旁的五斗柜上有一大瓶鲜花。大厅的八仙桌上摆满各种瓜果、点心和喜糖。

"恭喜恭喜！老人家新年好哇！"刚刚吃完早餐，吴老板两口子一起来给娘拜年，也是专程祝贺义安和浩杰的新婚。娘把义安和浩杰介绍给吴老板认识，他们相互间热情地说着祝福的话语。

这边还在热闹，那边门口就又听见一片喧闹声，冉浩杰听见忙前去，一会儿和周义勤一前一后地拥着二哥冉浩诚往屋里走来。二哥冉浩诚不似之前在重庆时彪悍，但仍然是目露精光、铜头铁额的。可能是一路上很艰辛，面容显得憔悴。

"二哥，小妹呢，怎么没带她一起来？"刚刚落座，冉浩杰急切地想知道自己小妹的情况，就突然询问，把二哥问得更加灰头土脸。

周义勤给二哥端了一杯茶水，说道："二哥，一路辛苦了，先喝口水。"

这时候二哥面部扭曲起来，他端起茶水一饮而尽，好像要把内心痛苦和这茶水一起咽下去。

冉浩杰好像感应到什么不幸或者伤心的事情，他不安地拉住二哥的一只手问道："怎么？出事啦？"

二哥使劲摇头。刚刚二哥一见到弟弟时，内心就痛苦至极，不过他不想影响一对新人的大好喜事，想过了今天再说。可是冉浩杰不知缘由，看到二哥不正常的状态就更加追着不放。

"二哥，一定是有事情，是小妹的事情，是吗？"他急切得几乎哽咽起来。

二哥这时候还是使劲摇头，他都快控制不住想向冉浩杰发脾气了，为什么这么步步相逼？他拿出手帕大声地擤鼻涕，硬是把自己憋得面红耳赤，泪水在眼睛里打转。

"二哥，你……你急死我呀……"突然冉浩杰大喝起来，把所有人都惊住了。大家面面相觑，不知如何是好。

娘这时候默默地进屋，走到浩诚面前，拉起他往义顺屋子走去。进屋后娘就关上门，浩诚一下子跪倒在娘的膝下，压低声音哭泣起来，肩胛骨不停地起伏抖动。娘坐在床边抱着他的头，心里已经明白发生什么了，所以就让他哭一下，好松弛那绷得紧紧的伤痛。

好久，娘扶他起来坐在床边，他低沉地说道："娘，恕我称呼您为娘吧，一切，都等过了今天再说。"

"娘理解你，谢谢你。"娘揩拭着泪水点头应允道。

娘让他再平静一下，就自己先出来。屋外一片寂静。她看见大家的目光全部射向她，她太想大声哭出来，但是她知道不能够，于是略微镇静了一下就对大家说："浩诚他……他太累太疲倦了，让他休息一下吧。"

说完就走到桌前招呼吴老板，她也不安排别人倒茶，一切都自己干。最后故作镇静地对周义勤说道："义勤啊，那个饭店定的饭菜可落实没有？今天是你妹妹和浩杰的大婚日子，一定要点最好的饭菜。"

"娘，放心，一切顺利，我现在再去看看。"说完周义勤就先走了。他临出门说道："娘，一会儿我会安排车来接你们的。弘雯，你帮忙把新娘新郎整理装扮一下，我先去酒店看看。"

周义勤走出门外，泪眼蒙眬地长叹一口气，他不知道发生了什么，但是他知道一定是发生了什么，而且是人命关天的事情。而且大家也都知道发生了什么，但是有谁敢去戳破这个窗户纸？他在内心为那个没有见过面的妹妹祈祷！他也侥幸自己现在能够在外面，因为自己无法面对二哥、三哥他们。他在心里给自己说：镇静镇静，一定要把眼前的事情顺顺利利地办好。

家里空气仍然是沉闷的，吴老板为了缓和气氛，故意大声地说话，然而那高音却显得很空洞，让听见的人都感觉很不自在，于是又一阵沉默。

娘示意周义顺去小屋，对他小声吩咐道："义顺，去把浩诚送到你大哥屋子休息一下，你陪着他，替娘照顾他一下。"

义顺和二哥走后，弘雯把义安拉到娘的屋子，开始给她换装梳头。弘雯仔细地慢慢地梳理着义安的头发，又换了篦子一下一下地篦着乌黑发亮的发丝。义安坐在那里已经在默默落泪，弘雯温柔地对她说道："小妹，一定要坚强，不然三哥怎么办？你在三哥面前一定要坚强，要顺顺利利地度过今天，不然，娘会伤心的。"大嫂的话语很坚定，然而语调却是那么的温柔亲切。

"大嫂，我知道，我会尽力。"周义安抽泣着回答。想着本来这次请假回来就不容易，拿到结婚证书那一刻，自己是多么激动，又想起昨天夜里娘是多么的高兴，而现在，那个不幸的姑娘，却……

义安突然想起浩杰，她一下子失控了，带着哭腔对弘雯小声说道："大嫂，你知道吗？浩杰身上的伤口本来就没有完全恢复，身体很虚弱，他怎么承受得了那残酷的事实？"义安无助的目光，让弘雯也心痛起来，她搂住小妹的肩膀小声说："小妹，不要这样，一会儿咱们要去请他进来，你一定要坚强，现在只有你的坚强才可以让他也坚强起来。你没看见二哥憋屈成那样，还不是想让你们的事情顺顺利利地完成。记得，心里一定要记得娘，为了娘，你也要坚强。"义安流着眼泪使劲地点头。

弘雯给周义安洗脸，拍上淡淡的胭脂，让脸面不至于太苍白，又帮助义安换上娘提前给她准备好的新装，就对她说道："我现在去叫浩杰，你在这儿等着，一定记得我说的话。"弘雯一出小屋，就感觉到外面凝重的气氛。难为姐夫在和浩杰说着自己的奋斗史，不断地给浩杰续茶，看见她过来，就勉强笑着说道："忙坏了吧，我把新郎官交给你啦，我去楼下灌点热水。"说着，拿起热水瓶就急忙下楼去了。

弘雯对坐在旁边的姐姐耳语道："姐，你去看看娘，给娘鼓鼓劲，就说浩杰和义安都好着呢。"然后上前拉住冉浩杰的胳膊，不容分说地推他往娘的小屋走去，一边走一边说道："浩杰，跟大嫂走。"走了几步停下来，看着冉浩杰的眼睛说道："浩杰，你是男子汉，你不能够让义安和娘伤心，你要坚强，要像二哥那样坚强。而且你要知道自己该怎么面对义安，她需要你的安慰，需要你的坚强。"

"大嫂，谢谢你，我明白的。"冉浩杰像是泄气的气球，虚弱地回答。

"浩杰，你这样不行的，你这样子怎么去安慰义安和娘？你是战士，挺起胸膛，好吗？不要让义安难过，更加不能够让她哭，可以做到吗？"弘雯的话让冉浩杰清醒起来。是的，不管发生什么，都不能够伤了义安的心。冉浩杰又

第三十二章　义安婚礼 / 173

想起二哥，为了成全他们，硬是把自己憋屈成那个样子，他一下子意识到现在自己应该承担的责任，于是提起精神说道："是的，不能够让娘和义安伤心。大嫂，你放心。"

进屋见到义安，冉浩杰像是孩子在外面受到委屈，回到家见了母亲的那种感觉。义安站起来，不安痛苦的眼神，让浩杰心里刀割一般地痛，他伸出双手紧紧握住她的手。弘雯拿出一身新衣服交给义安说道："给浩杰换上，把他的头发也整理一下。"随后就退出去了。

平日里柔弱的弘雯，今天像是一个将军调动着千军万马。她刚刚在桌边坐下来想休息休息，就见周义勤三步并作两步地上来。她马上把食指放唇上，又指指娘的小屋，示意他不要出声。周义勤过来坐在她旁边，徐弘雯小声给他说了一切。周义勤把一只手放在徐弘雯的一只手上小声说道："难为你了，我都束手无策了。"

等待周义安和冉浩杰出来，周义勤和徐弘雯同时站立起来，很欣慰地看到眼前的新娘新郎尽管脸色还是有些苍白，但是气质焕然一新。只见新娘身着一袭紫红色的加绒旗袍，外披一件白色裘毛绲边的坎肩。新郎穿的是藏蓝色长袍外加灰色裘毛绲边的背心。虽不似大富大贵的奢华，也算是仙姿玉貌、俊男靓女，简直是天造地设的一对。

周义勤想着，娘生育三儿一女，女儿是娘的掌上明珠。爹和义善的去世让娘受尽了伤痛，自己身为长兄，为了让娘高兴，一定尽心尽力地置办义安、浩杰的婚礼。他不但在外面定了饭菜，而且租的车都是清一色的小轿车。

五辆轿车，在战争时期是很不容易搞到的，是吴老板通过朋友提前在马迪汽车公司帮忙租赁好的。

五辆气派的雷诺轿车，整齐地排列在威海卫路上，由周义勤统一安排：第一辆轿车当然是新娘新郎的专属，徐弘雯坐副驾；第二辆轿车坐的是娘、二哥和周义勤；第三辆轿车坐的是吴老板夫妇和周义顺；其他亲朋好友就随意搭坐另外两辆轿车。

一阵炮仗响起，新娘新郎缓缓出来，进入第一辆轿车。围观的邻居啧啧称赞，都以羡慕的眼光看着娘，娘很是欣慰。

五辆轿车在威海卫路上徐徐前行，穿越成都北路和重庆北路，从跑马厅路一直往前抵达跑马厅。为了让第一次来上海的小妹多观光一下，周义勤特意吩咐司机围绕跑马厅外围走一圈，然后进入大马路，来到他订餐的饭店。

　　这是夏辉请他吃饭的那家粤菜馆。周义勤安排在这家菜馆，一是因为曾经和夏辉在这里吃过饭，有很深刻的感情；二是这里性价比高，大饭店同等品质的菜肴，在这里价格可低三分之一。

　　当五辆轿车停靠在镶嵌有彩色玻璃的两扇门前，早有吴阿弟、阿强他们在门口迎接放炮。这时两个服务生走到第一辆轿车前，彬彬有礼地鞠躬，其中一人打开后车门，一条胳膊挡在车门上框，这时候新郎已经下车绕行到后车门，微微弯腰，一只手伸向新娘。新娘抬起一只手，新郎的手紧紧地握住了这只小手，把新娘从车里接出来。

　　当新娘新郎十指紧扣进入彩色玻璃的两扇门，所有人下车跟随着一起进入一个包厢。包厢里灯火辉煌，正面舞台的墙上有一个大大的红色"囍"字，"囍"字上方是用彩色气球绕成的两颗心，下面是三行竖写的、醒目的艺术体红字：

　　　　新郎冉浩杰
　　　　新娘周义安
　　　　喜结良缘　永结同心

　　包厢屋顶正中垂挂着一盏硕大的水晶灯，把三张铺有大红桌布的圆形大餐桌映照得富丽堂皇。桌子中央除了有一瓶白酒、一瓶红葡萄酒外，还摆放了各色有代表意义的水果：大红樱桃表示祝贺新婚，水晶红提是祝福甜甜蜜蜜，金黄的蜜橘则代表吉祥如意……还有一盘盘的喜糖、花生、瓜子，琳琅满目、喜庆有余。

　　在主桌上，周义勤除了安排新娘新郎，还安排有娘、二哥和弘雯。新郎旁边是二哥，在二哥和新郎之间，他特意空了一个座位，那是留给没有见过面的小妹冉浩蓉。这一细致的安排，让脸色一直严肃的二哥领会了，他不动声色地紧紧握了一下周义勤的手。

当周义勤走近新娘新郎身边时,新娘紧紧握住大哥的手,对大哥耳语道:"大哥,让你破费了……"这边新娘还没说完,新郎拉住周义勤的另一只手,眼中有泪水在滚动,因为他明白了周义勤的用心良苦。他喃喃地说道:"大哥,谢谢你……"

当一对新人站立在舞台上,大哥周义勤宣读了结婚证书的内容,二哥冉浩诚则代表双方家长向新人祝福,祝福词充满了深深的爱和祈愿,可就是严肃了一些。

服务生在整理了桌面后,送上一道道美味佳肴,除了周义勤和夏辉他们当年在这里点的几道看家菜,什么猴头菇花竹荪汤、蒜香骨、龙卧茄香、菇茸鲍鱼、白斩鸡,还有各种蔬菜甜品。丰盛可口的宴席,却怎么也提不起大家的胃口。

宴席在安静的气氛中进行,在大家低沉的嗡嗡声中,像有一条悲伤之河在暗中默默流淌。

第三十三章　灾难复灾难

第二天一大早，冉浩杰起来就去三楼找二哥，不想一出门就看见二哥正在往楼下走来，哥俩便一起下楼。出了弄堂，二哥说他想去黄浦江看看，于是冉浩杰在威海卫路叫了黄包车，穿过大马路，到了十里洋场的黄浦江边，在一个僻静地方坐下来。

面对波澜起伏的滔滔江水，听着江面来往驳船突突突的声音，谁也不想第一个打破这个沉默。一会儿冉浩杰低沉着声音说道："二哥，我想知道究竟是怎么一回事？"

好久没有回音，冉浩杰转过脸来，看到二哥额头青筋暴起，眼睛直勾勾地看着远方，突然把脸埋入自己的双手中，双肩耸动，泪珠从指缝滚落出来，嘴里说道："怪我，都怪我……"然后就泣不成声。

冉浩杰心里一阵紧缩，他站立起来靠近二哥，安慰地说道："二哥，我也有责任，这几年我都没有关心过她……"

"那年大哥去世，你去了合江，我随朋友去了西部，一年后才联系到居住在重庆姨妈家的浩蓉，那年她上中学。由于我后来做地下党工作，不允许和外界交往，和你们都断了联系。几年后小妹考上重庆大学，我被调到北平工作，由于工作需要去了重庆几次，我去看了她几次，就在那段时间她知道你和我都在革命队伍中工作，就一定要跟我去北平。我拗不过她，1934年底，在朋友帮忙下把她转学到北平燕京大学。她很想念你，可是那时候你已经随红军开始长征。我就一直盼望着有一天咱们兄妹仨好好聚聚。"二哥一开始很平静地述说，说到这里他又控制不住，把头埋入双手狠狠地哭泣起来。

冉浩杰听到二哥说到"咱们兄妹仨好好聚聚"时，也伤心得泪水涟涟。

只听见二哥抽泣着说："我后悔，后悔带她去北平，是我，是我害了她。"冉浩杰小声呼道："二哥……"

不等冉浩杰说话，二哥平复一下自己的情绪又说道："她好强、率真又聪明，是咱们冉家人的个性。不但在学校加入了共产党，还是学生会的一个什么委员。但是谁能够想到，一二·九运动竟然让她丧命。"二哥失声痛哭起来。

这时冉浩杰眼前出现了这样一幅画面：上万名北平爱国学生手拉手走上街头，声势浩大的抗日救亡请愿队伍中，小妹那"打倒日本帝国主义！""打倒汉奸卖国贼！""反对成立冀察政务委员会！"的口号声响彻天空，还有大批军警扑向学生，挥刀舞棒毒打学生的惨不忍睹的场面和血迹斑斑的大街。

冉浩杰心痛地落泪。二哥这时使劲擤了擤鼻涕继续说道："当时她只是受了枪伤，被送医院后抢救过来了，半个多月后出院，就没有再返校。由于枪伤还是需要继续治疗休养，为了安全，我想让她回重庆姨妈家，她却任性地住在一位同学家里，直到去年底，和几位同学考虑去前线，甚至考虑去延安，听说党中央在陕北建立了中国人民抗日红军大学，而且正在招生。"

"就这样，刚刚养好伤的小妹，就随同学一起去延安。一路上步行，有时候为了躲避敌人，就晚上步行白天休息，却在快到达延安时遭遇袭击，双方冲突中，竟然被乱枪打……打死。"二哥呜咽起来。

"我后悔，后悔带她来北平；我更加后悔，不该让她离开北平，不该让她离开北平啊，是我，是我害了她。"二哥大哭起来。

一时间兄弟俩臂膀搭臂膀痛痛快快地哭起来，兄妹四个，就剩下眼前两个，哭得肝肠欲断。

有多少热血青年，去前线，去延安，去闹革命的地方，为祖国献出了自己宝贵的生命。而现在面对自己亲人的殇逝，那个悲痛不是言语可以表达、可以释放的。冉浩杰面对滔滔江水问道："大哥、小妹，你们在哪里呀……"

冉浩诚对着天空哭诉："爹、娘，对不起，我没有保护好小妹……"

兄弟俩面对黄浦江，那柔软的水就如母亲的怀抱，他们呼唤着早已去世的父母，呼叫着亲爱的兄妹，诉说着伤痛，那滚滚江水汹涌澎湃流逝而去。

婚礼后第三天，冉家兄弟俩就相互告别，踏上各自的战场。这一年，中华大地上的灾难继续演绎着，而且愈演愈烈。

发生在1937年7月的七七事变，又被称作"卢沟桥事变"，标志着全民族抗战的爆发。

这一年的年底，日本侵略者对中国人民犯下了震惊世界的残暴血腥、惨绝人寰的罪恶——南京大屠杀。

中国陷入深深的灾难中。冉浩杰忍受不了日本侵略者对同胞们的残杀、对祖国的凌辱，尽管身上枪伤还没有完全恢复，在1938年新年过后不久便要求上前线，之后随部队参加了抗日战争中的许多战役。

第三十四章 周家诚字辈

  1937年8月13日，日本人在上海制造了八一三事变后，上海各行业萧条落寞，百废待兴，直到1938年，经济才开始慢慢抬头。
  周义勤的威海卫路总店业务随着大经济的变化，慢慢恢复起来。这年年底，关闭了一年的马立斯路分店重新开业，艰难度日的局面开始好转。他的辛勤付出和经商头脑，很快就使两家店的业务越来越好。
  经济好了，生活越来越富裕，娘就又开始对大儿子大媳妇直到现在还没有一儿半女的状况着急。尽管小两口多次去寻医检查，还是没有效果。这天徐弘雯去霞飞路购物，娘就把周义勤叫到自己房间说道："义勤，不是娘多事，你们成婚已经三年多，一儿半女都没有，这样下去如何是好？"
  "娘，其实弘雯心里也不好受，我们商量了，想先抱养一个孩子。她说她姐姐已经生了三个女儿，一直想再生一个男孩，听说再有两个月就是预产期。弘雯说若再生的是女儿，就过继给我们。这总比抱养陌生人的孩子好吧。"
  "唉，这也是没有办法的办法，先这样吧。是比抱养陌生人的孩子好。不过……"娘不敢把"不过"后面的话说出来，只是拿出手绢抹去眼泪。
  "娘，您这是怎么啦？什么让您伤心了？"周义勤体贴地问道。
  "雯儿看来是不能够生育，这么好的人，肚子却这么不争气。抱养的，哪有亲生的好？你呀……"娘又吞吞吐吐起来。
  "娘……"周义勤一脸无奈。
  "也好，先抱养一个在她膝下，她就会安心一些。"娘说着顿了顿，又对周义勤温柔地说道，"勤儿，你是长子长孙。古人说：不孝有三，无后为大。娘想着，雯儿实在不能够生育，你要考虑再娶一个。"

"娘，我……我们……"

不等周义勤说完，娘就又说道："娘知道你们感情很好，可是终归咱们周家要后继有人啊。听娘的话，好吧？再说了，无论咋样，我们不会亏了雯儿。而且也不是一时半会儿就可以遇上合适的人。"

娘的话让周义勤心里沉重了好几天，他的脑海里总是浮现出几年前幸福的婚礼情景。一晃三年多过去了，一切如同刚刚发生，他们是在幸福的情意中一起走过这动荡岁月。然而生活总是不尽如人意，在他们和谐的幸福中，老天却不给予他们美满，没有给予他们一儿半女。他从来没有埋怨过徐弘雯，反而有时候会更加怜惜她，所以当徐弘雯提出抱养一个孩子他是满口答应。可是娘的心情也能够理解，娘一生坎坎坷坷，为子女付出自己的一切，期盼子孙满堂。可是他无论如何也无法向徐弘雯解释，只能够自己一个人默默地承受。

周义勤的沉默，让徐弘雯当他是最近工作太忙身体欠佳，就百般伺候，这让周义勤心里更加难受，甚至有一种愧疚感。

这天晚上两个人早早地睡了，徐弘雯偎依在周义勤胸前小声问道："义勤，你最近沉默寡言的，是娘不同意咱们抱养孩子？"

"娘同意咱们抱养孩子，还说总比抱养陌生人家的孩子好，可是……"周义勤说不下去了。"谢谢娘体谅。可是什么呀？你说呀。"徐弘雯感觉到周义勤话中有话。"我……算了，不说了。"周义勤无法说出口。

徐弘雯这时候却打破砂锅问到底："义勤，你心里有事，我这几天已经感觉到了，咱们什么话不好说？你应该信任我。"

"哎，阿雯，你是我生命中最信赖的人，没事，真的没事，这几天我是累了一些。"周义勤温柔地用手抚摸着徐弘雯的头发，他实在没有勇气说出娘的打算，他不忍心伤害这个和他同甘苦共患难的发妻，于是想等过继了她姐姐的女儿以后再说。

在娘的督促下，周义勤和徐弘雯又去一家专科医院检查，这一次结果终于出来了，是由于徐弘雯先天输卵管堵塞，无法生育。听到这结论，他们都很震惊,娘是伤心,徐弘雯是自卑,周义勤只能两头安慰。

1939年,由于抗战,过年时周义安夫妇都没有回家来团聚。正月初二,也就是1939年2月20日,徐弘霞又生了一位千金,按照之前约定好的,将其过继给妹妹。过了几天,当这个女儿直接从公共租界苏州河畔的公济医院接回威海卫路的家时,周义勤已经给她雇了一位奶妈。一家人像是迎接公主一样,隆重而喜庆。她是周家诚字辈第一个孩子,周义勤为她起名为周诚睿。

公济医院是十九世纪由法租界公董局和公共租界工部局出资建立的一座教会医院,除了建有病房楼、辅助楼、修女楼,还有一座钢筋混凝土结构的五层楼房。公济医院有从国外来的十多名修女医生和二十多名护士,在1937年又录用了十多名上海震旦大学附属护士学校毕业的中国护士。外面战火纷飞,公济医院内却井然有序。医院不但收治不同肤色的病人,甚至悬挂起"赤贫免费"的广告,免费为那些贫困病人医治疾病。徐弘霞选择在这家医院生孩子,不是冲着免费,而是喜欢这里的安全和细致的护理。当然这次所有费用都是周义勤抢着去支付的。

这个孩子,给周家所有人都带来喜悦,也给这个新年带来了朝气。徐弘雯自然是喜上眉梢,亲姐姐的孩子过继给自己是亲上加亲,和自己的亲骨肉没什么两样。

娘是因为有了周家第三代而忙得上上下下地跑,说是要给徐弘雯传授育儿经验,喂奶换衣必须亲力亲为——隔辈亲嘛。

周义勤看着自己最亲爱的两个女人快乐地忙碌,一派阖家欢乐的景象,他哪有不高兴的?自此对这个孩儿更多了一份宠爱。1939年3月20日,周义勤热热闹闹地给女儿办了满月酒席,亲戚朋友们络绎不绝地前来祝贺,包括店铺几个员工的夫人们也都前来祝贺,一时让周义勤夫妇应接不暇。

礼物堆满一屋子,除了布料、衣物、玩具,娘还专门给孙女打了一副金锁项圈。小宝贝一身绸缎棉袄棉裤,一脸富贵相,被打扮得楚楚可人。

周义勤在他们结婚的饭馆摆了三桌宴席招待亲朋好友,除了主桌,一桌是店铺员工及家属,一桌是亲朋好友们。

大家刚刚落座,就看见一个村姑风风火火地从门口走进来,身上斜挎着一个包袱，两只手各提着一个装满土豆、南瓜、柿子、核桃、红枣的筐子。不知道谁说了一句："快看，谁回来啦！"

"义安？"这意外的惊喜，让全场人都沸腾起来。有人跑过去接过周义安手中的两个筐子，娘激动得又是落泪又是笑，小弟早已长得比周义安高半头，他跳起来疾跑几步紧紧地搂抱了姐姐。周义勤急忙在主桌娘和徐弘雯之间给妹妹添了一把椅子，他过来拥抱了妹妹，把妹妹引到桌前落座。周义安和娘亲热一阵，诉说着两年多未见面的思念之情。周义安说："娘，我接到大哥来信说添了小侄女，就一心想回来看看。刚巧几天前有辆车来南方采购，我就请了几天假，伪装成村姑，坐着这个便车来的。一路上都是敌占区，我们有时候晚上开车白天休息，开开停停，躲避关卡。整整坐了五天的车，终于又见到娘了。娘，您还好吗？"

面对女儿的撒娇，娘是又高兴又心疼，含着泪说道："这一路到处是敌人，多不安全！大老远的，能够回来就是最高兴的事了，还提那么多东西。"娘心疼地整理着女儿凌乱的头发说道。

"娘，这不是顺车嘛。那南瓜土豆是在我住的窑洞前种植的，这核桃、红枣是陕北的土特产，我在老乡那里买来给娘补补身体。"周义安说得兴高采烈。

随后她转身，拥抱了一下大嫂，从内衣里拿出一对小银镯，戴在侄女周诚睿胖嘟嘟的手腕上。

宴席开始，周义勤举起酒杯，激动得说不出话。他闭了一下眼睛，然后抬起头憨厚地微笑着说："各位亲人、各位朋友，我很高兴，高兴大家的光临，高兴妹妹义安特意赶来。感谢大家对我的厚爱，感谢上天给我的恩泽。这个满月席充满了温暖，希望小女用一颗感恩之心，拥抱世界，感恩一切使她善良使她成长的人；感谢她来到我的生命中，给我珍贵的记忆和责任。"

周义勤好像被自己的话感动，眼眶竟然红起来，他举杯说道："大家一起举杯，让平安健康幸福永远伴随着我们！"之后周义勤和徐弘雯一起给客人敬酒，许多客人轮番来到主桌给娘问好道喜，相互之间举杯敬酒，酒杯乒乒乓乓地响起来。娘后来起身专程去店铺员工家属那一桌敬酒，和每一位家属聊天问候。其中有一位阿嫂，是义勤店铺里代班长阿宽的媳妇，是地道的上海人，大家都称呼她为阿宽嫂，娘也随大家称呼她为阿宽嫂。这天娘坐在阿宽嫂旁边，和她聊了许久。

满月席结束，周义安就随娘回家，在大哥家门口她看到一副新对联："双喜临福地，千金耀华门。"

"这一定是义顺写的吧，千金耀华门，写得好。"周义安看着说道。

大嫂回答说："这是新年后，睿睿进家门时，义顺特意写了换上去的。"

周义安在娘这里只待了两天，就匆匆忙忙回延安去了。娘在周义安走后的第二天就约了阿宽嫂来家里，在二楼娘自己的屋子里，两个人嘀嘀咕咕地聊了很久。

娘问道："阿宽嫂，那她们现在住哪里？"

"唉，这姜家老凄惨的喽，闸北区她父母辛辛苦苦经营了多年的两个老虎灶，和去年刚刚盖起的三间土坯房子，都被炸没了。两个没有成家的儿子外出谋生去了，那小女儿随父母暂时借住在已经成家的大儿子家里。当娘的怕委屈了小女儿，就有了把她嫁出去的想法。"阿宽嫂回答。

"那姑娘现在多大？"娘问道。

"正是二八年华。"阿宽嫂回答道。

"十六？也不算小了。"娘说道。

"那当娘的，怕女儿在哥哥家受委屈，又怕出嫁早了委屈了女儿，内心纠结，指望遇上一家好人家。"阿宽嫂说道。

"唉，在这兵荒马乱的时代，真是难为她们了。人随天缘，人随天缘吧。"娘最后说道。

第三十五章 不争气的命运

　　自1938年初冉浩杰离开周义安去前线，已经过去一年半了，这期间冉浩杰给周义安写过三封信，前两封信在1939年新年前后收到，第三封信是在1939年7月20日周义安拿到延安中国女子大学入学通知书时收到的。

　　战争年代，一封信走三个月、半年、一年，这是很正常的事情。可是当初周义安却因为将近一年没有冉浩杰的音讯，急得像热锅上的蚂蚁一般。

　　这天收到信，她激动无比，于是铺开信纸，给冉浩杰、娘和大哥分别写了一封信。给娘和大哥的信是报平安，顺便说自己在当地考上女子大学，是喜事嘛。

　　当她正在给冉浩杰写信，一个被调动到一二〇师师部任职的同事，过来问周义安有什么事情没。周义安高兴至极，问道："是去一二〇师师部吗？那就给他捎一封信，还有一件背心，不会成为你的累赘吧？"对方爽快地回答："当然不累赘，放心好了，我一定当面交给他。我明天出发，你收拾好了交给我。"

　　周义安拿出那件羊羔毛背心，在那上面亲吻了一下，那是她专门为保护冉浩杰的肩伤而做的。

　　没想到一路上战事连连，在一次敌人半夜突袭的战斗中，那个同事不慎被子弹射中膝盖，留在交通站治疗养伤。

　　当冉浩杰意外地拿到这封信时，已经是深秋。他看到信的末尾日期是7月20日，而今天已经10月23日，在路上三个月之久。送信人一瘸一拐地走来，抱歉地说道："对不起，时间长不说，你看这件背心，还弄脏了。"

"说什么呢，我是感激不尽，这是用鲜血和生命换来的。腿伤很严重吗？"冉浩杰很急切地想看看送信人的伤口，却被推开。送信人笑呵呵地回答："是皮肉伤，只是靠近膝盖，伤着一根筋，腿不好打弯，早已治疗，不碍事的，很快会好起来。"轻描淡写的话语之后，两双大手紧紧地握在一起。

冉浩杰回到自己的住处，打开信，激动得双手颤抖：

亲爱的浩杰，想着你很快会拿到信和背心，我很高兴。我的同事来一二〇师任职，就托他给你带上一件背心，那是一件羊羔毛背心，是我专门为护你受伤的肩胛骨做的，会给你带来温暖。

亲爱的，1939年7月20日是我最幸福的一天。这天，我收到了你的来信，同时拿到中国女子大学录取通知书。我很荣幸地参加了在延安杨家岭中央大礼堂举行的开学典礼。我作为一名普通班的学员坐在大礼堂前面，聆听毛泽东、周恩来在开学典礼上的讲话，感到多么幸福，多么自豪，多么扬眉吐气。

冉浩杰惊喜地对着信纸轻轻一吻，他为义安的幸运感到高兴。他继续读信：

我们基本上晴天在树林里上课，雨天则在窑洞上课。中国女子大学的生活尽管很艰苦，我却感到无比幸福。我每天情绪饱满，心情愉快……

冉浩杰看到周义安的成长，感觉周义安在部队快速进步。拿起那件轻柔的背心，他用手抚摸着，感受着周义安的温柔温暖，除了幸福就是感恩。知道这个世界上有一个人会像母亲那样牵挂他疼爱他，他的眼眶红了。

当大哥周义勤接到周义安的来信时，也是三个多月后。周义勤拿着周义安的来信，和以往一样去娘的屋子，一进屋却看见娘这里有客，是阿宽嫂。周义勤想退出，娘抬头看见问道："哦，义勤，有事吗？"周义勤抬起手中的信答道："娘，是义安的来信。"

"先生好！那我先走，回头再来聊。"阿宽嫂站立起来和周义勤打招呼。娘拉着阿宽嫂的衣角说道："义安的信，不妨的……"

娘还没有说完，周义勤就说："娘，现在义顺也不在，晚上再一起读信吧。你们聊，你们先聊吧。"说着他就退出屋子，随手把屋门轻轻拉上。

娘和阿宽嫂继续说起来，说起之前提到的那个姑娘，娘问道："那她们都有什么要求？"

"说起来彩礼是少不了的，一是我们老城厢的风俗，二是那姑娘可是人家的掌上明珠，三个男孩，最后才有了这么一个千金。老两口疼爱，就让这姑娘和哥哥们一起去读书，谁知道这姑娘从小不爱读书，经常从学堂偷偷跑回家，不到一学期就被学堂劝退回家，姜婶也就罢了，不再逼她上学。尽管不爱学习，但是人聪明勤快活泼，从小就帮着她父母打理那两个老虎灶。老虎灶就是卖热水的小店铺，在我们老城厢很早就有这个行当，方便省钱，很受老百姓欢迎。店里烧开水的大炉灶，靠外面埋口大铁锅，靠里面又埋两口小锅，人们从远处望去，两口小锅像一对虎视眈眈的大眼睛，大锅则像是老虎张开的大嘴巴，炉灶通向屋顶的高高烟囱，就好像是一条竖起来的老虎尾巴，我们老城厢人很早就称这种店为'老虎灶'。那姜婶把这两个老虎灶打理得很好，总是在炉灶旁边的一张小方桌上沏茶给来往的路人免费喝，邻里谁家遇事也是热心帮忙，生意越做越好，日子过得也越来越殷实，还置地盖房的，那当娘的自然是舍不得这么早嫁姑娘。要不是让那日本鬼子把一个好好的家炸没了，哪里肯把宝贝姑娘送去做二房？"那阿宽嫂说着就伤心得红了眼圈。

娘很诚恳地说道："好说好说，我这不是图有你这么个熟人，知根知底好放心嘛。你说吧，她们有什么规定和要求？""她们说彩礼要六十块大洋，唉，我好难为情说出来，是多了一些，可是毕竟她们现在遭难了，她娘要去盖房子，还要去给两个儿子讨媳妇，你说难不难？"阿宽嫂也不好意思起来。

"彩礼是多了些，加上婚房婚礼不得上百了？记得义勤娶弘雯时连彩礼、婚礼、收拾婚房等只花了四十来块大洋。尽管现在义勤生意恢复得不错，可是

第三十五章　不争气的命运 / 187

这么大数字有点困难。"娘为难起来，顿了顿又说道，"这样吧，这兵荒马乱的都难为，你回去和她们商量商量，看彩礼三十块大洋怎么样？这样我也好去筹措。"

娘说了这些，看看阿宽嫂有为难相，于是又补充说道："你告诉她们，姑娘到家里，我会当成亲生姑娘一样。我们是朴朴实实的人家，义勤不但有能力，也是个吃苦耐劳、有责任心的孩子，那姑娘过来绝对不会受罪。"

"这我相信，孩子过来是享福的，看你们家弘雯就知道你们的为人处世。也就是这一点，我才敢做这个红娘，不然我怎么去面对她们？这样吧，我回去跟她们讲讲，让她们考虑考虑。当然了，现在兵荒马乱的，像你们这样有相对稳定的事业根基、人守法又善良的也不多。"阿宽嫂又很诚恳地说道，"哪一个为娘的都是想让自己的女儿找一个靠谱的、有保障的归宿。"

娘说："阿宽嫂，那就难为你了，如果她们愿意，就约一个时间见见面。俗话说：谋事在人，成事在天嘛。还得看儿女们有没有这个缘分哪。"

"是的是的，是看缘分，看缘分的。我会尽快告知她们，有消息了就来回复您老人家。"阿宽嫂说着就站立起来。

娘去里屋拿了一块布料对阿宽嫂说："义勤前几天外出，路过大马路真丝铺给我扯了两块衣料，你来来回回诚心诚意地给我帮忙，不知道怎么感谢你。喏，这块料子你拿回去做件便衣穿穿。"

"不行不行，这是您老人家儿子的孝心，怎么好给我？"阿宽嫂双手推托着说道。"嗨，给我了，就是我的了，无妨的，你就拿着吧。"娘把布料用一张纸包裹好，执意塞在阿宽嫂怀里，推着她一边往门外走去一边说道，"我这就不留你吃饭啦。"

"不吃不吃，我家里还有事情。可是这衣料怎么好意思……那就谢谢啦。"阿宽嫂拗不过娘只好拿着，到了屋门口又说道，"老人家止步，不送了。放心好了，我回去就去和她们联系。"

这天晚上义顺回家后，大家一起在娘的屋子里吃晚饭，周义勤就把义安来信拿出来让义顺给大家念念。这好像是这个家的传统了，每逢有信来，大家就如过年过节似的兴奋。得知义安现在是中国女子大学的学生，高兴、骄傲、激

188 / 母亲河的浪花

动之情都流露在每一个人的脸上。

娘怀里抱着孙女坐在八仙桌前，得知女儿义安现在是大学生，笑得合不拢嘴，说道："那可是咱们周家第一个大学生，可是光宗耀祖啦。可怜义勤为了让弟妹们上学，牺牲了自己的读书机会，要不然这第一个大学生兴许是义勤呢。义顺，你可要好好学习啊，不要辜负了你大哥的付出。"娘说到这里，想起十三岁出门的大儿子曾经受到的委屈和困苦，流下了泪水。

"娘，不哭，今天是高兴的日子，再说了我现在不是挺好嘛，有娘在身旁帮助鼓励我，我已经是心满意足。"周义勤宽慰着娘。

晚饭吃好了，娘对大儿子说："义勤，把弘雯和睿睿送上去，你下来一趟，娘有事和你说。"周义勤从楼上下来，走进娘的卧室，小声问道："娘，这么晚了，还有什么事情吩咐儿子的？"

娘一把拉住儿子的一只手，在床沿上并排坐下后说道："儿子，娘考虑很久了，弘雯不能够生育，我支持她抱养一个孩儿，但终究不是咱们周家血脉。娘有你们三个儿子，没想到你二弟竟然年轻轻的被国民党打死。"

娘说到这里拿出手绢揩拭起眼泪。"娘，您不要伤心。我……我知道您想对我说什么，我是长子长孙，本应该我自己考虑这个事，可是娘知道我和弘雯感情真挚，再加上这几年她随我创业，为这个家付出很多，我实在不好意思开口。"周义勤说着也动情地红了眼圈。

"儿啊，娘明白，可是终归咱们要面对现实。你小弟还小，无法寄希望于他，况且你这一脉是绝对不能够断根的。自你和弘雯成婚，至今过去四年多，你想想，你现在已经二十七岁，转眼过年就要二十八岁，还能够再等待吗？再说了，能够遇个合适的也不容易。今天上午你也看见了，阿宽嫂说的是上海老城厢土生土长的一个女孩子，他们是一个传统的朴朴实实靠劳动建立的家庭。八一三大轰炸，闸北区她父母辛辛苦苦经营了几年的两个老虎灶和前两年刚刚盖起的三间土坯房全被炸没了。要不是遭了这灾祸，那当娘的还舍不得嫁这个宝贝女儿呢。"娘苦口婆心地说着。

义勤知道娘说的是事实，可是一想起徐弘雯，就像有一把带刺的刀子扎进心里，异常地疼痛。如何去面对这么一个贤惠有加的妻子？如何对她开这个口？

娘知道儿子为难，于是又说道："儿子，娘理解你的心情，只要你能够理解娘的这番良苦用心就好。现在不要说在这大上海，就是乡下普通老百姓家有妻妾的也很多，你不要把续妾看得那么严重。再说了，咱们不会亏待弘雯，我当她是亲生闺女一般，你不好说，娘去和她说。"

周义勤赶紧摇头说道："不行不行，还是我和她慢慢说吧。"

周义勤没精打采地回到楼上，一进屋就在洗脸架上洗起脸来。他把脸深深地埋进水里，感觉要窒息了一样。徐弘雯刚刚把女儿哄睡着，她低下头轻轻地亲吻了女儿的额头，就走出卧室，轻轻地关上卧室门。

徐弘雯看到正在洗脸的周义勤，就笑起来说道："义勤，你是想学游泳啦，这么个样子别憋坏啦。"说着就用一个搪瓷盆倒好洗脚水，对周义勤说："洗好脸，就泡泡脚吧。"

周义勤坐在凳子上一边脱鞋袜一边对徐弘雯说道："来，一起泡泡吧，想必你还没有泡脚吧。"

徐弘雯拿着周义勤的拖鞋放在洗脚盆旁边，乐呵呵地回答说："今天是怎么啦？刚刚在学憋气，现在又拉我一起下水，还是你洗好了我再洗吧。"

她突然看见抬起头的周义勤的脸，满是痛苦和歉疚，她一下子就不吱声了，去拿了一个凳子，坐在周义勤对面，把脚伸进盆里。当四只脚挤在一起时，周义勤的双手就开始去洗徐弘雯的双脚。他心里好痛好痛，他知道自己拗不过娘，因为自己已经习惯了当娘的好儿子。可是眼前人，他实在无法坦然面对，他只能够温柔地去洗那一双细嫩的脚，好像是在赎罪。

洗完脚，当他们并排躺在床上，徐弘雯的头枕在周义勤的胳膊上，后来又轻轻地移在周义勤的胸前，小声问道："阿勤，怎么啦，娘说什么了？让你这么伤感？"周义勤听见那温柔的称呼，用自己有力的双手紧紧地搂住徐弘雯的身体，他闭上眼睛，一滴泪珠从眼角滚落下来。阿勤、阿雯，这是他们俩私密的称呼。徐弘雯知道了问题的严重性，她其实已经猜到娘说了什么，也许她早就知道会有这一天。她伤心，但是她又感到很无辜，她清瘦的身体紧紧地贴近周义勤的身体。

她心里很难受却反过来宽慰周义勤，说道："阿勤，我知道娘说什么，也知道娘早晚会提出这件事情。我感谢娘，这四年多，娘从来没有为此指责过我，就是后来去医院检查，得知我不能生育还安慰我，甚至后来同意并且鼓励我抱养一个女儿，面对抱养的女儿她老人家视为亲孙女一般疼爱，我感激都来不及。我更加理解娘，理解娘是为了周家的香火。可是真的说起来，我怎么心里酸酸的，无法想象你我之间还会有另外一个人的存在。"

周义勤听见徐弘雯的话语，感觉她的身体轻微地颤抖了一下。他睁开眼睛，一只手抚摸着徐弘雯的头发，随后慢慢说道："阿雯，我恨我自己，我不听娘的，娘今后会含恨而死；我听了娘的，娘是高兴了，可是我的心却被割裂，我怎么忍心让你受委屈？"周义勤哽咽起来。

"阿勤，有你这句话，我死也值了。我知道你现在面对我和娘是两难，我不愿意看到你为难，为了娘，你就再娶一个吧，只要你心中有我。"徐弘雯说完却缩在周义勤的怀里抽泣起来。她内心无法接受本该属于自己一个人的最宝贵的东西，现在却要分给另外一个陌生女人。然而她内心明白这是一定会发生的，是命运。是呀，自己的姐姐连年生育，怎么到了自己这里，肚子就这么不争气？

周义勤听见徐弘雯的一席话，感动她的深明大义，内心也更加疼惜起来。他对徐弘雯耳语道："阿雯，谢谢你，谢谢你的理解，可是这又哪是谢谢的事情？你知道我疼惜你，将心比心，你此时的痛苦也是我的痛苦。只是娘逼着非要我再娶小。你放心，就是娶小了我也会教育她，让她好好地服侍你，让她尊敬你，你的日子会和现在一样。娘刚刚还说，她视你为亲闺女。"

徐弘雯使劲点头，泪水却更加猛烈地止不住地流淌，嘴里说着："命啊，命啊，都是命啊！"

第三十六章　请媒提亲

转眼到了1939年11月，娘又见到了阿宽嫂。阿宽嫂对娘说："老城厢的姜家同意您老人家的提议，只是说彩礼是否可以三十五块大洋？而且那姜家大婶说，她想先和您老人家见面谈谈。"

娘听说高兴地回答说："可以的，为了吉利，彩礼就三十六块大洋，讨一个顺顺利利的说法吧。这兵荒马乱的，她们又无自己的住处，就麻烦你带她来我这里见面谈谈。"

"择日不如撞日，明天可以吗？明天我带姜婶过来。下午两点，可行？"阿宽嫂问道。娘爽快地一口答应道："行，就按你说的，明天下午两点我在这里等你们。"

第二天下午，阿宽嫂带着姜婶准时来到娘的屋子。只见那姜婶一脸笑容，眉眼间能够看出来年轻时的美貌。尽管现在身体微胖，但还是很健壮、很灵便的样子，一看就是那种能干、能吃苦的。她身穿一件蓝底小白花的夹袄，一条藏蓝色的裤子，显得特别清爽干练。

娘急忙迎进门，让客人坐在八仙桌前，八仙桌上摆放有沏好的一壶茶，还有新鲜上市的一盘蜜橘和一串葡萄。三人就座，娘先开口对姜婶说道："看起来我是比你岁数大一些，我就称呼你为阿妹。辛苦阿妹这么大老远的过来，来来，先喝口热茶，再说孩子们的事。"说着就给阿宽嫂和姜婶各倒了一杯茶水递过去。

"谢谢谢谢，客气客气。今天来主要是想说，小女现在实足年龄是十五周岁，过了今年，明年才满十六周岁。按我们老城厢的规矩，女子不满十六不得成亲。不知道阿姐有何想法？"姜婶直白地说出主题，那爽朗的性格让娘非常欣赏。

"也就再过一个月便是明年了。"阿宽嫂马上接口说道。

"就如阿宽嫂说的，也就一个月便是明年，倒是不耽误什么的。我的儿子周义勤是春月出生，现在是二十七周岁，开年便是二十八周岁。姑娘明年满十六，相差一轮，一个属相，这么巧。很好的，很好的。"娘一边掐着手指算着一边说道。

"十二生肖第一位，一对子鼠，这可是难得的一对。"阿宽嫂欢喜地说着。

姜婶说道："小女农历三月二十八出生，公历刚好是五月一日，婚礼……"

不等姜婶说完，阿宽嫂就又抢着说道："三月出生的？那可谓是洪福齐天、富贵有余、衣食丰足、福寿绵长，是有福之人。姑娘不但聪明活泼，思路开阔，而且在财运上能心想事成，是帮夫之命呢。"

这一席话说得娘满心欢喜，就对姜婶说道："阿妹，既然这样，你我合计一下。我们出门人虽然不会像古人那样按婚嫁六礼去办理，但也是经过今天的请媒提亲。过几天我们会上门'订盟'，送去聘礼，等吃了订婚宴，你家姑娘就算是名正言顺地许配给我家儿子。过了新年，我们再上门过大礼，同时选择黄道吉日确定结婚日期。这些必要的礼节还是要有的，也不至于委屈咱们姑娘。阿妹意下如何？有什么想法说出来好一起商量商量。"

"这和婚嫁六礼有什么区别？婚嫁六礼也无非是一纳采、二问名、三纳吉、四纳征、五请期、六亲迎的。"阿宽嫂快人快语。

这边姜婶看到娘这么直率，事情也安排得头头是道，女儿嫁过去虽说是二房，将来生个一儿半女的，和原配又有什么不同？有这么通情达理的婆婆，将来女儿一定不会受什么委屈。再说了，现在是灾难之年，比不得和平之时可以去多挑剔多选择，于是就心平气和地述说起家世："我们姜家祖祖辈辈居住在老城厢，祖上几辈也曾经是衙门里的人，虽然不是大富大贵，也算是殷实之家。"

说到此处,姜婶眼圈一红,用手帕擦了擦鼻涕,嘴里仍然说着:"到了上一辈已经再无祖产家业之说了。我老头子是个老实巴交的人,才在老城厢留下那一间老屋子。我跟着他靠自己的双手前后开了二爿老虎灶,上两年在闸北还购置了一块便宜的宅基地,盖起三间土屋,屋前空闲之地种豆栽菜,日子慢慢好起来,谁料想被小鬼子炸毁,什么都没了……"这时,姜婶用手帕捂着嘴巴呜呜地哭将起来。娘慌忙递过毛巾,又递上一杯热茶,好言相劝,才平息了姜婶的伤感。

"唉,可怜平日都无处去诉说,说说就畅快了。"阿宽嫂含泪安慰道。

"今天像是遇见了亲人一般,让我忍不住说得多了,呔台呔台。"姜婶擦干泪水后说道。

娘听了姜婶的故事,也红了眼睛,自然又想起自己家的苦难,于是用夹生的吴语安慰姜婶道:"勿要讲呔台勿呔台的,这个动荡不安的年代,家家都有一本难念的经,咱们老姊妹见面,相互讲讲心里话嘛,不丢人的。"

"按说,今天不该说这些,让你们见笑了。可是遇上这么善解人意的亲家阿姐,让我一吐为快。亲家阿姐不嫌弃我们落难,不但没有为难我们,反而把面子给足,让我像见到娘家人一般。缘分,真的是缘分哪,一切就按您老人家的安排行事吧。"姜婶握住娘的手感激涕零地说道。

"这才好,这才好,我为你们祝福,祝福哇。"阿宽嫂也被感动,高兴地说着祝福的话语。

娘这时候又是续茶又是给客人分着蜜橘和葡萄,三个女人和和气气地家长里短地聊起来,气氛一下子又活跃起来。

这天晚上,娘又把周义勤叫下来,详细述说了和姜婶见面的来龙去脉。周义勤本来就很勉强娶小之事,现在听说这礼节比娶徐弘雯那会儿还细致,就不高兴地对娘说道:"娘,这是娶二房,怎么比娶弘雯那阵子还要隆重?"

"傻儿子,虽说是二房,人家也是正经人家的闺女。再说了,这上海本地的老城厢风俗是比一般的要计较些,咱们入乡随俗嘛。"

母子两个约定好下周二去老城厢给姜家送聘礼,于是娘第二天就让阿宽嫂通知姜家。娘给姜家女儿准备了一串珍珠项链、一对珍珠耳环、两块彩绸衣料、两盒松糕礼饼、一副喜字香烛，还有两瓶白酒。另外特意给亲家一人一块衣料，临去时还给姜家女儿准备了一个作为见面礼的小红包。是喜事嘛，娘当然也少不了买了两斤什锦水果糖。

1939年11月21日是个吉祥的日子，这天一大早，周义勤叫了一辆出租车。尽管因为战争出租车越来越少，娘为了体面，还是让儿子想办法叫了一辆出租车。母子俩坐上车就去了老城厢姜家。

记得刚刚到上海，夏辉带着周义勤考察时，曾经从法租界主干道天主堂街的尽头出来，看到老城厢进进出出很繁华的新北门。现在周义勤乘坐出租车从法租界出来也是从这个新北门进入老城厢，耳畔响起夏辉当年娓娓道来的解说："义勤，能够想象你脚下原来是一条河渠吗？这有着太多历史的老城厢，是眼前国际大都市上海城的起源地。那时候老城厢东面靠近黄浦江，经常有倭寇从水路打进来抢盗杀烧。听说明嘉靖年间，为了防御倭寇侵袭，在这里建起城墙，共开有十座城门：小东门、大东门、小南门、大南门、小西门、老西门、小北门、老北门、新北门、新东门。民国初期老城厢外围租界的经济发展迅猛，租界越来越繁华，使这小小的与世隔绝的老城厢越来越没落。1914年，城墙被拆除，老城厢终于在日趋现代化的上海消失了。"

当时周义勤听得迷迷糊糊，夏辉说了那么多还是感觉意犹未尽，继续说道："城墙拆除后，填没了老城厢护城河及城内一些河道，修了中华路和法华民国路。老城厢在元、明、清期间，一直是上海的政治、经济、文化中心，也是上海人口最稠密、最繁华的地方。那时能够住在老城厢，是一件无比荣耀的事情。"

周义勤当时问夏辉："为什么叫法华民国路？好别扭的街名。"

夏辉回答说："哈哈，你也感觉到别扭？说来话长，1913年6月，老城厢城墙北段拆除并填没护城河后随即修筑一条宽十三米、由碎石铺设而成的路。由于之前法租界与华人居住的老城厢是以城墙和护城河为界，为避免产生该路权和警权归属的纠纷，经协商以该路为地界，路北归属法租界，而路南则归属华界，再考虑该路建于民国，因此就称之为'法华民国路'。"

一进入老城厢，周义勤的眼睛就不够用了。和沿黄浦江建起的万国群楼的新景象相比，老城厢显得陈旧凌乱。可是顺着石板路或石头铺设的小路前行，可以看见路两边建筑上都是飞檐翘角的屋顶、五山屏风墙、花边滴水瓦、彩绘木匾、雕花栏杆等，让人感到亲切、舒心，那古风韵味更胜过黄浦江边生硬的高楼大厦。

出租车沿着法华民国路从新北门进入老城厢，顺着障川路，穿越庙前街，终于在三牌楼路一座两层楼房前停下来。

第三十七章　老城厢的见识

姜家就在这里居住。狭窄的街面,似乎只能够一辆车单向通过。

周义勤下车,抬头看到几栋危旧的两层楼房紧紧挨着,墙面灰蒙蒙,剥蚀得已经看不到原来的色彩。二楼上每个窗户都伸出二三根竹竿,挂满了各色衣裤,一看就是人口密集的地方。

阿宽嫂早已在楼口等着,看到娘和周义勤下车就赶忙过来拉着娘的一只手说道:"辛苦大娘啦。"那姜婶不知道什么时候也在车旁出现,大声对娘说道:"失迎失迎,阿姐一路上辛苦啦。"随着姜婶的声音,楼上楼下好几个窗户探出许多头来窃窃私语,有的和姜婶打招呼:

"姜婶,来客人啦?"

"曜,好气派,乘坐出租车来的呀。"

"客人穿得好齐整。"

"后生好气度、俊朗。"

"姜婶,需要帮忙讲一声啊。"

"啧啧啧……"

各色话语、腔大腔小的都有,姜婶伸出双手对身后楼上邻居们挥一挥,满面喜色地回答:"谢谢,谢谢……"

姜婶和阿宽嫂接过娘和周义勤手上的礼品,随后领着母子俩进楼。刚刚进入过道,就听见右手边一间屋子的门嘎吱嘎吱地打开,姜婶拉着娘的一只手一起进屋。

屋子不大，满满当当，但是还算亮堂，因为迎面就是一扇落地窗。落地窗前有一张四周雕花的方桌，很陈旧，但做工和木料一看就是有年头了。桌子旁边坐着一位五十开外的男子，身着一件对襟盘扣的灰蓝色薄棉袄，一副忠厚老实相貌，想必是这一家之主姜老爷子，他见周义勤母子俩进来就起身打招呼。

紧挨着雕花方桌的右边被一块补丁挂帘遮挡，屋角没有遮严，露出一半油漆已经脱落的马桶，那里可能就是姜婶大儿子夫妇的"卧室"。方桌的左边紧挨着一张用两个条凳支起来的木板床，床头空当塞着一个简易折叠床，想必这就是小女儿晚上的临时睡床。

"见笑了，这是祖宗留下来唯一一间老屋子，给大儿子成家居住。唉，现在落难，我们就又挤了过来。"姜婶一边倒茶一边难为情地说道。

"阿妹客气了，谁家没有个一灾二难的？更何况现在是兵荒马乱、天灾人祸的时期，相互理解帮衬，这才好。"娘很谦和地回答道。

说话间，姜婶把刚刚开门后就一直躲在父亲背后的女儿拉过来，推到娘跟前说道："这是小女，马上就十六了，可还是像个孩子一般，长不大似的。"

这小女子站立在那里，像一朵含苞待放的出水芙蓉，面貌清新自然，落落大方，身材挺拔、纤细而娇美。娘上下打量一番，以赞许的目光看着她，拉住她的一只手，心里寻思着：人常说"马看四蹄，人看四相"。"四相"指的是一个人的面相、肉相、骨相、气相。看来这小女子家现在虽是没落了，可还留有祖宗遗传的气度和个性——四相不俗啊。

"别看她面嫩，但性格泼辣、聪明伶俐，很小就外出帮工，人见人爱。"姜老爷子满眼慈爱地看着女儿说道。

"是的是的，小女十二岁那年有朋友推荐去闸北区山西北路海宁路口姓杭的稺英画室，一开始是作为帮厨去的，没有三个月就被杭夫人看中，安排在画室里打扫清理。那画室，平日可是一般人都进不去的。"

姜婶自豪地抚摸着女儿的头发，又继续说道："1937年淞沪会战前，正是稺英画室的鼎盛时期，占了上海月份牌创作的半壁江山。之后日本人占领我们上海，业务量的减少使杭家四十来口人吃饭都成问题。小女有一天回来说，她亲眼看到有日本军官去稺英画室，拿了二十根货真价实的黄澄澄的'大黄鱼',想请杭穉英大师绘制什么'大东亚'什么'荣圈'的宣传画,气得杭穉英当场咳嗽吐血,义正词严地说道:'我有病,手发抖,画不了。'就这样,他坚决拒绝了日本人的要求,唉,可怜堂堂穉英画室,自此不再营业,小女也就丢了那好工作。"

姜婶喝一口茶水继续说道:"小女回家也闲不住,去年别人介绍去了公济医院当护工,那里现在变成'病囚医院'了,小女说医院来了许多患病的英美侨民,天天忙得不可开交。""公济医院?我那小孙女就是在公济医院接生的。"娘一听公济医院就蛮有感情地说道。

这边周义勤坐在方桌旁边的床沿上,看到屋里最显眼的就是几张左下角签着"穉英"的精美月份牌,落地窗两旁、靠床的墙面,甚至右边那个破旧的挂帘上都贴了两张,和那年徐弘雯在家里贴的画面差不多,只不过眼前的更加精细,于是挪步近前看个仔细。

姜秀梅看到周义勤专注的样子,就走过来站立在周义勤旁边,像解说员一般骄傲地对周义勤小声说道:"喏,这个月份牌上穿旗袍的美少女手扶摩托车车把,那背景是咱们苏州河边上新盖的河滨大楼。还有这个月份牌,名称叫作'裕兴衣庄',你看那几个美女,穿着不同的款式和不同花色的旗袍。那些旗袍开衩的高低,领口的宽窄,甚至胳膊露出多少都是那么合情合理,远看那些服装新颖又时髦,近看又感觉很舒适温馨。这些是上海年轻人服装时尚的流行榜,就连在外乡的小姑娘们也学着月份牌上美女旗袍的款式裁剪衣服,把自己打扮得也像明星一般。"

周义勤侧头看一眼她,心想:老城厢女子的见识就是不一般,还有一些美学欣赏的细胞。再看看她身上穿的旗袍也和那上面一样时尚,尽管是普通藕荷色碎花衣料制作的衬绒夹袄旗袍,可是裁剪很新颖时髦,活脱脱衬托出一个窈窕淑女的美。心想,这小人儿的气质,可是徐弘雯从来没有过的。这一眼看得姜秀梅羞涩起来,忙退后一小步,对着周义勤腼腆地微笑了一下。

"上海老城厢是上海历史的发祥地。这里的龙门、蕊珠、敬业、梅溪四大书院是明清时期创办,在中国也是最负盛名的。那豫园、露香园、也是园、日涉园等私家园林都是老城厢的名胜古迹。还有什么商船会馆、潮惠会馆、三山会馆、四明公所等"以敦乡谊，以辑同帮"为原则的会馆公所。这里老城厢是真正'上海的根'哪。小妹，你带他出去就近走走，感受一下咱们老城厢的风土人情。"不知道什么时间姜老爷子走到这一对年轻人后面，像一位老学究一样说道。周义勤带有敬意地对他微微一笑，心里想着：看似老实巴交的一位老人，话语不多，但是每次出口却总是落地有声，到底是老城厢出生的，有一些文化底蕴和气度。

姜婶听到接口说道："对了，说了这么多，还没有说小妹的名字。那年生她时桃花正茂，一朵朵粉色桃花比梅花更加清香娇艳，于是就取名为姜羞梅。后来叫着叫着，羞字就被叫作秀了，于是现在大名就叫姜秀梅。因为前面是三个阿哥，她是最小的妹妹，所以在家里都小妹小妹地叫起来。"

姜婶说完就对着小女儿说道："小妹，去吧，你们一起出去走走。"

这边娘就交代："义勤，去吧，不要走远，照顾好小妹。"

两个年轻人一前一后地走出门去了。在石子铺成的窄窄路面上，没走几步，姜秀梅就带着他拐到另外一个弄堂，左一转右一拐的，眼看着好像走到尽头没路了，却在不远处看见一条宽阔一些的大路。姜秀梅看见周义勤疑问的神色就笑着说："阿拉老城厢里每一个居住地都会有好几条弄堂出入，可以说是街上有坊，坊中有弄，弄中有里，里通街，街穿路，弯弯曲曲，四通八达。晓得哦，这是因为你脚下的这些小巷子之前都是水渠水道，水弯到哪里，路就弯到哪里。"由于一口气说得太多，姜秀梅感觉不好意思起来，她又退后半步，羞涩地跟随在周义勤身后。

周义勤尽管点头，却已被她的里里弄弄搞得晕晕乎乎，不过内心还是好奇着这迷宫似的曲径通幽。他左右忙着看路两旁拥挤着的楼房或者平房，有些平房屋顶时不时地冒出几个老虎窗，好像在窥视行人。沿街看到的门和窗框尽管都很陈旧，但是雕梁画栋却仍然透着古色古香的韵味。宽窄不一的路面有石板铺就的，也有各种石头铺设的，走在上面，很有一种艺术探究的文化感觉。

弄堂里不断有挑担的穿街而过，一边敲打竹筒"笃笃笃"地响，一边叫卖着，有馄饨、豆腐花、汤团、桂花赤豆汤等等。特别有意思的是有一个卖糖粥的，笃笃笃地敲打着竹筒，嘴里不紧不慢地用柔软的苏州话语叫卖着："笃笃笃，卖糖粥，三斤核桃四斤壳，吃你的肉，还你的壳，糖粥好吃糯又甜……"

周义勤站立在那里，被老城厢这独特的叫卖声迷住了，简直不愿意离开。

"要吗？给你来一碗？"耳边传来姜秀梅嗲声嗲气的问话。周义勤一愣，一时间还没有反应过来。很快，他不好意思地小声回答说道："好呀，尝尝。"姜秀梅就对挑担的说来一碗。周义勤想着不能够自己一人吃呀，赶紧对挑担的说道："要两碗。"说着便主动支付了两碗粥钱。

粥碗很小很精致，周义勤慢条斯理吃得津津有味，好像品味着自己的童年，吃完了自言自语："一样的名称，味道却和在其他地方吃的不一样。"也不知道是这个糖粥真的好吃，还是因为那儿歌似的叫卖声，使得周义勤感觉这糖粥很特殊。姜秀梅细声细气地说："这个卖糖粥的是苏州人，口味做得有特色，小朋友们更喜欢跟着听他唱儿歌。"

他们继续在弄堂里穿行，每个弄堂口的烟纸店，都摆放着很吸引人的梨膏糖和五香豆。周义勤对姜秀梅问道："听说这里的梨膏糖和五香豆比其他地方的好吃？"姜秀梅骄傲地回答："是的，因为这里都是祖传下来的配方，保留了古方的特色。"周义勤听了，就去一家店铺各买了一斤，那牛皮纸袋子的图案也是古色古香。他和姜秀梅一边吃一边说话，好像因为这五香豆，也许是因为刚刚吃的糖粥，两个人感觉熟络起来，说话也放松自然起来，特别是姜秀梅感觉不那么拘谨了。

他们走在一条小石头铺就的小路上，姜秀梅往嘴里放了两颗五香豆小声地说道："晓得哦，我们把这种路叫'弹格子路'，侬看，这一块块光滑的鹅卵石头很像古代火炮的铁弹，所以人们又把这种路叫'弹街路'，还有一种'毛片路'是用不规则的碎石头铺成的。这样的路落雨天不积水，再大的雨下起来，雨水顺着石子缝隙就流走了。但也有缺点，无论什么车在路上走都会有很强烈的震动。特别是乘坐黄包车，跑起来把屁股弹得一上一下，整个身子都在抖动，让人哭笑不得，那尴尬受罪模样，老百姓都叫作'吃弹簧屁股'，哈哈……"姜秀梅说得高兴，竟然爽朗地大笑起来，突然抬头看见周义勤一丝隐隐的笑容，就吐了吐舌头，随后马上用手捂住自己的嘴巴，不由自主地又退后半步，怯怯地跟随在周义勤的后面往前走去。

不一会儿，两个人一前一后来到庙前街。姜秀梅上前一步小声提议道："到了庙前街，就是到了邑庙。小时候一有空就经常和玩伴来这里，现在长大了反而来得很少。今天既然已经到门口了，我们进去转转，可好？"

"邑庙？"周义勤不解地问道。

"就是这个老城隍庙，老上海人都是这么称呼的。"姜秀梅回答。

周义勤来上海几年，确实没有时间到这个城隍庙来过，就是老城厢也是今天第一次进来，于是兴致勃勃地回答说："好的，一定要进去看看。"

城隍庙的庙门朝南，正门就在这庙前街。记得夏辉曾经说过，这个城隍庙建于明朝，几百年前的建筑，现在看到仍然庄严辉煌。

周义勤之前看到过一篇专门介绍城隍庙的文章，知道城隍庙是用来祭祀城隍爷的庙宇，城隍爷是有功于地方民众的名臣英雄，是护城佑民之神。眼前的城隍庙内供奉的三位城隍爷，自然是被老百姓崇敬的有威望和有功绩的人：霍光、秦裕伯和陈化成。

迎面看到的城隍庙殿堂，具有江南建筑风格，却有着北方三进院住宅的格局。四柱三门的飞檐牌楼是正门，仰头可见正门上四个金碧辉煌的大字"保障海隅"，那飞檐上雕刻着活灵活现的八仙，正门两旁是一对雄伟的石狮。

周义勤心里寻思，建这庙宇的初衷，原来是为了保护大海和大海边的上海老城厢，供奉的三位城隍爷神，却是活生生的民间英雄，不由得肃然起敬。

进入城隍庙的第二道门，庭院开阔，是一座明代风格的三跨大戏台，那戏台上的飞檐翘角很是富丽堂皇。两边是厢房一样的二层楼房，那就是看戏的看台，想必坐在那里的都是有权有势的人吧。

第三道门是仪门，门的上方高挂着一个大算盘，算盘下方刻有八个大字"人有千算，天只一算"。周义勤不由得想起自己这些年的遭遇，还有自己事业上的努力，再怎么盘算，算来算去都算不过老天的安排。

他痴痴地立在那里，被姜秀梅在他衣服下摆轻轻一拉才回过神，于是抱歉地对姜秀梅说道："对不起，对不起，看见这几个字走神了。"

两个人并排进入仪门，迎面看见屋顶上神态逼真、栩栩如生的福禄寿三位神仙的塑像，华丽富态、和颜悦色。周义勤的心一下子豁然起来。

无论是四柱三门的正门、明代风格大戏台的二道门、还是这第三道的仪门，周义勤都被那格调不同的雕梁画栋、雍容华贵、美轮美奂的外观而震撼。他不觉感叹道："这真正是'千两银子七百门'啊。"

姜秀梅不解地小声问道："什么千两七百的？"

周义勤回答道："就是形容用一千两银子盖房，有七百两花在屋门的修建雕饰上。中国人对门面的重视程度今天在此一观啊。"

庙里香火很旺盛，空气中弥漫着浓郁的香烛味，周义勤和姜秀梅也在大香炉前焚香祷告，两个人双手合十默默祈祷着。然后又随人流在庙内的霍光殿、城隍殿、文昌殿、娘娘殿、父母殿等进进出出地敬拜一阵。

"听讲过'三巡会'吗？每年清明、中元和十月初一，是城隍爷出巡的日子。"两个人离开城隍庙往别处走时姜秀梅说道。"噢？怎么说呢？"周义勤好奇地问道。

"就是抬着城隍爷出巡。我在前年清明节和阿爸到这里看会，闹猛得不得了。庙内香火高照，周边商家也都张灯结彩，正午时分出巡仪仗从城隍庙出发，然后在老城厢绕来绕去，回到庙中怕是深夜了。那次我亲眼看到被高高抬着的'霍光爷'，好威风。当时有好多人前来观看，就好像在过节日一般，《申报》还报道了当时的详细过程。"

周义勤听得咋舌，他想象着当年城隍爷出巡的盛况，感受着老城厢的人文风情。不觉来到城隍庙最热闹的商业区，钱庄、金店、银楼、茶馆、戏楼、小吃摊百货商铺，一个挨一个，叫卖声此起彼伏，让周义勤感觉到如同身处《清明上河图》中一般。他们随人流前行，一路品尝了几样小吃，尽兴而归。

走出城隍庙，进入回姜秀梅家的老城厢小巷里，突然从远处传来音乐一般有节奏的叫卖声，让周义勤听了心都柔软起来："淡香橄榄，卖橄榄。"

那轻巧的长长的"卖"字后面，紧跟着快节奏的"橄榄"二字，像是老城厢的音乐旋律，缭绕在深巷上空。

第三十八章　再次婚娶

自从1939年11月21日周义勤随母亲去姜家送"定聘"之后，一转眼就进入腊月，新年就在眼前。

娘对义勤说："义勤，新房布置的事情你要抓紧，很快就进入新年，不能够再拖了。"

"娘，知道了，我会安排的。"周义勤回答得痛快，心里却七上八下的，左思右想着怎么让徐弘雯少受点委屈。也是巧合，刚刚进入腊月，前面二号楼有一家人搬到新买的别墅去了，便把那二层楼的房子租给周义勤。

新房就这样确定下来，二房人不在同一个楼上，就可以少一些碰面的尴尬。他按照自己住的三号楼的模式把新房屋子重新装饰布局，娘很满意。

腊月底，娘已经在备大礼，想着新年到姜家商议结婚日期及确定结婚仪式等。1940年2月8日是正月初一，由于初二周义勤要随徐弘雯回娘家，娘和周义勤商量了正月初三就去姜家。

"娘，礼品从简，不要太破费奢侈，咱们也是普通老百姓嘛。"周义勤看见娘大动干戈在准备礼品，想起当初娶徐弘雯时的简朴，于是就对娘说道。娘答道："我知道，可是人家是黄花闺女，要尊重这里的风俗规矩。"

正月初三这天上午，周义勤依着娘的意思仍然叫了一辆出租车。娘细心准备的各色聘礼让姜家人感觉很是风光。当娘把用红色烫金纸包裹的二十个银圆和两枚金戒指交到亲家母手中，姜婶知道这是亲家为了给自己救急，这份真诚和善良让她流下了眼泪。

那天，欢天喜地的场面自不用多说。姜婶一定要留娘吃饭，说道："阿姐不必客气，这大过年的哪有空着肚子走的？"一大桌老城厢风味的菜肴，让相互间语言更加亲切，话题自然转入今天的主题——婚期、礼仪。

"我们在外之人，就没有什么风俗习惯，入乡随俗嘛。过年就算长一岁，时间你们确定，你们说了算，"娘谦和地说道。

"是，过年就算长一岁。今年是庚辰年，择日不如撞日，二月二龙抬头是很吉祥的日子，你们看可好？"姜老爷子声音不高，却总是在最关键的时候徐徐道来。

"噢，二月二，正是公历3月10日，都是双日，好日子。"娘接口说道。周义勤还在想娘今天怎么反应这么快，他哪里知道娘在家里早就拿着皇历对吉日有过研究。

"好，婚期就这么确定了，至于礼仪，阿姐你们确定就好，只是不要再多破费，战争时期，日子都不容易。"姜婶体贴入微地说道。

吃好饭，又围坐着喝了茶，娘就和周义勤离开姜家。老城厢的人是很顾面子的，他们也大包小包地准备好回礼，包括送给娘的一块绸缎衣料和给周义勤的一身礼服。

1940年3月10日，周义勤第二次举办婚礼。

婚礼的前一天晚上，周义勤拥着徐弘雯，两个人都不说话，只是如漆似胶地纠缠在一起，那深切的恩爱引得周义勤恨不得一口吞了徐弘雯。他热烈地爱抚着她，随后把她揽入自己的臂弯，把她前额凌乱的带有微汗的头发捋向两鬓，温存地亲吻了她的额头——两个人都明白，此时无声胜有声。

床头柜上亮着一盏小灯，灯光柔和，屋子很温馨。徐弘雯双眼望着灯出神，在周义勤亲吻她的额头时，她就慢慢闭上了那双善解人意的眼睛。

周义勤知道她此时复杂的内心，知道她再委屈也永远不会难为他。她的懂事，令他更加怜惜和疼爱。他叹了一口气，又亲吻了她一下，耳语道："阿雯，放心好了，我会永远一如既往，我……"周义勤的话语，让徐弘雯轻微地抖动了一下，她抽出一只手捂住了周义勤的嘴，身子更加紧紧贴在周义勤怀里。很久很久，徐弘雯像是梦呓般地说："明天我去看看姐姐，在她那里住两日。"

结婚喜宴在老城厢大富贵酒楼举办,而且是西式婚礼,这对于一般老百姓来说,是隆重了一些,破费了一些。

但是娘坚持。娘体谅那个因为战争落难的家庭,更加体谅那个单纯的十六岁姑娘,不想让那个姑娘感觉受了委屈。

这天下午,在迎亲的路上,周义勤严肃的脸扭向车窗外,看到三月的太阳已经使大地温暖起来。沿路梧桐树已经有嫩枝发芽,黄褐色嫩枝上的绒毛使整个树冠朦朦胧胧;偶然看见几片边缘不规则的新叶,犹如心脏形状。

又不经意地看到从院落或者阳台上伸展出来的,那端庄秀丽、气质非凡、的迎春花枝条,在这寒气还没有完全消退的初春,很耀眼,让人感受到春天的温馨,周义勤的心情也随之平静下来。

婚礼按照老城厢的风俗在晚上开始。夜幕降临,酒楼宴会大厅里灯火辉煌。当身穿白色婚纱的新娘挽着姜老爷子的胳膊走向周义勤时,周义勤想到第一次在市政府举办的婚礼,那是庄严庄重的婚礼,是神圣的。眼前的一切花花绿绿,让人感觉好像是身处剧场。

周义勤从姜老爷子手中接过新娘,婚纱中的她,美丽、年轻,却很苍白。那双眼睛装满了新奇、激动,还有一丝疑问,好像在探索未知和未来。她的手是冰冷的。

主持人拿出结婚证书念起来,念完就把结婚证书交给了两个新人。周义勤尽管是和姜秀梅一起去民政厅领取的结婚证书,可那时候好像是完成任务似的,根本就没仔细看,现在手里拿着结婚证书才很认真地看起来。

结婚证书有精美的图案和花边,颜色艳丽喜庆。中间是几句很吉祥的祝福,像是一首唯美的朗朗上口的韵律诗词:

两姓联姻,一堂缔约,良缘永结,匹配同称。
看此日桃花灼灼,宜室宜家;卜他年瓜瓞绵绵,尔昌尔炽。
谨以白头之约,书向鸿笺,好将红叶之盟,载明鸳谱。此证。

周义勤的眼前又出现了与徐弘雯的结婚证书,有着市长作为证婚人亲自签名的结婚证书,那是独一无二的。

婚礼很热闹,婚宴更是丰盛。几天前还收到妹妹两口子的贺信及礼品。他们因为战事,不能够回来参加婚礼。

周义勤带着姜秀梅一桌一桌地敬酒,他眼前总是浮现出徐弘雯流泪的脸,他的酒就喝得更加多。等待婚宴结束,已经是醉醺醺的,在新娘的搀扶下回到家,夜已深。

姜秀梅已经在敬酒时换了衣服,一袭中式旗袍更加显示出窈窕淑女的秀美。现在回到新屋,看着醉醺醺的新郎,心里有说不出的滋味。婚礼前的认真准备和今天隆重的婚礼,都深深地刻在她心里。

可是眼前,她站立在床边不知所措,好像是局外人,感觉这里不是她的家。那陌生、无助的眼神,让刚刚清醒过来的周义勤也有了怜悯之心。

"那洗脸盆旁边有一壶热水,去洗洗吧,换上睡衣。"周义勤昏头昏脑地对她说道。

"嗯……"姜秀梅小声回答,就往门口的洗脸盆走去。

"你……你先洗洗吧。"姜秀梅往脸盆倒好水,就对周义勤说道。

"你……好吧。"周义勤本来想说"你先洗吧",看到姜秀梅一脸的诚恳,像是一个无辜的小孩子,就走过来拉住姜秀梅的一只手一起放入盆里。那纤细的、像葱白一样水嫩的手,让周义勤更加怜惜,他小心地替她搓洗起来。

周义勤给她洗好了手脸,就把水倒入洗脚盆,姜秀梅无论如何不让周义勤替她洗脚。她洗好脚,周义勤就说道:"累了吧,去换上睡衣上床吧。"

等待周义勤自己洗好来到床前,看见姜秀梅已经换好睡衣。那是她母亲专门为结婚给她买的真丝睡衣,也许是她人生第一次穿这么精细的带有刺绣的睡衣。她双手抱胸缩在床的一角,眼睛睁得大大地看着周义勤,好像瓷娃娃一般,靓丽清纯,而又不知所措。

"别怕,你母亲没有给你讲过结婚的事情吗?"周义勤握住她的一只手问道。她只是羞涩地点点头作为回答。

"都是这样的,你现在是大人了。"周义勤坐在床边,一边说着,一边把她的头拢在自己宽阔的胸前,她好像平静了一些。

周义勤想起他和徐弘雯一见面就好像很熟悉,两个人的思想、感情都不言而喻地融会在一起,那是精神上的愉悦幸福感。可是眼前这个,像是孩子,根本没有精神或者情感上的共鸣。现在他怀里的小东西瑟瑟发抖,那么脆弱,那么可怜,需要像哄小孩子一样地哄着她。

"别怕,睡吧。"周义勤关了床头柜上的灯,带着她一起躺下来。她在黑暗中好像更加害怕,紧紧缩在周义勤的胸前,周义勤不由自主地搂住她柔弱的肩头。

隔着光滑的真丝睡衣,周义勤感觉到她的呼吸和心跳,不自觉地去亲吻了她的头发、额头。那额头光滑水嫩,比真丝都细腻。他一阵心跳,酒也醒了一半,唇慢慢地往下移去,她的眼睛、鼻子、嘴唇……那听话的孩子,在黑暗中散发着香甜的味道。

夜色中,周义勤看见那一对稚嫩无邪的眼睛,他别过了脸,可是内心却又说:"是我的,是我的……"这天夜里,他在半醉半醒中带着她进入了伊甸园。

清晨,当姜秀梅醒来,已经不见枕边人。她坐起来,羞涩地把被子往肩头拢了拢,透过半开的屋门,看见周义勤坐在卧室外面的桌旁发呆。

"醒了?起来吧,娘已经做好早餐了。"周义勤扭过脸看见姜秀梅坐起来就说道。眼前的周义勤,没有一丝夜里的那种柔情蜜意,表情严肃,完全是一位严谨的绅士,令她有一种敬畏感。她感觉很冷,不自觉地打了一个冷战。

等待姜秀梅梳洗完毕,两个人一起去娘的屋子吃早饭。

第三十九章　择校花絮

1939年，十八岁的周义顺以全市第二名的优异成绩完成了高中学业，他想追随姐姐、姐夫去战场，可是娘和大哥都不同意，一定让他在上海继续读大学。

"你大哥从小离家挣钱，就是为了让弟妹们能够读书学习，现在就剩你一人可以完成他的心愿，你无论如何都必须坚持读书。等你大学毕业了，有文化了，有能力去为社会服务了，到那时候，你想干什么都行。可是现在，你必须安安心心地去读书。"娘态度坚决地说道。

周义勤十三岁就离开娘和家去闯世界，就是想让弟妹们读书成才，他内心多么想让周家出一个"秀才"，光宗耀祖，也算是给爹一个交代。

考虑到战乱，娘希望周义顺能够留在上海读书，以他的成绩，可以去报考上海任何一所大学。可是由于战争，现在上海的大学已经不多，大哥建议义顺去交通大学和圣约翰大学考察一下再确定。赫赫有名的交通大学，周义顺和同学们都比较了解，也是大家向往的，而那个名声更大的圣约翰大学，在周义顺心里始终有一种神秘的感觉，他专程去图书馆查阅了有关它的资料。

圣约翰大学，是中国近代著名教会大学。它的前身是由美国圣公会上海主教施约瑟1879年在沪西梵皇渡购地，把圣公会原辖培雅书院、度恩书院合并，兴办的圣约翰书院。刚创办时仅设立西学、国学、神学三门课程。当初，为了吸引学生和扩大影响，学校对学生免收学杂费，而且免费提供住宿和生活用品。经过几十年的发展，校园面积从最初的84亩扩大到228亩，先后建造了15

幢大楼、28所住宅。校园里有宿舍楼、教学楼、办公楼、大礼堂、图书馆、博物馆、体育馆、实验室等。

现在圣约翰大学已经开设了化学、物理、算术、几何、写作、英文语法、会计、科学史、生理学、世界史等课程。1937年八一三事变后，为了躲避战火，学校暂时迁往公共租界南京路的大陆商场。周义顺想亲自去考察一下，就约了在上海土生土长的同学庄浩秉做向导，让他带着去那两所大学看看。

庄浩秉家在兆丰公园附近，他们约好了在兆丰公园见面。一见面，庄浩秉俨然以主人身份对周义顺说道："今天我当向导啦，先带你到圣约翰大学本部去看看。然后再去大陆商场，也就是学校现在搬迁所在地。"

"哈哈，那就有劳你啦，客随主便！"周义顺爽快地回应道。

"圣约翰大学本部就在这兆丰公园的后门对面。"庄浩秉说着，两个人一起从公园正门走进去。

在上海几年，周义顺还是第一次来这里，之前只是听说兆丰公园里树木花卉品种很多，园内以四大花卉驰名：牡丹、樱花、桂花和月季。今天目睹，名不虚传，虽说现在的季节牡丹、樱花已经过时，桂花尚未到花季，但几处花圃却绽放着月季花。英式风格的园区，融汇着中国园林艺术，大片几何形状的草坪，凸显着西方开阔严谨的风格；自然态的山水园林、植物园、假山、鸳鸯湖等将中西合璧特色表现得淋漓尽致。让周义顺最震撼的是花园后方有一棵高三十米、冠幅三十一米、直径近一米的百羚悬铃木树，远看树冠茂密，枝叶层层叠叠、婆婆娑娑。

出了兆丰公园后门对面，就到了极司菲尔路，过了马路，就是圣约翰大学。黑色铁栅门两侧是四方形门柱，门柱上各有西洋风格的路灯一盏。在一侧门柱上有一个牌匾，牌匾上镌刻着醒目的五个字：圣约翰大学。

尽管周义顺之前就查阅过学校资料，但现在展现在周义顺眼前的校园还是让他大开眼界。庄浩秉津津有味地对周义顺说着："1886年卜舫济二十二岁时以传教士的身份来到上海，在圣约翰书院教授英文。两年后，他接替施约瑟当上了圣约翰书院的院长。年轻的卜舫济对书院的课程进行了大胆的改革，大力推行英语教育。除中文外，其他课程一律使用英文教材，教师在课堂上用英语授课，这使得圣约翰书院成了当时中国最适宜学英语的地方。1888年9月27日，他不顾当时圣公会反对传教士与当地华人结婚的政策，与圣公会华籍老牧师、圣公会上海圣玛利亚女校首任校长黄光彩的女儿黄素娥结婚，从而在上海获得了比一般外国传教士更多的体验和更强的亲和力。"

周义勤听着庄浩秉的解说，对圣约翰大学产生了更亲切的感情。早就听说圣约翰大学古朴典雅，校园是中西合璧的建筑群，有怀施堂、思颜堂、思孟堂、科学馆和西门堂。不觉眼前看到一栋传统清水砖的楼房，屋脊飞檐翘角，庄浩秉说道："这是卜舫济当年筹集1.5万元美金和4000两白银兴建的'格致楼'，内设物理、化学实验室，所以也被称作科学馆，是中国第一座专门教授自然科学的学院，这在咱们中国现有的各个大学中实属仅有。"周义顺则欣赏着半圆形玻璃拱窗，想象着坐在里面做实验的场景。

两个人在校园漫步。校园建筑呈四合院式布局，中间是一片露天大草坪。青灰的砖墙，有局部红砖线条和拱券陪衬，歇山屋顶上配以传统的蝴蝶瓦，楼内悠长的回廊配以拱形窗户的建筑风格，在众多楼宇中也算是独树一帜。正面有一塔楼，镶嵌有一座正方形大自鸣钟，被称为钟楼。大钟上面凸起三个刚劲有力的字：怀施堂。庄浩秉说："这是圣约翰大学最早的一座建筑。"周义顺点头称赞。

当看到东南两侧以阳台护栏装饰的思颜堂时，周义顺被一楼西南角的图书馆吸引了，尽管现在门锁着，从门缝中看到里面一排排书架，那是他最喜欢的地方。U形砖木结构的楼栋有一百多个房间，二楼还有一个大礼堂，可供六百人开会。

一路走来，所有建筑风格都是中西结合，有墙砖、歇山顶和飞檐翘角等中国元素，也有浮雕、拱券、护栏和一些西洋装饰图案。

校园里几乎没有人，他们走近排楼，在一楼门厅见到一位学生，胸前别有一枚圆形的圣约翰大学校徽，校徽内圈刻有孔子名言："学而不思则罔，思而不学则殆。"看着那十二个字，周义顺肃然起敬。

"走，去大陆商场。"庄浩秉唤着周义顺离开了学校。

一出校门，刚巧有一辆出租车开来。庄浩秉一扬手车就停下来，两个人坐上车,往南开去。当车路过一条灰色墙面的弄堂,庄浩秉指着一处标记着76号的院落小声对周义顺说道:"听我父亲说,那是特工总部,是很神秘的地方。"

"特工?神秘?……"周义顺还没有看清楚,车就已经开过了。

出租车开得很快,一直往东南方向来到江苏路桥,桥下沿河两岸是一片破旧平房,沿河树木上搭有许多破破烂烂的衣裤鞋袜。

再往南,到了极司菲尔路与愚园路的十字路口,一下子熙熙攘攘起来,呈现出都市的繁华和热闹。十字路口四个街角上分别坐落着环球世界大厦、百乐门舞厅、雷允上药城和静安古寺。庄浩秉笑着对周义顺说道:"这简直是代表人生的十字路口,既有现代化的文明,也有过往的风云;既有肉体享受,又有精神皈依。"两个人一起哈哈地笑起来,连司机也连连点头。

身处公共租界中心地段的大陆商场,北连南京路,南连九江路,东通山东路,西至新街,占地约九亩。

当两个人从出租车下来,庄浩秉看到周义顺兴致勃勃地环顾着别有特色的大陆商场,就笑着说道:"这商厦现在不叫大陆商场,而叫慈淑大楼。"

"噢?怎么说?看来是有故事的啦。"周义顺好奇地问道。

庄浩秉津津有味地说起来:"当年大陆银行看上南京路热闹的中心地段,想着是投资的好地方,于是在1930年10月向哈同洋行租用了这片地。商厦起名为大陆商厦,于1930年5月开始招标动工建设。由于地段繁荣,加之兼具商铺和写字间的特点,这个商厦还未落成,订租者就已经踊跃前来……"

周义顺听到这里就问:"这不是很好吗?怎么现在叫慈淑大楼?是易主啦?"庄浩秉继续说道:"谁也没有想到,残酷的战争使这个城市几乎瘫痪,尚在收尾的商厦被迫停工。一、二、三层变成慈善团体救济妇孺的收容所,四、五、六层成了临时收治伤病员的医院。淞沪战役结束,百业待兴,城市在复苏,大陆商场也开工了。1933年4月大陆商场终于竣工,轰轰烈烈地招商出租,但最终因受战争的影响,入不敷出,连每年数十万租赁费都维持不了。原认为有利可图的投资,变为沉重的包袱,不得已于1938年与哈同洋行签订了提前解除租地契约,由哈同洋行购回商场,大陆商场改名为慈淑大楼。"

两个人一边聊天一边走进了圣约翰大学租用的楼层。这里的环境尽管没有圣约翰大学本部气派，但在战争年代算是很奢侈的了。教室和学生宿舍是分开的，图书馆、运动室、音乐室、实验室……一应俱全，整齐有序，窗明几净，好像和外面的战争环境不在一个世界里。

他们来到招生接待室，管理人员给他们介绍了招生流程和规定。让他们大吃一惊的是，每学期每个学员必须交十万元费用。这个数字对周义顺来说是可望而不可即的。

最后，他选择了交通大学，并完成了他的大学学业。

第四十章　新婚琐事

　　姜秀梅想，出了老城厢就是城外的世界了。

　　自从婚后从老城厢来到法租界，她的生活有了翻天覆地的变化。眼前她面对的是充满时代气息、繁荣繁华的新世界。每一处街景对她来说都是一幅流动的画面：大街上举止得体、衣着光鲜、神采飞扬的红男绿女；往来穿梭的公共汽车、小轿车；马路两旁一幢幢风格各异的花园别墅和商厦，还有路边的法国梧桐、雕塑、小景观、公园等，都是那么相映成趣，充满活力，她被深深地吸引。什么淮海路、太仓路、雁荡路、思南路、瑞金路、茂名路、汾阳路、复兴西路、湖南路、高安路、余庆路、武康路……一个个地玩个遍，享受着这里洋派的高雅和经济文化的繁荣。

　　她年轻有活力，健康蓬勃，尽管年龄小，却在结婚当月就怀孕了，让这个家充满了欢欣喜气。周义勤和娘经常告知她不可以再那样游玩，一定要关爱肚子里的小生命。可是她仍然大大咧咧、随心所欲，只顾贪玩，不懂得爱惜自己和肚子里的小生命。1940年6月底，怀孕已经三个月的姜秀梅竟然流产了，周义勤坐在医院的病床旁边，垂头丧气。

　　从医院回到家里，别人都还好，可是娘接受不了，伤心得落泪不止，嘴里不停说着："怎么就没了，造孽啊……"

　　"娘，对不起，我实在是不懂事，我不知道会有这种事情发生。娘，我今后会注意的……"姜秀梅满眼泪水地对娘忏悔着，可娘又能够怎么样呢？一切只能在遗憾中过去。

姜秀梅坐小月，娘看管得很严格，天天让她躺在床上，又吃又喝，什么有营养吃什么，而且让她一步也不能够离开这个床。二十四小时在床上，姜秀梅翻过来翻过去地睡不着，有时候委屈得眼眶里全是泪水。她很留恋老城厢的生活，那些快乐的弄堂时光：出门就可以和街坊邻居拉家常，门对着门喝茶水，听弄堂里的叫卖声，吃许多特色小吃……活泼伶俐爱讲话的小丫头姜秀梅，感觉很郁闷。

周义勤关心她说："你最近可好？"

"好着呢。"姜秀梅一脸羞涩地说道。

"现在一定要好好养着身体，为下一代做好健康的准备。"

"嗯嗯，我会注意的，其实娘天天都在监视我呢。"

"娘是为了你好！"

"我知道的，我现在总是感觉对不起她老人家。"

"那就听话。"周义勤好像想起什么事情，对姜秀梅说道，"对了，等你身体好些，也帮助我做一些事情，为咱们德美洗染店出点力。在店铺里学一下我用人和经营的方式，例如，我根据每个员工的特长安排各道工序。有些昂贵的衣物经常由我先在脑子里还原这件衣服的本真，思考让谁去摹画，画到七八成时又让谁去配色配景，最后又由谁来整体调整。所有成员都积极配合，这样才能保证质量，才有回头客，订单不断，形成良性循环。"

姜秀梅似懂非懂地听着，感觉很有道理，就点头表态："好的，我试试吧。"那以后，姜秀梅身体好一些，就会抽空去店铺，不仅要求学徒工之间相互学习，连平日里员工之间发生的不和谐事情，她都会协调处理。她要求大家相互取长补短，不断学习、进步。还经常培训接待客户的文明用语，培训洗染技能，设立创新奖，店铺氛围越来越好。从此，店铺里的工作更加有条不紊，员工们的工作热情也越来越高，使德美洗染店在客户中有很好的口碑。周义勤看在眼里，喜在心间，自此对姜秀梅也刮目相看。

第四十一章　大伯遇难

1941年春天的一个早晨，周义勤去购买进口合成染料。早春三月，阳光明媚，法国梧桐的叶子嫩黄带绿，树顶上像是一张大阳伞撑开来，枝叶和对面的树连成一个穹顶，组成一条别致的林荫道。路边花坛或者商铺前的各色花草，也各显姿态，他的心情也随着春天的繁华而愉快轻松。

目前在上海，染料几乎被外国洋行所垄断。染料分为直接性、碱性、酸性、媒介性、分散性、活性、印花涂料、混纺用染料等大类。每一大类中还按不同用途、染色方法等分成小类；每一小类又按红、橙、黄、蓝、绿、棕、紫、黑等主色分成各品种。每个主色品种的色光不同，对不同质地的布料染色，深浅明暗的要求也各不相同，需要配备不同类别的染料。为了保证质量，周义勤对高档衣物就采用进口染料，而且是精心选择。

在江西中路接近福建路的德国谦信洋行，那里的染料是他青睐的，还有德国拜耳的阴丹士林染料，也是他经常使用购买的。他抱着两箱装在长方形铁盒里的染料，像对待孩子一般的小心。

他叫来一辆黄包车，把两箱沉甸甸的染料放在脚下，一路上看着租界的繁华热闹。刚刚过了福建路，人越来越多，最后堵得走不动了，人行道上堵得连行人都过不去。黄包车师傅嘴里使劲喊着："请让一让，让一让……"然而黄包车一动不动，前进不了，退又退不了一步。

路边两个人指着前面的人群说道："怎么租界也搞这些不明不白的事情？这个人看来遇上大麻烦了。"另外一个就小声回答："这些人都是好人，他们把自己的生命置之度外。唉,好人没好报。"

"快看快看,那个人我好像见过,他是江岸哨兵。"第一个人好像很吃惊的样子。

"什么是江岸哨兵?"

"那是……"第一个人没有说下去,就和同伴一起被人群挤着往前去了。周义勤站在黄包车上往前看去,只见远处一帮持枪的人,把几个五花大绑的人推上大卡车,那几个人的背后都插了一块牌子,牌子上有几个黑色字,还有一个大大的红色叉叉。

周义勤不由得小声嘟囔一句:"这是干什么呢?"旁边一个人说:"是刚刚从福州路警察局出来的,那些人要被枪毙了。"周围老百姓越来越多,挤得人寸步难行。那些持枪的人大声呵斥着,要求大家散开,突然其中一个朝天空打了两枪,吓得人们抱头乱窜。周义勤马上坐下来,黄包车师傅急得想离开这个是非之地,掉转车头,想退出去。

周边一片叽叽喳喳的声音,就听见又是砰砰两声枪响,人群乱了起来。大卡车在前面徐徐开着,人们在两旁跟随着。

黄包车趁乱往后退去,周义勤用脚把两个箱子拢到一起,双手紧紧抓着黄包车。出了那个拥挤不堪的地方,抬头又看见拥挤的人群,有挤着想进去的,也有奋力往外挤的。只见一个人满头大汗地从人群里挤出来,嘴里嘟囔着:"江岸哨兵、江岸哨兵啊,那个夏老先生真的是英雄,那么大年龄,还是在……"

周义勤听见那个人说是夏老先生,就凑上去小声问道:"请问先生,那个夏老先生,是……"

那人抬头说道:"那个夏老先生,我在永安纺织厂罢工时见过他,是一个很好的人。"

"是叫夏……夏曙印吗?"周义勤弱弱地问道。

"是的,你认识?"

"没有,我只是听说过。那……那现在他是怎么了?"

"你也看到了,被抓了呗,现在去刑场,枪毙。听说是被出卖的,唉,可惜，可惜。"

那说话的人走远了，周义勤内心却翻滚起来。眼前这个夏老先生就是夏辉的大伯，是自己的亲人，记得刚到上海时住在大伯家，尽管没有见过几次面，但是大伯说话时那慈祥温和的语气，曾经温暖了落魄的自己，给予自己在上海立足的勇气。现在夏辉不在，大伯的生命危在旦夕，让他的心火急火燎，急忙让黄包车夫跟着人群。

人群越来越拥挤，根本挤不进去。就算挤进去了，他周义勤一个普通老百姓又能够如何？他脑子一片空白，前额全是汗水。突然想起冉浩杰，想着那次在大伯家门口遇见他的情景，说和大伯有生意上的往来。说不定他可以帮上忙，可是他现在在哪里？

车夫满头大汗，但是无法进退。车夫无奈，小声说道："这是往闸北公园刑场去哇，小老板，我是不愿意看到那个场面，拜托了，你另外找车吧。"周义勤转头看看他，双手合十对他说："对不起，现在到哪里去找车？你看我这两个箱子，我都拿不动的，更何况你现在想退出去也没办法。谢谢师傅，我会多给你一些车费。"

周义勤让车夫尽量往前挤，在快到达闸北公园时，黄包车在人群中被挤得几乎和大卡车并行了。周义勤紧张地看着大卡车上的人，他似乎看到大伯了，却又被人群挤到后面去了。一会儿他看到卡车上的老人，头扭向周义勤所在的方向，周义勤站立在箱子上拼命大喊："大伯，我是义勤……"

那个人好像听见声音，扭头寻找，周义勤挥动双手，呼喊着："大伯、大伯……"大伯终于看到周义勤，他抬起头，睁大眼睛，想说什么，却被口里塞着的东西阻挡了发声。大伯一双眼睛炯炯有神，好像认出了他，眼神温柔起来，而且示意他不要再呼叫。

一转眼，大卡车进入闸北公园，人群又一次激动起来，把黄包车挤在后面，卡在入口处进不去出不来。周义勤急得满眼泪水，不停地用双手扒拉着两旁的人，可是无济于事。

突然，远处传来几声枪响，周义勤好像被击中一般，瘫软在黄包车的座位上，泪水顺着脸颊流了下来，满腔的惊吓和痛苦，击倒了他。

人群开始散开，黄包车也退了出去，车夫把已经无意识的周义勤拉到威海卫路的店铺前，已经是下午时分。他像是僵尸一般下车，和刚刚从学校回来的小弟周义顺相遇。看见大哥苍白的面孔和失魂落魄的模样，周义顺就走上前把黄包车上的箱子抱下来，问道："大哥，怎么了？出什么事情了吗？"

周义勤从衣袋里抓出一把铜板，也没有点数就交给车夫，车夫千恩万谢地走了。他语无伦次地说道："刚……刚刚，在闸北公园，那个大……大伯被……被枪杀了。他……他……"周义顺抱起一个箱子，用一个胳膊肘推着他说道："大哥，快回家吧，回家再说。"

"那……那是我的恩人哪！"周义勤好像清醒过来。店铺出来两个员工，一人从周义顺怀里抱走箱子，一人从地上抱起另外一个箱子。

"我知道，大哥，还是回家再说吧。"在小弟的搀扶下，周义勤回到家里。到家后周义勤把发生的事情从头到尾地说给周义顺听，泪流满面，最后要求周义顺帮忙，一定要把大伯的遗体找回来进行安葬。

周义勤又说道："知道吗？大伯是江岸哨兵，那么大年龄，还在为祖国奉献，最终连生命也奉献出去了，咱们应该让他入土为安。你现在就去闸北公园，看看是否还在？"

周义顺在学校也听说过江岸哨兵这个词，那是一批心系民族存亡、为理想舍生忘死的人。他内心一直很敬仰这些民族英雄，特别这个大伯又是帮助过大哥的恩人，这个忙他一定要帮的，就对大哥说："大哥，放心，这是你的恩人，也是咱们家的恩人，更是祖国的英雄。大哥知道江岸哨兵都是干什么的吗？他们不惜牺牲自己的生命，收集日军在上海的兵营、番号、人数、武器装备、军用机场、军用仓库、军用码头等情况，用米汤水秘密书写后转交给上级。估计大伯家就是一个非常重要的交通站。"

"怪不得人们说起江岸哨兵，都对他们很崇敬。可恨那些为了蝇头小利而出卖他们的人。"义勤伤感地擤一擤鼻涕又对小弟说，"那时候我刚到上海，就是在这个大伯家居住的，我的创业离不开夏辉对我的帮助，更离不开大伯对我的支持。不管什么情况，你都一定要帮我找到他。"

周义顺听大哥这么一说，就很诚恳地说："大哥，你就不用再这么纠结

第四十一章　大伯遇难 / 219

了，我现在就去闸北公园，若没有找到，也会找人帮忙打听的。"

他叫了黄包车赶到闸北公园，什么都没有看见。天下起雨，朦胧中的广场阴森森的。他心想，先找庄浩秉问问情况吧，于是在外面有电话的铺子里和庄浩秉联系上了："浩秉，我有点事，明天咱们见面聊聊吧。"对方问："什么事情？现在说也可以。"周义顺回答："明天吧。"

第二天见面后，周义顺问庄浩秉："浩秉，你还记得那次咱们两个去考察学校，路过一个叫什么'76号'的地方。"

庄浩秉回答说："你说的是极司菲尔路北的'76号'吗？我也从来没有进去过，只是听我父亲说过。"

"你父亲是在里面任职吗？"周义顺问道。

"没有，不过发生什么大事情，他总是要过去看看。怎么，你今天是有什么事情？""是的，是有点事情。我大哥的一位朋友，他的老舅在闸北公园被枪杀了，现在想问问，那尸体可以找到吗？"周义顺没有如实告知，就这样回答了庄浩秉。

"那我回头问我父亲，他也许知道。那个人姓什么？"庄浩秉问。

"好像姓夏。"周义顺道。

"噢，好的，你也不要太着急，这种事情是急不得的。"庄浩秉回答。

"那就麻烦你了。"周义顺继续问道，"你现在确定在哪里上大学？"庄浩秉回答道："父亲说国内现在不安定，想让我去国外读书。我还没有最后确定。你呢？好像是确定在交大读书？"

"是的，我已经确定在交通大学读书了。"周义顺回答。

没过两天，庄浩秉就约周义顺去咖啡厅，喝着咖啡，庄浩秉说道："义顺，前两天说的事情，今天上午问了我父亲，他说是有一个姓夏的人曾经被关押在'76号'，说那姓夏的可能牵扯一个大事件，已经被枪杀了，也不知道最后拉去哪里了，所以现在无力再帮忙了。"

"浩秉，实在是多谢你啦，只是现在他的遗体在哪里？"周义顺很着急地问道。

"义顺，不是我不帮你，你知道我父亲的工作我是一直不敢询问的，他能告诉我这些就不错了。我奉劝你,还是把自己的事情搞好,别去给自己找麻烦。这是我的肺腑之言,你也好好斟酌吧。"

庄浩秉这样一说,搞得周义顺不知道该如何再说下去,只好说道:"浩秉,我知道你是为了我好,我还是很感谢你的。你放心好了,我会处理好这件事情的。谢谢你。"

当周义顺给大哥说了此事后,周义勤心里更加着急,他知道现在局势不稳定,确定大伯的遗体在哪里很困难,真的是大海捞针。他又一次想起了冉浩杰,难道冉浩杰和大伯,还有大弟周义善,他们都是中国革命的脊梁吗?于是他当天就认认真真地写了一封信给冉浩杰,说娘想他了,希望他最近抽时间来一次上海。

冉浩杰收到信,心里嘀咕:他从来没有收到过周义勤类似的信件,现在这是遇到什么问题了?在和师部领导汇报后,领导同意他去一趟上海。第三天晚上,见到急匆匆赶来的冉浩杰,周义勤心里踏实下来,他把事情的来龙去脉说清楚,希望冉浩杰能够帮忙找到大伯的遗体。冉浩杰大为吃惊,脸色突然苍白,耳边听着周义勤对他絮絮叨叨地说道:"有人说他是江岸哨兵……"

曾经风雨同舟的战友、曾经的长辈,现在竟然遭人陷害身亡。夏曙印曾经传递了多少重要的消息,掩护过多少革命志士转移,无论遇上什么困难艰险,他都会完成党组织交给的任务。而今天,他却已经……冉浩杰心痛无比,他动用了他所认识的所有关系,第二天晚上终于知道,那批遗体被埋葬在偏远的嘉兴。

天还没有亮,冉浩杰和周义勤坐在上海地下党提供的一辆小轿车一起去嘉兴。一路上晨辉照耀,树木错落,水茂林丰,溪水在杂乱的小石块上潺潺流淌,农家屋前小池塘里小鸭子安然浮水……而在这春的气息里,冉浩杰的心却如同严冬,想着有多少志士被杀害后扔在荒野,冰凉的遗体躺在哪里都不知道。

司机带他们停在一大片荒凉的山岗前,这哪里是墓地,简直是乱坟岗。

几个人默默含泪,开始用铲子挖眼前的新土堆,挖了一个又一个,终于在山岗边缘的一个土堆里找到了。大伯遗体已经开始腐烂,国字脸上的一对眼睛是两个黑窟窿，什么肾脏、心肺全部都被挖空。但是右臂上的一个枪伤，让冉浩杰确定了这就是大伯夏曙印。那是几年前为了掩护一个同志转移，在半路和敌人冲突时留下的枪伤。大伯身上只有一件衬衣，血迹斑斑。周义勤悲伤得大声哭泣。

冉浩杰红着眼眶，对伤心痛哭的周义勤说："义勤，现在不是哭的时候，咱们赶快把大伯带走。把大伯安葬好，也算是咱们的一份孝心。"

在普陀区公墓，他们买了一块墓地，给大伯穿上新买的衣裤，体体面面地把大伯安葬了。为了避免风险，墓碑上没有写夏曙印的名字，仅仅写着大伯两个字，日期为1941年3月23日。

墓前香火缭绕、鲜花朵朵。周义勤还专门买了一瓶酒和一包点心，点上香烛，奠了三杯酒，那一颗心才算是安定下来。他双膝下跪，对着墓碑说道："大伯，我会年年来此祭奠，夏辉什么时候回来了，我一定陪他来看望您。祝愿您老人家在那个世界，平平安安、没有苦难……"

第四十二章　喜得千金

　　战火尚未停息，而租界里的工商业却越来越红火，周义勤的德美洗染店生意也兴旺起来，天天忙忙碌碌。

　　这年冬天，快春节时，一天晚上姜秀梅羞涩地对周义勤说道："义勤，知道吗？我又有了……"

　　"又有什么了？"周义勤问道。然后突然明白了，扭过头看着姜秀梅惊喜地说："是有喜啦？"

　　姜秀梅红润的脸上满是高兴和幸福，她点点头："是的。第一胎流产了，这一年多我急得什么似的，想着会不会再也怀不上了。谁料想，现在又有了，只是不知道这第二胎是千金还是少爷。"

　　周义勤高兴地把姜秀梅一把揽怀里亲吻一下说道："不管是儿是女都无所谓，你可要爱惜自己啊，千万不敢像上次那样。"

　　"这次不用说我也会小心的，绝对不会让你和娘操心。"

　　第二天一大早，周义勤就告知娘姜秀梅怀孕之事，娘高兴得马上让宰鸡炖鸡汤，告诉儿子："营养要跟上，你就不要让她再去店里帮忙，让她安安心心地养胎。"

　　周义勤按娘说的告诉姜秀梅，自己兴高采烈地去洗染店，满脸的喜气。阿强问道："师父，今天怎么这么高兴？是有什么喜事？"周义勤就对大家宣告："你们的师娘有喜啦，今后就不让她来这里操心，希望大家能够自觉遵守店铺工作规矩，把洗染工作搞好，也算是你们对师娘的关心。"店员们一下子嗷嗷地吼起来：

"祝贺祝贺喽！"

"师父您放心，我们会干得更加好！"

"师父，让师娘好好休息，让她放心，我们会努力。"

周义勤高兴地回答："大家好好干，到时一起喝满月酒……"

为了让生意更加蒸蒸日上，周义勤想方设法在提高洗染质量的基础上加强宣传。他对德美洗染店进行了广告设计，还有对客户礼券、优惠券的设计。他甚至参照大公司的做法，注册了"德美"商标，把商标和广告语"以大德行商，唤人间真美"都写进宣传单。这一做法，掀起了洗熨印染业的一场革命，造就了洗熨印染广告画的黄金时代，勾画出上海洗熨印染的一种新气象。

繁荣时期的德美洗染店不仅占据了法租界洗染业的半壁江山，而且对当时与后来的上海工商业广告设计也产生了一定的影响。

周义勤把和姜秀梅居住的那间屋子盘了下来，变成他自己在上海的第一个真正的家。

可是，好景不长。1941年12月7日日本制造珍珠港事件，次日美英相继对日宣战，太平洋战争正式爆发。12月9日中国也正式对日宣战。不久，日军开进上海各个租界。

这是谁也预计不到的情形，周义勤的业务也因此中断了几天。晚饭都在娘那里吃，每天晚上家庭大团聚之时，徐弘雯带着两岁多的女儿周诚睿过来，姜秀梅挺着微微隆起的肚子，逗着能说会道的周诚睿。她们兴高采烈地围绕着娘，等待周义勤的脚步一进入娘的屋子，他的脑海瞬间就没有任何烦恼，那小屋就像是沐浴阳光一般地融洽，充满天伦之乐。

有时候周义顺回家，言谈就进入时事的谈论，他总是说战争越来越扩大，好像是家庭的播音员。他给家人说道："你们听说过'驼峰航线'吗？滇缅公路被切断后，美国开辟了一条飞越喜马拉雅山的'驼峰航线'，为中国提供抗战物资，中国的抗日战争是必须打到底的。"

周义勤最关心的还是铺面的生意，尽管战争继续在全国范围内进行着，而租界的秩序开始好转，周义勤两个铺面的生意又兴隆起来。许多人都说这是二太太姜秀梅的帮夫命带来的。

1942年10月28日，周义勤的二女儿出生了，周义勤给女儿起名为周诚蓉。看着眉清目秀的女儿，周义勤高兴地说："一定好好地庆贺，办好满月宴。"

躺在床上的姜秀梅说道："把弘雯姐姐也叫上。"

"那是一定的。"周义勤很坚定地回答。

女儿周诚蓉满月那天，周义勤在法租界法华民国路上的一家大饭馆里为女儿做满月，把几位亲家和所有朋友们邀请过来庆贺，店铺的员工也带上太太一起参加。徐弘雯带着女儿和姐姐姐夫，还有姜秀梅的父母亲，都在同一桌。他们欢天喜地，嗑着瓜子，说着最吉祥的祝福话语，男人们还抽着周义勤专门买的"老刀牌"进口卷烟。

当姜秀梅抱着女儿周诚蓉进来时，整个宴席进入高潮。

周义勤过去拥着姜秀梅和女儿说道："辛苦辛苦，快坐在弘雯那边去。"当姜秀梅坐定在娘和徐弘雯之间的座位上，周义勤手指着徐弘雯对小女儿说道："快叫大孃孃，快叫呀。"

徐弘雯笑着说道："这么小，怎么会叫呢？等她长大了自然会叫我的。"

"当初选黄道吉日为我们婚礼的日子，今天我们的小宝贝就是我们的吉祥物，谢谢大家的祝福！"姜秀梅激动地说道。

徐弘雯高兴地接过周诚蓉抱在自己怀里说道："听见你母亲说的话了吗？一定要记得啊。"说着，拿出一条金项链给小宝贝挂在脖子上。

一时间，亲朋好友们都过来祝贺，好不热闹。

周义勤兴奋地高举酒杯，大声说："感谢大家的光临！感谢大家对小女的关爱！感谢大家一直以来对我的关照和支持！来，干杯！"一时间所有人都站立起来举杯畅饮。周义勤把喝干的酒杯底朝前一亮，高呼道："谢谢各位，大家吃好喝好！"全场活跃起来，娘高兴得流下了泪水。

第四十三章　看一场电影

冉浩杰给妻子周义安的家信中，写到战争的残酷和老百姓的痛苦。周义安流着眼泪，她知道那饥饿的味道，想起她刚刚到延安，也经历过饥饿，经常走路都东倒西歪。

她好想念她的丈夫，想起1937年2月11日是她和冉浩杰大喜的日子，后来冉浩杰离开她去前线，到目前已经分别四年多。她抹去眼泪继续读信：

亲爱的义安，你一切可好吗？战争使你我阻隔四年多，好想念你，想着你我至今还没有孩子，多么想有一个你我的孩子啊。

信读到这里，周义安满脸泪水。那年冉浩杰走后，她发现自己有了身孕，但在一次执行任务时不小心流产了。为了不影响冉浩杰在外的情绪，她一直隐瞒着他，之后也没有让家人知道此事。周义安为此也伤心自责。她擦掉眼泪继续读信：

我现在一切都好。我每天都要工作十五六个小时，往往是到半夜才能够去睡觉。义安，你我本该享受的新婚之乐，却被残酷的战争无情地阻隔，只能靠这薄薄的信纸倾诉衷肠。现在夜已深，明天一大早我还有任务，就写到此，祝愿你健康。你的浩杰，吻你！

周义安把信放在自己胸前，她这时候多么想能够躺在冉浩杰怀里，多么想能够和心爱的人一起聊上三天三夜，把这些年的思念都倾诉出来。她又想起了娘，大侄女周诚睿满月她抽空去参加了庆典，和娘也是随意地聊了一会儿，这一眨眼又过去了三年多，娘现在可好？听说大哥又娶了二房，娘一定又在忙孙女孙子的事情。她心里在念叨：什么时候可以再见到娘，见到浩杰啊！

周义勤的生意越来越好，全家的日子过得更好，他给姜秀梅这边也雇了一个保姆。他的店铺在繁忙地运转，他的家庭人口也在不断地增加。临过年他购置了一部奥斯汀小轿车，当天晚上回家告知姜秀梅时，姜秀梅很高兴，而且等待女儿睡着后，小声地告诉周义勤："我……我好像又有了……"

"啊？好事情啊！明天我陪你去医院检查一下。"周义勤高兴地亲吻了她的脸庞。

姜秀梅羞涩地说道："好的，是应该去医院检查一下。我只是感觉太快了一些，给你添麻烦了。"

"什么话啊，这是喜庆的事情，我高兴都来不及呢。"周义勤兴奋地说道。

"这样算来，应该是九月、十月产期，真的是一年一个啊。快过年了，都忙忙活活的，还是等过完年再去医院检查吧。现在我一切都很好，有什么不正常的情况，我会及时告知你，好吗？"姜秀梅絮絮叨叨地说着，周义勤想想也是，于是告诫姜秀梅说："你就老老实实待在家里，别生事了。"

姜秀梅低头小声回道："知道了。"

第二天早上，周义勤去娘那里说了这事，让娘平日多多关心帮忙，娘自然是高兴，老人家为了家族的繁荣兴旺，默默地付出，从来没有怨言。现在姜秀梅有保姆照顾孩子，又有娘疼爱着，她感觉很轻松、很舒适，贪玩的习气又一次高涨起来。

因为年龄的差距，周义勤不允许她学习跳舞，害怕跳出问题。有时候她觉得自己很孤独，偶尔会背着周义勤去看一场电影或者参加一次舞会。

这天下午徐弘雯过来看望姜秀梅，姜秀梅很高兴，和她天南海北地聊天，说到高兴处，她又提出想出去看电影："大姐姐，我想出去看一场电影，你是否像之前那样替我保守秘密?"

"你现在刚刚有身孕,就又想乱跑?别不小心出什么事儿?"徐弘雯操心地说道。

姜秀梅就搂住徐弘雯撒娇道:"大姐姐,我知道你疼爱我,就这一次可好?"

徐弘雯无奈地回答道:"别这样,我可是承受不起。"

"大姐姐,你就疼爱我一次吧,我是憋死啦!这一两年,我都没有看过电影呢。现在这种情况,往后就更加不好出去了,你就再疼爱妹妹一次吧。"姜秀梅指指自己的肚子,委屈地说道。

"你呀你,我真的是拿你没办法。告诉你,这可是最后一次,之后不能够再这样子啦。"徐弘雯用食指点了一下姜秀梅的额头说道。

"哈哈,到底是大姐姐。明天吃了午饭我出去看电影,你就过来关照一下,小妹这里有礼啦。"姜秀梅双手叠在一起往自己左边腹部一贴,腿微微一弯,高兴地说。

"好吧,就再帮你一把。记得啊,千万别有什么差池,不然你我可都吃不消。"姜秀梅听了不住地点头。

第二天午饭后,姜秀梅打扮完毕就在徐弘雯的掩护下出门。她出门后大出一口气,扑面而来的自由之感让她激动。想着离家近的电影院太小,于是去了南京西路的远东第一影院大光明电影院。这座影院门口有三眼巨大的喷泉,台阶上铺着地毯,衣着华美的俄罗斯女郎殷勤地招呼来宾,听说还有一个由欧美乐师组成的乐队。

现在上映的是《秋海棠》,姜秀梅很幸运,刚好两点钟有一场,可是票全部售完。正在失望之际,有一人急忙跑来退票,她购买了这张票就往影院大厅走去。

《秋海棠》是根据"鸳鸯蝴蝶派"作家秦瘦鸥的同名小说改编拍摄的。讲述的是京剧名伶秋海棠历经坎坷与磨难,被军阀毁容后走投无路,在精神肉体的双重打击下,最终悲苦而终的故事,被称作上海"第一悲剧"。

姜秀梅一个人看这么一场悲剧电影,眼泪不停地流淌。当她看到秋海棠脸上被尖刀划了一个大十字时，竟然不由自主地啊了一声，随后抽泣起来。

"怎么是一个人出来看电影呢？"旁边一个人小声问道，同时递上一块干净的手绢给她。姜秀梅抬头一看，是一个年轻小伙子，她不知怎么回答，只是轻声说道："不用，谢谢。""拿上，好好看电影吧。"他把手绢递给她说道。

姜秀梅不声不响地拿了手帕，往自己脸上抹去，一股淡淡的香味扑鼻而来。她顿了顿，抬起头看他一眼，刚好和正在看自己的那双眼睛对视，不由得红了脸。

她就装作集中心思去看电影。旁边的他，内心却平静不了。他在心里寻思着：这么一位单纯粉嫩的姑娘，怎么会是一个人出来看电影？家里父母会放心吗？这时候他内心有一股强烈的愿望，想再看一眼旁边的这位女子。他知道自己不能够这样轻浮，然而他的心却在蠢蠢欲动，搞得他额头上竟然冒出一层细汗珠，浑身越来越燥热。突然他的头竟然扭转过去，看到的是一双水灵灵的眼睛和一张清秀的脸。两个人几乎同时扭过头去，心脏都跳得怦怦响。

姜秀梅这时候真的想哭，不是因为电影，而是恨自己为什么要扭头去看他。想着自出生到现在，从来没有对异性有过这种感觉，自己是有女儿的，而且现在肚子里还有一个，怎么会这么失态？眼泪就不由自主地滴落下来。

旁边的男子胸膛起伏、满脸通红，他也恨自己怎么这么没有意志力和控制力。他看着电影，可是眼前出现的竟然是刚刚看到的那张脸，他使劲摇头，可那张脸庞就在眼前晃动。他默默地闭上眼睛，眼前竟然还是那张脸。

直到电影结束，两个人都是僵硬地坐在那里。灯光一亮，人们都默默地退场。姜秀梅也站立起来拿着手绢递给男子，不敢去看他的眼睛，只是小声说道："谢谢你的手绢，对不起，搞脏了……"男子站起来没接手绢，小声说道："慢慢走，小心。"

在电影院门口，男子说道："走，我送你回家。"

"不用不用，我可以叫出租车回家，这……这个……"姜秀梅抬起双手把手绢递给他。

"我送你吧，这是缘分，你说对吧？"男子的坚持，让姜秀梅感觉没有言

第四十三章　看一场电影 / 229

辞可以拒绝。

两个人一起上车，小伙子就按姜秀梅说的地址开去。

"我姓司徒叫志磊，叫我阿磊就可以了。你贵姓？"司徒志磊一边开车一边问道。

"司徒，很少见到的姓啊。我叫姜秀梅。"姜秀梅回答道。

"姜秀梅，很好听的名字。我住在公共租界卢湾区的淮海中路，离你家不是很远。"司徒志磊说道。

"噢，淮海中路，那是上海的中心地段，是很有腔调的一条街，我去过的。"姜秀梅说。

"我父母是做饰品生意的，有一个小门店，改天我带你去看看。"司徒志磊不紧不慢地说着。

姜秀梅没有回答，心里想，哪里还有下次见面的机会。司徒志磊见没有回音，于是转头看她，见她微微蹙眉，一张小嘴抿得紧紧的，于是温柔地问道："怎么不说话了？"

姜秀梅抬头看看他，感觉他是自己的朋友、家人一般，好像很早就认识了。但她却慢吞吞地回答说："我快到家了，就在这里停车吧。"

司徒志磊把车停到路边，对她说道："阿梅，不好意思，就让我称呼你为阿梅吧。今天认识你很荣幸，好像是遇上老朋友，不对，是知己，是……"

不等他把话说完，姜秀梅就被"阿梅"这个称呼惹得捂住嘴巴笑起来。司徒志磊看见她笑，自己也笑起来，说道："你的笑是那么美好，我很高兴。这样吧，后天下午两点，我仍然在这里等你，咱们一起去我家的饰品店看看。可以吗？"

看到司徒志磊那诚恳的面容，姜秀梅都不知道该如何面对。她想把自己已经嫁人的事实告诉他，然而又说不出口，到底这是她人生第一次感受到一个年轻男子对自己的诚恳温柔……她的心乱了，就慌慌张张地想打开车门出去，一边又回答道："有这个必要吗？咱们是一面之交。"

司徒志磊慌忙把一只手伸出去挡住她的手，同时说道："当然有必要，你答应了我的邀请再下车。"就在手碰手的一刹那，像是触电了一般，两个人都愣住了，同时看向对方。司徒志磊嘴里喃喃地说道："对不起，对不起……"然而却把姜秀梅的手紧紧握住。

　　姜秀梅的眼泪都被逼出来了。她满脸通红，小声说道："别……别……"随后轻轻把手抽出来，立即打开车门走下车去。在关闭车门时听见司徒志磊微微颤抖的声音："后天下午两点，我……我会在这里等你。"

第四十四章　左右为难

　　这天晚上，周义勤刚好在徐弘雯那里，把女儿安顿睡着后，姜秀梅靠着床头，想着今天遇到的事情，心还是怦怦乱跳。她眼前浮现出小伙子的身形脸庞，还有那些话语，无法入睡。她摸摸肚子，望着对面小屋的女儿，更加难受。对这个孩子，她必须负责任的，是无法推脱的责任。对，不见，不再见那个叫阿磊的年轻人，她暗暗下定决心。可是眼睛一闭，白天发生的一切又都出现在眼前。这一夜就这么折腾地失眠了，凌晨时分，她认为应该当面跟阿磊把自己的情况说清楚。

　　第二天吃过午饭，姜秀梅去徐弘雯的屋子，令徐弘雯吓一跳，问道："怎么脸色这么差，出什么事情了吗？"

　　"没有，只是有点烦恼……"姜秀梅回答道。

　　"什么烦恼？昨天的电影看得不舒服啦？"徐弘雯故意问道。姜秀梅笑嘻嘻地回答："哪里，昨天的电影很好看的，是我自己内心不知道怎么就出现了烦恼之意。"她拉着徐弘雯的胳膊小声说道："大姐姐，你在这里可是我最亲近的人了，我想明天出去转转，也许再看一场电影就会消除我的烦恼。"

　　"那不行，让义勤知道了那就是我的不是了。"徐弘雯坚决反对。

　　"大姐姐，你就体恤一下小妹妹吧，你看我现在的状态，再过一段时间我是无论如何也出不去啦。"姜秀梅说着，用手指点了一下自己的肚子。

　　"就因为这个，你现在应该安安心心地在家里静养，不能够这样没完没了地提出无理要求，让我难为。"姜秀梅听见这个话就急了，她像是孩子似的依偎在这个大姐姐身旁，哼哼唧唧。徐弘雯是又气又无奈："你呀，什么时候可以长大，怎么总是和孩子一般地任性。"

"大姐姐，我知道你疼妹妹，就让妹妹再出去一趟呗，下来就不可能再出去，绝对不可能再出去啦。"

"上次你就是这样讲的，怎么今天又这样说？"徐弘雯问道。

"再出去一次，下来绝对不可能再出去啦。"姜秀梅承诺道。

"这可是你讲的啊，下来就不能够再出门了，不要到时候我变成冤大头，你在一旁落泪喔。"徐弘雯的这番话让姜秀梅手舞足蹈起来，高兴地回答道："我的大姐姐，你真的是我的亲阿姐，我知道啦，谢谢大姐姐。"

第二天下午两点，当姜秀梅走向昨天下车的地方，远远就看见那辆白色小轿车停靠在马路旁边，自己的小心脏就开始快速跳起来。司徒志磊看见她徐徐走来，一身格子厚绒旗袍，外加一件银色狐皮背心，蓬蓬松松的狐毛把她的脸衬托得更加水嫩，如同春天里一朵鲜花迎风绽放。他的一只手往前伸去，想去握住她的手。姜秀梅羞涩地微笑一下，没有伸出自己的手。司徒志磊见状笑着收回手，转过身绕过车头把副驾驶门打开说道："阿梅，请上车。"

姜秀梅坐上车，司徒志磊开车前往自家饰品铺，小声地说道："好高兴你能够出来……"

不等他说完，姜秀梅就小声说道："我本来是不想出来的，但是心里想着还是给你说清楚好一些。"

"什么事情？我很想听听，很想听听你的故事。"

"听了，你一定会大失所望。"

姜秀梅低下头，司徒志磊转过脸看她一眼，见到满脸的为难，问道："怎么，真的有什么事情吗？阿梅，马上到我家店铺了，先去看看，出来了咱们再聊，好吗？"姜秀梅点点头。

那间店铺四四方方很宽敞，靠墙一周是明快的玻璃柜台，摆得琳琅满目。有名贵棕竹制造的黑折扇、洁白如玉的拉花骨扇、彩色漆边的绢扇、儿童喜爱的团扇，以及泥金扇、绒毛扇、孔明扇、舞蹈扇、书画扇、檀香扇。前面柜台有别致的胸针胸花及女士用的各色发卡，还有各种规格和款式的女式手表，有的饰品她甚至都没有见到过，可能是进口的东西。灯光下这些小玩意让人感觉眼前一亮。姜秀梅一边欣赏一边高兴地笑着说道："这么多饰品，都很好看……"

"姆妈，这就是我前天说的那位阿梅姑娘。"司徒志磊对正在走过来的一位年轻太太说道。只见他一只手挽着娘的胳膊，一只手伸向姜秀梅，轻松地向姜秀梅介绍道："这是我姆妈，我阿爸去朋友家了。"

"阿姨好。"姜秀梅轻柔地问候道。

"欢迎欢迎，欢迎阿梅姑娘。阿磊这两天嘴里都是阿梅阿梅的，现在才知道为什么了。"阿磊姆妈看到姜秀梅，高兴得合不拢嘴。她拉着姑娘的手说道："不要拘束，就像是自己家一样，一起喝杯茶去。"一旁的儿子满面春风，赶快在精致的小茶几上给这两位女士沏茶。

阿磊姆妈抚摸着姜秀梅的一只手说道："这手应该是弹钢琴的手，看这手指细长，指尖圆滚滚的很厚实很有力量。在家弹钢琴吗？"

姜秀梅微微红着脸，摇摇头回答："没有。"

"没有关系的，今后想学也可以，阿磊从小就练钢琴，今后他就是你的老师。来，喝茶，品尝我的茶可好？"

阿磊姆妈开朗的性格让姜秀梅也放松下来，她接过阿磊递过来的一杯茶放鼻子下面闻闻，一股清香顿时钻入胸腔，汤色碧绿，香馥如兰，感觉和自己在家喝的不一样。抿了一小口，嘴里瞬间有一股清淡的馨香，清新醇厚，还有一股凉丝丝的感觉，让她特别舒服。

"怎么样？可好？这可是杭州上好龙井春茶，这茶甘醇爽口，形如雀舌，而且它含有多种微量元素，经常喝对身体是有好处的。"阿磊姆妈说完，姜秀梅看自己杯里的茶叶，是两叶一芯，交错相辉，色泽翠绿，慢悠悠地上下漂浮着。

"姑娘，来，再喝一杯。"阿磊姆妈热情地给姜秀梅的杯里续水，又对儿子说道，"阿磊，去里屋把点心盒子拿来，让姑娘吃两块点心再去看看柜台里的东西，有喜欢的挑两样带回家。"阿磊答应着，心里想：姆妈今天这么高兴地对待阿梅，一定印象很好，不然不会有这么多的话语。

姜秀梅拿着阿磊姆妈递给她的一块小点心，刚刚放到嘴里，就一阵恶心，眉头微微一皱。阿磊关心地问道："怎么，不舒服吗？"阿梅摇摇头，紧接着就脸色苍白。

"卫生间……"阿梅的嘴巴吐出这三个字，阿磊急忙扶起她往里屋的卫生间走去。阿梅一人在卫生间里呕吐一通，这是她怀孕后第一次反应，没想到竟然在这里闹腾起来。她有点责怪肚子里的胎儿。一会儿又想这是自己造成的，不应该来这里，她开始有了想哭的感觉。

这时就听见阿磊的声音："阿梅，阿梅你怎么样？"她震了一下，马上轻声说道："好着呢，没事，我马上就好。"她打开水龙头用手接水漱了漱口，整理好头发，走出来后就小声给阿磊说："对不起，咱们走吧。"

"姆妈说让你挑选几样自己喜欢的东西，再看看吧。"阿磊舍不得让她这么快就离开。"不用不用，我都有的，而且拿着也不方便。"不等姜秀梅说完话，就传来阿磊姆妈的声音："阿梅，这些都是年轻女孩子喜欢的东西，必须挑选几样。你过来看看。这块小手表如何？还有这把小檀香扇，香味很雅，拿回去夏天可以玩玩。"

姜秀梅说道："谢谢阿姨，今天能够看到这么多饰品就很高兴了，东西我不会拿的……"她话没有说完，就被眼前一枚小别针吸引了，那别针上镶嵌有一朵很小的玉石梅花，雕刻精细，栩栩如生。她呆呆地看着，站立在那里说不出话来。

"这可是从缅甸进口的镶玉别针，喜欢吗？"阿磊姆妈看到阿梅这个情形，就把柜台玻璃门轻轻移开，小心地把别针取出来，连同手里拿着的一块小巧玲珑的长方形手表、一把四寸小檀香扇一起递给姜秀梅。

"不不不，阿姨，我真的不能拿，谢谢阿姨……"姜秀梅惊慌地摆手，甚至往后退了一步。这边阿磊说道："阿梅，别客气，就拿着吧，难得我姆妈有这么好的心情。"

阿梅左右为难，她看着这母子俩的真诚热情很是感动，特别阿磊姆妈对自己的亲切态度，使她内心甚至有点苦涩，可是她知道，这些东西是不能够带走的。她向阿磊说道："我真的不是客气，我……我……"她突然说不出话来，眼睛里盈满了泪水，扭身往门口跑去。

"阿梅，你这是怎么啦？"阿磊追了出去。他的姆妈双手捧着那三样东西，不解地看着阿梅的背影。

姜秀梅这时候心里只有疼痛，她一边跑一边质问自己出来是干什么的，怎么变成现在这样。阿磊看到她泪流满面，就很心疼地小声问道："阿梅，你这是怎么了？有什么不愉快的事告诉我，我会和你一起分担。"

"我怎么感觉自己莫名其妙地认识你，甚至跑到你家店铺，我都不认识自己了。"她伤心地抹着眼泪说道，"真的很对不起你，今天出来是为了告知你我现在的状况，可现在是怎么了？""走，坐车上去再说。"阿磊扶着她的胳膊往前走去。坐到车上，姜秀梅就开始小声地述说起自己的状况。

听完后，阿磊怔怔地说不出话来。姜秀梅见状也很难过，她更加小声地对他说道："不好意思，我真的没有想欺骗你，本来就没想着再和你见面，可是你那么好，让我不得不告诉你我的这些事，所以就和你见这一面，于是就……"她开始抽泣起来。

姜秀梅继续哭着说道："其实，我也很苦，我已经嫁人了。我本以为我还是很幸福的。可自从见到你，我才知道什么是温情。你是我目前认识的最温柔的男子，我的心都被融化了。这是我的错吗？"

"阿梅，别哭了，你哭得我心里好难受。知道吗？你也是我一生中遇到的最纯真的姑娘，那天见到你，我才知道自己喜欢的是什么样的姑娘。你让我这两天时时想起你，你的仪态芳容早已融入我的血液，可是，现在……竟然……"阿磊说到动情处也落下泪水。

"唉，这是命，老天让我认识你，是想让我知道什么是人间情分，什么是情投意合。心里很痛，可总算是认识你一场，让我很感恩。阿磊，今天是咱们最后一次见面，今后永远不再相见。"阿梅一边说一边落泪。

阿磊好像被狠狠地刺伤了一样，惊恐地看着她，把她的一双手紧紧抓住，说道："不，阿梅，你怎么可以这样呢？我的心早已经是你的了，不管怎样，都不会让你离开我。知道吗？阿爸最近正在办理我们全家迁居到香港的事情，可以带你一起去的，你我会在香港有一个全新的生活。相信我，一定相信我……"

　　姜秀梅泪流满面,把自己的双手轻轻地从阿磊的手中抽出来:"我已经有孩子了,这肚子里……孩子是无辜的,我……"她被悲戚击倒,叹这命运不公,可是她心里明白,她永远得不到这个温柔的阿磊。她突然伸出双手捧着他的脸颊,带着泪水轻轻地亲吻了他的额头,然后果断地打开车门下车。刚好有一辆出租车过来,她扬手一招,坐上去,像是风儿一般,永远地离开了他。

第四十五章　喜得贵子

那天离开司徒志磊回家后，姜秀梅就发烧昏迷，三天三夜粒米未进，在娘和徐弘雯的细心照顾下，才一天天地好起来。当她能够坐起来喝一碗粥时，是和着眼泪一起吞进肚子里的。她消瘦很多，人好像一下子长大了，变得深沉起来，不像之前那样多言多语。

这天周义勤回来就到姜秀梅的房间，询问了她的病情后说道："年底了，我很忙，不用你来帮忙。现在马上过年，你要振作起来，把孩子管好，把自己的身体搞好，不要再让我替你操心。"姜秀梅点头不语，周义勤就又问道："怎么不说话了？"

"你说的很对，你放心，我会把孩子管好的。"姜秀梅小声回答。

"你最近变化很大，不准再外出了，不过，女人少说话是好事情。"

听见周义勤的这句话，姜秀梅心里很难受，想起若是阿磊，绝不会这样说自己的。现在她只能够在内心恨恨地嘀咕：这个跛脚。她也不知道自己是什么时候知道周义勤的一条腿有点跛。

姜秀梅流产了，这让周义勤及娘很不高兴。周义勤甚至埋怨姜秀梅道："你就好好地作吧。"这句话让姜秀梅很伤心。

1943年的新年如约而至，像往年一样，家家户户守岁贺岁，热闹非凡。而周义勤家里，却是一家老小守着坐小月的姜秀梅。当然年三十晚上祭祖时，全家人还是在娘的屋子里热闹了一番。

姜秀梅一个人在自己屋里，她躺在床上，脑子里总是映现出阿磊的影子，让她思绪混乱。这时候她最不愿意想到的就是这个阿磊，如若不认识他，她就不会痛苦，不会这么伤心牵挂，不会这么孤独无奈。可是内心又感觉自己有幸认识他。她闭上眼睛，思念起那个人，想起那天最后说的可以带她去香港，泪水就流淌下来。

她泪流满面，无法再想下去，于是就把被子一拉，蒙着头哭泣起来，最后浑浑噩噩地哭着睡着了。

当她再次醒来，已经是半夜，周义勤给她端来一钵子鸡汤，告诉她："女儿在娘那里睡觉，你就安安心心地休养吧。"

"不好意思，辛苦娘啦。"姜秀梅接过鸡汤说道，内心强忍住对司徒志磊的思念。那以后她就学会抽烟，以此麻痹自己。

1943年2月19日这天，周义安突然回家来看望娘。自周义安上次回来，已经过去四年。她第一次看到大哥的二太太姜秀梅，看到家里又增加了一个生龙活虎的小家伙，高兴得把孩子抱起来满屋子飞跑，一家子其乐融融。

这天晚上冉浩杰也回来了，这对新人分别已经五年，两个人见面后像是新人一样又激动又有点羞涩。娘激动得喘不过气来，结结巴巴地说道："义……义顺要是在，今天就……就是大团圆了，可惜他们交大全部迁徙到重庆去了。"娘说完就去张罗美味佳肴。她恨不得让自己的女儿和女婿一口气吃进去一只鸡、一条鱼，席上的气氛比往年任何时候都真挚热烈。

这一天也是司徒志磊全家迁徙去香港的日子。这段时间，他总是隔三岔五地去接送姜秀梅的地方守望，就在离开上海的前一天，他开着车几乎在那个地方转悠了一天。他实在放心不下阿梅，放不下这段情。他多么希望能够遇上她一次，哪怕一次，他多么想知道她现在是否安好。

初春的寒风刺骨难耐，他在小巷子迎着小刀子似的冷风，那风仿佛在刺伤他已经破碎的心。冬日的夜色很早就升起来，五点多钟已经有些昏暗。他感觉自己经历了沧桑幽暗，像是一头耗尽了力气的狮子，精疲力竭，无法支撑。他眼睛直直地看向姜秀梅那日走过来的方向，仍然是痴痴地在期盼着她的出现，然而奇迹终归没有出现。

第二天一大早，司徒志磊随着父母乘坐轮船永远地离开了上海。当船儿从母亲河进入大海，水天一色，蔚蓝的天空和海水并没有让他感觉到轻松，而是一种压抑和伤痛。他感觉到永别的残酷，感觉到人生的失意，感受着对阿梅的思念，心里不免苦涩念道："阿梅，你现在可好？身体可好？你知道我现在是多么思念你，你美好的倩影总是在我眼前摇晃，你知道我现在失去的是什么吗？是我的希望和对你满腔的爱。阿梅，难道我的梦就这样断了吗？"

他眼圈红了，闭上眼睛，一滴大大的泪水从眼角滚落下来。旁边的母亲握住了他的手。

这天夜晚，周义安和冉浩杰两个人住在娘的屋子里，娘则在小儿子周义顺的屋子睡觉。冉浩杰温柔体贴地拥抱着周义安，几年的思恋，恨不得一下子都喷涌出来。周义安像是被他融化了，沉溺在他柔情万种的身躯里。

许久，冉浩杰喘着粗气，贴着周义安的耳朵柔声说道："我的义安，知道吗，这几年，我每天晚上总是在思念你的情景中入睡。"他亲吻一下她的脸颊，用手抹去她额头的香汗，再把一角被子拉到她的肩膀上，温柔地小声说道："有多少次想给你一个惊喜，想去延安看望你，可是一直没有机会。直到那天接到你的来信，说最近有事可以顺便回家看望娘，我和领导说了，领导就特批我十几天假，让你我在今天如愿以偿。"冉浩杰拥着周义安，絮絮叨叨，周义安这时候闭着眼睛，享受着这难得的温情和安逸。

他又继续说道："战争是残酷的，我参加每一次战斗，都希望是最后一次，总是期盼着尽快结束，尽快迎来胜利，让战争远离中国，远离世界的各个角落。其实战斗并不是最苦的事儿，最苦的是饿肚子，那挖心牵肠的滋味儿让人浑身发抖。每当那时我就想起你，想着别让我亲爱的人儿受饿。其实，亲爱的，你一定也是经常受饿的吧。"冉浩杰吻着周义安的头发。

"好想念你啊，每一次收到你的信，我都要看好几遍，经常拿出来看，就好像和你在一起了。唉，饿算什么呀，有时候那思念你的感觉，比饥饿还要让人难受。"周义安动情地说。

冉浩杰心疼地亲吻了周义安的额头说道："让你受委屈了。"

冉浩杰紧紧地搂抱住她，好像只有这样才可以缓解他内心的痛苦。他又继续说道："亲爱的安，一定要保护好自己，人在，一切就都存在。在这个多灾多难的年代，咱们结婚已经五年多，竟然连一个孩子都没有时间去要，心里有时候很难受。你说是吗？"

"我是女人，怎么会不难受？可是……可是……"她想起1938年冉浩杰离开时，自己是有身孕的，可是后来又流产了，如何向他诉说？她眼圈红了起来。

冉浩杰看见义安流泪就更加心疼起来，他亲吻了她，耳语道："亲爱的安，不要哭，不要难过，等待革命成功，生活安定了，一定会有的。"

元宵节很快就过去了，周义安和冉浩杰在娘这里住了三天就急急忙忙赶回部队去。临走，娘很伤感，流着泪对女儿说道："你们小两口不在一处，你要好好保护好自己，有时间一定多回家，也好让娘好好补养补养你。"

女儿何尝不心疼母亲？她看见母亲两鬓的白发、脸上爬上的皱纹、满眼的担忧与无奈，她上前抱住母亲，泪水滴落下来："娘，女儿不能够在您身旁侍奉您，让您老人家担忧操心，是我们的罪过。娘，您一定要保重，只要有机会，我就回来看望您老人家。"说完，她怕自己控制不住会放声大哭，于是就急忙转身，和冉浩杰一起走了。

就在周义安和娘告别时，冉浩杰在一旁和周义勤告别，两个男人相互鼓励感谢，两双有力的手紧紧地握在一起。

1943年底，周义勤家里发生了两件大事。第一件是周义安回去后时间不长就发现自己怀孕了。周义安在生产前一个月就回到娘的身旁，于1943年11月20日生了一个儿子，现在娘这里坐月子，娘是跑上跑下地给女儿做好吃的。

冉浩杰听说后高兴地想马上回来，可是战事紧张使他无法请假，他给周义安写了一封信，说为了纪念自己的大哥，儿子的名字里要有一个"然"字。儿子是邵字辈的，他给儿子起名为"冉邵然"，希望儿子无拘无束、自由自在地成长。周义安看到很高兴，她多么希望儿子能够自由自在地成长，不要像自己这一代人一样的苦难波折。

第二件是春节期间，姜秀梅感觉胃不舒服，浑身没劲，一天到晚懒洋洋的。春节后，周义勤抽空带姜秀梅去医院检查，医生告诉他们："告诉你们一个好消息，夫人是怀孕了。回去一定要注意营养，注意休息哦。"两个人一时间愣住了,谁也没有想到会是这么一个好结果。好一会儿周义勤兴奋地嚷道:"啊,啊,是真的吗?我太高兴了……"回家告诉娘,娘也是高兴得合不拢嘴。

第四十六章　百日宴

1944年9月16日，姜秀梅生下一个儿子，周义勤满怀惊喜，看着这个初生儿，一个粉嫩色的肉团，他感谢老天爷很关照他，不但保佑他事业有成，而且是后继有人，今后事业越干越有劲。他给儿子起名为周诚善，这个善字，一是希望儿子是善良之人，二是为了纪念已经牺牲了的大弟周义善。

在儿子出生之日，为了表示喜庆，周义勤又购置了一辆小轿车，专门给客户送洗染好的高档衣物。

由于儿子周诚善身体不太好，周义勤打算给儿子做百日宴。百日宴是要提前一天做，于是刚到12月周义勤就开始准备。他把地点订在场地比较宽敞、口碑不错的酒店，想着到时把亲朋好友、店铺员工及夫人们都邀请来欢聚。

12月23日一大早，家里就请来了理发师，长长的胎毛，周义勤让做成胎毛笔，兴奋地说道："胎毛笔又称'状元笔'，咱们儿子今后学习一定好。"

娘早就为孙子做好一把银的百岁锁，高兴地把百岁锁戴在孙子脖子上，百岁锁上系着红色丝带。当姜秀梅抱着儿子进来时，亲朋好友们热闹地纳福随礼，红包堆满了孩子胸前，有送衣物鞋袜的，也有送绸缎料子的……

周诚善安然地躺在娘怀里，开阔的额头，明亮的大眼睛，粉嫩的脸颊，小小的红唇，偶尔睁开两只眼睛望着来逗他的人。他穿着一件绸缎棉袄，旁边椅子上搭着一袭红色丝绒小披风，脖上那个百岁锁熠熠生辉，手腕上的金手镯闪闪发亮，甚至脚腕上都有一对银镯子。

饭厅里金碧辉煌，人声沸腾。激动兴奋的周义勤，满面春风，他热情洋溢地说着感谢嘉宾的话语,最后手中举杯,大声说道:"各位来宾!亲朋好友们,大家一起举杯,为了犬子的健康幸福,干杯!"

"干杯……"

"干杯……"

所有人都站立起来,举起手中杯,共饮百日喜酒。席间大家互相祝贺,为孩子祈福迎祥。人来人往,熙熙攘攘,喜庆贺语溢满百日宴。

周义勤敬酒后过来,看到儿子在姜秀梅的怀里香甜地睡熟了,在他身旁摆满了玩具、衣服及礼品盒子。

这天晚上,周义勤来到姜秀梅的屋子,他听见姜秀梅哼着儿歌:"小亲亲,不要你的金,小亲亲,不要你的银,奴奴呀,只要你的心!"他很高兴,走过去对着儿子亲吻揉搓,然后就对姜秀梅说道:"儿子也不能够太娇惯了啊,这不是咱们家的风格。"

姜秀梅笑着小声回答:"知道啦。不过,你看你刚才的样子,对我也没有那样疼爱过。"周义勤说:"嫉妒儿子啦?我对你也是很好的嘛。"周义勤搂住姜秀梅亲吻了一下,就又说起来:"现在是战争年代,不知道这个战争要打到什么时候,咱们的生意能够维持到什么时候。现在我已经是三个孩子的阿爸啦,可是,还希望再有几个孩子,希望你能够戒烟,好好养育孩子们,好吗?"

"抽烟又不耽误做事情,我知道现在要更加节约,但也不至于我的几支香烟影响过日子吧?你放心地去把店铺生意做好,家里有我呢。"姜秀梅说道。

"我也说服不了你,你好自为之。娘年龄大了,我想再请一位厨师。你这边把孩子带好就行了。"

"好的,娘也算是帮忙了,下来把诚蓉搬过来,我会照看好的。"

"不行就给你这里也请一个帮工吧,别把自己给累倒了。"

"再试试吧,我会考虑的。最近奶水总是不多,不行了再请也不晚。"

"奶水是大问题,一定要解决好。睡吧,明天还是很忙的。"两个人说着话,就都慢慢地入睡了。

冉浩杰随部队挺进湘粤边区。当部队从西北往东南方向赶时,他第一次看到成片的罂粟。时至深秋，花期已过，看到的是还没有成熟的绿黄色果球。

这时候冉浩杰感到无尽的悲伤，他想着可爱的祖国大地上，什么时候可以不再见到这美丽却有毒的罂粟？什么时候中华大地不再有战争？什么时候可以和亲人团聚？他自言自语地说道："义安可好？儿子可好？儿子已经快一岁了，长什么模样？"思念之情是语言不可描绘的。

这天，冉浩杰收到周义安让部队一位同志捎来的信。周义安在信中对他说道："浩杰，尽管战争仍然不断，但是抗日已经取得了全世界的支持，包括美国也已经在考察，得出了石破天惊的结论：'救中国，非共产党之力量不可。'亲爱的浩杰，胜利就在眼前。咱们一定要坚强，要努力坚持，相信一切都将越来越好，相信团聚有期。"

冉浩杰看着信，不禁热泪盈眶。他期盼胜利，期盼周义安和儿子一切安好。

第四十七章 抗战胜利

1945年春天，上海租界弄堂的屋檐下，燕子筑巢，煤炉生烟，生意忙碌……外面大街小巷的梧桐树上已经发出新芽，嫩绿暖黄，阳光透过新芽射下来，像是一幅朝阳图。周义勤下午因为有事提前回家，斜阳中看到两个女儿在和其他小朋友跳皮筋，那温馨的画面让他回忆起自己吃不饱肚子的童年。

看到女儿幸福的笑脸，周义勤的眼神不禁温柔起来，想着自己付出的艰辛，不就是为了眼前的一切吗？自己现在是三个孩子的父亲，感觉责任重大，但更加感到一种自豪。加上现在事业上的顺利，他感受到作为一个男人的成就感。

冉浩杰在前线参战并且记录着中国抗日的战况。这一年不仅是中国，世界上许多地方都开始了反法西斯的斗争。

在中国的战场上，飘扬着铿锵有力的歌声。

旗正飘飘马正萧萧
枪在肩刀在腰
热血似狂潮
旗正飘飘马正萧萧
好男儿报国在今朝
快奋起莫作老病夫
快团结莫贻散沙嘲

快奋起莫作老病夫
快团结莫贻散沙嘲
团结奋起奋起团结
旗正飘飘马正萧萧
枪在肩刀在腰
热血似狂潮
旗正飘飘马正萧萧
好男儿报国在今朝
国亡家破祸在眉梢
要生存须把头颅抛
戴天仇怎不报
不杀敌人恨不消
团结奋起奋起团结
旗正飘飘马正萧萧
枪在肩刀在腰
热血似狂潮
旗正飘飘马正萧萧
好男儿报国在今朝

1945年8月15日，日本宣布无条件投降，结束了中国艰难困苦的十四年抗战。

第四十八章　龙凤胎

1946年的新年，周义安和冉浩杰一起回娘这里过年。自1943年底周义安生了儿子冉邵然，在家里住到新年过后就回延安工作，留下儿子由娘和大嫂代管，这一别就是三年。

这个新年，周义勤全家又是一次难得的大团聚，娘是高兴得不得了，把自己屋子让给女儿女婿住，自己住小儿子的小屋。小儿子周义顺所在的交通大学已从重庆迁回上海，不过他目前正在忙着准备毕业论文，要到年三十才能够回家。

为了庆祝今年的大团聚，娘特意做了几个家乡菜，娘把姜秀梅从娘家带来的小石磨拿出来，要亲自磨糯米粉。

孩子们看着石磨转得欢快，就都嚷嚷着要推磨，娘急忙说道："这哪是你们孩儿能够使上劲的？可是孩子们知道吗？老家的磨比这大多了，人要围绕着磨盘，走着推着。听奶奶给你们唱老家的推磨歌谣。"孩子们睁大眼睛好像不明白似的，娘就笑着小声哼哼起来："推磨喂磨，推粑粑，请嘎嘎；推粑粑，接嘎嘎，嘎嘎不吃娃娃的酸粑粑；推磨，摇磨，推粑粑，赶乡场，娃娃不吃冷粑粑……"孩子们高兴地学唱起来。

这边徐弘雯替换下娘，石磨旋转得更加快。磨石的飞舞，奏响了更加明快的新春乐章。待把磨好的米浆口袋放在条凳上用绳子绑紧压好，娘就高兴地说："过一两天就好了。"

过了两天大家又围坐在一起，看着徐弘雯和姜秀梅熟练地把半湿的糯米粉搓成一个个胡桃大小的圆团，再把它们压成小圆饼，然后分别包进肉馅或者猪油黑芝麻馅，再搓成圆球，这就是南方的汤圆了。

娘一边和她们包汤圆一边说道："在合江，过年或者清明家家户户都会自己做糯米粑粑吃，特别是清明的艾草青团有股奇特的香味。如果想吃黄粑，就得在推磨的时候往米里加黄栀子果，蒸好的黄粑用模子做成各种形状，然后用稻草灰的碱水泡，这样既不会干裂也不会霉坏，想吃的时候就取出来。"

尽管抗战已经结束，但粮食供应仍很紧张，就是在租界，每天早上粮铺前都挤满人，大米的质量也越来越不好，有掺沙子的，也有变黄或发霉的。到家的第二天早上，冉浩杰在弄堂口发现一个腰围特别大的乡下人。那人看见他就问："要米吗？是新鲜米。"

冉浩杰马上回答："要的要的。在哪里？"

乡下人悄悄指着自己的腰说道："在这里。被发现是要遭罚的。"这种米价格肯定是贵一些，不过品质好。冉浩杰把他带的米全部买下来，临走还说道："有的话，明天再送一些来，这里孩子多。"

冉浩杰的儿子冉邵然已经快三岁，他喜欢得像是心肝肉似的，回来两天，就和儿子亲热得好像从来没有离开过。这一天他和周义安抱着儿子一起去南京路购买新年礼物，一路上两个人轮流抱着儿子，春风满面，话语不断。在公交车的座位上，小家伙的头扭来扭去，对车窗外面的景致表现出极大的兴趣，冉浩杰就给他细心地解说着。当晚上从南京路回来，大包小包的，给家里每个人都购买了新年礼物，一家人欢天喜地地试新衣服、看礼物。

"娘，这一身提花缎子夹袄，您试试合身不？"周义安拿着一件枣红色的提花夹袄递给娘。娘高兴地说："红色的，我怎么穿？可惜这面料了。""娘，老人穿红色的是喜色，这个枣红色一定配您穿。"

这天晚上，等儿子睡着了，冉浩杰和周义安两人相拥一起，周义安满脸通红地小声说道："浩杰，不好意思，我刚来月经，咱们……"不等她说完，冉浩杰更加激烈地亲吻，耳语道："就这样也是幸福的嘛，多么想天天这样拥抱着你睡，我的安。"一阵亲吻过后，冉浩杰拥着义安小声说道："抗日战争是结束了，可是蒋介石却公然破坏国共两党的《双十协定》，这样的话，今后还会有更加艰难的日子,咱们还得牛郎织女地过日子。"

周义安听说,沉默了一会儿说道:"这也是我最担心的事情,孩子大了,再麻烦娘我是于心不忍,可是战争不停止,孩子跟着我会有危险的。"

冉浩杰理了理周义安的头发说道:"这次可能还是不能够带孩子走,租界还是最安全的地方,还是要麻烦娘再辛苦辛苦,等待时局好转,咱们再来接儿子,你看可好?"周义安回答道:"也只能够这样了。"

年三十晚上全家祭祖守夜,娘按往年程序和儿孙一起祭拜先祖、爹和义善。今年有义安和冉浩杰回家,义顺也从大学回来,更显得气氛浓烈,孩子们都换上新衣服喜气洋洋排列在后面,学着大人们的样子磕头祭拜。

祭祖结束大家吃年夜饭前,听见外面孩子们拉着长音在唱儿歌:水做的峰峦,涛筑的山坡,天上星星一点点,一点就点燃……

屋子里突然冒出三个稚嫩的童音,唱道:"九曲十八弯,是我脉搏绕,头顶烈日奔,脚下踏寒霜,祖国奔马跃,抗战定胜利……"

周义顺禁不住也兴致勃勃地朗诵起来:"悠悠岁月历沧桑,血战驱倭捍域疆。凿石山铺滇缅路,渡江地作练兵场……"

大家高兴地拍手鼓励,周义勤兴奋地说道:"哈哈,青出于蓝而胜于蓝嘛。孩子们比咱们强,竟然会唱抗日歌了。义顺的诗歌也让人振奋。看来,今年是新时代的春节。孩子们,要知道,任何时代中华文明都不可丢掉。除了在家里,对外也要有礼貌,要尊敬老人,爱护弱小。你们记得孔融让梨的故事吗?"

"记得,阿爸。"几个孩子齐声回答。

"好了,现在开始吃饭,先祝福奶奶健康长寿。"周义勤的话语让所有人都举杯祝福娘万福健康,一时间大家热闹地相互祝福。这顿饭在鞭炮声中吃了很长时间。娘看着眼前的儿孙们,想起周义善,眼眶红了。她不断地给这个夹菜,给那个递酒。孩子们争先恐后地给她敬酒,说着祝福语。娘喝了几盅酒,在那件枣红提花缎袄的映衬下,红光满面。

兄妹几个兴高采烈地吃着娘做的家乡菜,天南海北地聊着,孩子们吃了一会儿,被鞭炮声吸引得时不时跑出去凑热闹。听着跑马厅那边的自鸣钟敲响十二下，孩子们跪在地上给长辈们磕头，儿女们给娘说着祝福话语，义安和弘雯端上一碗碗汤圆。

周义勤和娘在孩子们都睡了后，在他们的枕头下都放了压岁钱。

第二天大清早，天空刚刚出现淡淡的红色朝霞，外面激烈的鞭炮声又响起。孩子们生龙活虎地闹起来，拿着枕头下的红包，去给奶奶和父母磕头，又去给隔壁邻居拜年，祝福声四处响起，好一派新年新气象。

周义顺要带孩子们出门，去黄浦江畔看看节日的景色。姜秀梅因为身孕，感觉不舒服，躺在床上休息，快两岁的周诚善却闹着要和叔叔一起出去。周义顺一把抱起，高兴地说："小宝贝，走，一起去。"周义安夫妇也带着儿子随周义顺去游玩，他们想让孩子们多一些外出的机会。

新年的黄浦江畔游人很多，还有许多外国人。四个孩子身穿新衣服，从小到大排成一队，像是盛开的花朵，迎来许多回头率，有的外国人甚至要和这四个宝贝合影。而这四个小宝贝却都睁大眼睛看着外面的世界，那滔滔江水的翻滚声让他们感觉像是音乐，饶有兴致地看着江面的船。

三个大人除了看管好孩子，话语也是不断，特别是小弟周义顺，兴奋地对姐姐和姐夫说："姐、姐夫，我在学校也是忙得不可开交。在重庆那阵，我们除了学习，还会有许多事情做，和你们一样在抗日。"

"你是咱们家最幸福的一个，你可是要以学习为重啊。"周义安说道。

"那是，不过我也是学校抗日的主力军，我是学校抗日联队的副主席，也是国民革命军的一员。记得前年在四川，我们抗日联队差一点就上战场了，那时候我简直兴奋得不得了，可是最后又不让我们这些学生上战场，说我们是国家的未来，让我们安安心心地学习。"

周义安一听就急忙说道："义顺，你现在是咱们家唯一的大学生，你要顺顺利利地把学业完成，不可辜负了娘和大哥。抗日的事情有我和你浩杰哥去干就可以了。"

"姐，你这说的就不对了，国家有难，匹夫有责，人人都要去尽心尽力地努力。你知道吗？我现在仍然是国民革命军的一员，等待毕业了，我会去做我应该做的事情。姐，你放心。"

"你现在是学生,好好学习是本分,等待你毕业了,工作了,再好好地为国家服务。义顺,姐说的,你一定要听啊。"听着周义安的话,周义顺就再没有说什么。

正月初五一过,周义安和冉浩杰就要回部队,和亲人分离。周义安把儿子留下,感觉很对不起娘,她满含泪水地对娘说道:"娘,女儿不孝,还留下孩子让您操心,等待局面有所稳定,我会尽快接走孩儿。娘,让您辛苦了。"她面对儿子,更加是一番心痛,紧紧地搂抱亲吻。快三岁的儿子,好像知道爸妈要离开,就哭着呼喊:"我要爸爸妈妈,我要爸爸妈妈……"周义安的心都碎了。

这天晚上下班,周义勤去徐弘雯屋子,看见大女儿已经在对面床上睡着了,他轻轻地抚摸着女儿的头发,亲吻一下,转过身回到徐弘雯床边。

"阿睿睡得好香,怎么你还没有睡?"只见弘雯靠在床头,手上编织着细绒线毛衣,嘴里回答:"一转眼秋天就到了,我给几个孩子织一身细绒衫。"她抬头看见周义勤用异样的眼光看着自己,不觉脸一红,小声问道:"这么看着我,是怕我跑了?"

"你跑哪里去?不知道为什么,见到你,就有一种温柔传遍我全身。"周义勤上床紧紧搂住她,狠狠地亲吻她。徐弘雯放下手中的活计和他一起从床头滑下来,躺在床上,两个身躯如漆似胶地贴着。周义勤温柔地抚摸她的全身,发出粗重的喘息声,云海颠倒,最后响起饿狼一般的吼声。

徐弘雯喘息着,周义勤抚摸她汗湿的乱发,徐弘雯亲热地对着周义勤的耳朵说:"你呀,总是这样饥不择食……"

"我只对你饥不择食……"周义勤喘着粗气,贴到她的脸上回答道。

"阿勤,我听一些店员说你最近脾气不好,这不该是做大事的行为。你也该收敛收敛,以制度待人,这样对他们的工作会有好处。"徐弘雯的话让周义勤清醒起来,不过还是强调道:"对那些不遵守规矩和偷懒的人,不指正行吗?许多人对工作不负责任,我是不允许这种现象在我的店铺里出现的。当然,今后我会改的。"周义勤一开始很不高兴,后来语气好了一些。

1946年底,姜秀梅生下一对龙凤胎,是姐弟俩。周义勤高兴至极,他现在是五个儿女的父亲，激动地感觉到这是老天给他的恩泽，于是他给这对姐弟起名为周诚雨和周诚泽。他激动地取来纸墨，写下了自己五个儿女的姓名：周诚睿、周诚蓉、周诚善、周诚雨、周诚泽。

战争年代，不少江浙等地有钱人来租界避难，致使人口大膨胀，居住状况也特别拥挤，这刺激了租界内房地产业、商业、金融业和服务业的空前繁荣。周义勤的洗染业务也是蒸蒸日上，走上一个崭新的繁荣期。在这个难得的高涨期，周义勤趁机买下徐弘雯和娘住的两间房子，感觉这才踏踏实实在这里扎下根基。

买了房子，周义勤打算在上海最繁华商业圈——霞飞路再开一个洗染店铺，忙得他整天又要在外看铺面。

这天晚上，周义勤对姜秀梅说道："我想在霞飞路开一个铺面，那里会让我的洗染业务得到更好的发展。"

"业务一定更加好，可是那里的费用会很高。"姜秀梅回答道。

"那是一张名片，是咱们德美洗染店的一张名片，会把我们的洗染业务提升到一个更高的层面上。你想想这值得吗？"

"值得的。"

"你也辛苦，为这个家的繁荣兴旺出力了，今后孩子的教育要摆在头位。"周义勤说着，亲吻了旁边小床上的一对儿女，回身躺在床上，紧紧地搂住姜秀梅。他亲吻了身边人，身边人躺在他怀里，闭上眼睛，心满意足地睡着了。

第四十九章　殇逝

　　1947年，周义勤已经拥有三家洗衣店铺、两辆小轿车、三套住宅，还有五个漂亮懂事的儿女。三个店长都是周义勤的得意门生，每个店铺的业务仍然是那么繁忙。新开的店铺在霞飞路中段，周边开设有许多服装店、面包房、咖啡馆等。周义勤在这里开业不久，业务量就是另外两个店铺的总和。这么好的业务量，让他又萌生在霞飞路再开一家店铺的想法。

　　娘听说了还是让他稳着点，不要太激进，劝他道："抚养孩子们是现在家里最大的事情，不要再破费搞店铺，缓一缓再说。"

　　周义勤接受了娘的提议，说："好的，今年就把三个店铺的业务和操作流程再整顿一下，把孩子们的规矩再抓一抓，今年诚蓉也要上学了，年底或者明年初又多一口子，会有很多事情的。"

　　娘又说道："义顺大学毕业就在国民革命军里任职，也不知道他现在可好？你也托人打听一下。""好的，娘，知道了，您也歇息歇息。"周义勤回答后，就离开家去霞飞路店铺。

　　1947年10月，秋高气爽，周义勤看到天是那么的蓝，小摊上摆满了各色瓜果，他的心情也似这季节一样灿烂。洗染店的业务很多，生意欣欣向荣。霞飞路店铺的客户以外国人和上流社会人士为主，洗染衣服有毛料和皮革制作的西装、大衣和夹克，以及女士高级皮毛外套、皮毛围巾、高级衬衫、真丝套装和毛毯等。周义勤已经在店铺增设了电话服务，为客户提供有商标的专用收货布袋和细藤编制的送货小衣箱，用小轿车送到客户处。德美洗染店一跃成为上海数一数二的洗染店。

一天晚上,周义勤从霞飞路回家,在弄堂口看见两位军人在洗染店门前张望,周义勤走上前问道:"请问两位,是有什么洗染业务吗?"

"想找周义顺的家人,请问,这个店铺是周义顺哥哥周义勤的吗?"其中一位回过头来说道。

"我就是周义勤,是有什么事情吗?"

两个人都看着周义勤,半天不言语,周义勤又问道:"怎么,义顺有什么事情吗?他现在哪里?他可好?进屋说吧。"他说着就开门把两人让进店里,同时让值班师傅在后院休息。

两人进店环顾一下店铺,对望了一下,一位说道:"我们是周义顺的大学同学,都在一个部队,他……他……"其中一位好像说不下去了。

另一位就接着说道:"您不要太伤心,周义顺,他……他牺牲了……"

周义勤正在给他们沏茶,突然呆立在那里,慢慢转过头看着两个人,脑子反应不过来了。他不明白那个人说的什么,嘴巴动了动,可是没有发出声音。

"大哥,我们经常听周义顺说起您的故事,尽管之前没有见过您,可是今天见面感觉并不陌生。周义顺是个好战士,是我们的好朋友,他在部队负责军事装备,由于工作认真,看不惯那些发国难财的贪官,在一次争论中,竟然……竟然被一个贪官拔枪杀害了……"其中一位伤心地说道。

另外一位马上又说道:"大哥,周义顺这事在我们部队引起很大震动,领导很重视,现在已经开始整顿贪腐,已经抓捕了那个贪官,还给周义顺颁发了烈士证书。"说着,就赶紧从挎包里拿出一份资料交给周义勤,还有周义顺的几样遗物。遗物中有一件被打穿的衬衣,那是娘缝制的衬衣,现在已是血迹斑斑。

周义勤这时才意识到小弟已经死去,一条活生生的生命陨落了,他一生的希望、一生的奋斗、一生的付出,就这样流失了,他泪流满面,无语可言。

"大哥,是我们没有保护好他,我们也很伤心。"那两个同学突然同时跪在周义勤膝前哭起来。

"我如何给娘交代啊……"周义勤绝望地大声哭泣起来,伸出双手搂住那两个人的肩。

"大哥,我们要给义顺报仇并寻求新的人生,今后,我们就是您的弟弟,有什么事情我们会来帮您和娘,来为义顺尽孝。"

周义勤泪流满面扶起两人,禁不住又出声哭起来,他感觉天昏地暗,那么无助,嘴里吐出几个字:"娘,娘啊……"然后就失去知觉,吓得两人急忙扶住掐人中。他发出一声凄厉的哭声,令那两人泪如雨下。在后院的徒弟快步走来,拿了一杯水慢慢地给周义勤喝。那天,几个人在一起待了很久很久。

半夜时分,周义勤来到徐弘雯的屋子。徐弘雯看见他进屋这么晚,面色苍白,双眼红肿有泪痕,一下子从被窝里坐起来问道:"你怎么了?发生什么事情了?"问得周义勤眼泪又滴落下来。

徐弘雯打来一盆热水,帮助他洗漱后躺下,才轻声在他耳旁问道:"怎么,发生什么不好的事了?"

周义勤把周义顺的不幸告诉她后,含泪说道:"唉,我怎么告知娘啊。"

徐弘雯也哭起来,她双手摇摆着说道:"不,不,不能够让娘知道,那样太残忍了,暂时还是你我知道,好吧。"周义勤点头答允。

日子还是和原来一样,可是好像有一种看不见的沉重萦绕着屋子。周义勤在家里的话语少了,大家都认为是工作太忙造成的。徐弘雯做什么事情总是静悄悄的,而在有五个孩子的家里,有谁能够感受到一个人的变化。

一个周末下午,徐弘雯带周诚睿去看望姜秀梅,娘送来洗好的大孙女衣服。屋子很干净,只是孙女的书桌有点凌乱,娘就开始整理起来。娘打开书柜下面的柜门,看见一个牛皮纸包裹,鼓鼓囊囊的,就拿出来打算整理整理,没有想到打开看见的却是一件有血迹的衬衣,而且很眼熟。她不由得自言自语:"这不是义顺的衣服嘛,怎么会在这里?"

她翻开衣服,看见胸口有一个血洞,脑子不由得就嗡的一下,好像空白了一样,一屁股坐在地板上,呼喊起来:"阿勤……阿雯……"

她知道屋里没有人,就开始呜呜咽咽地哭诉起来:"阿顺,你怎么了?你现在哪里?你怎么,不告诉我……"她已经没有能力站立起来。

等到徐弘雯回来看到这景象,吓得急忙把老人家连拉带抱地安置到自己的床上，然后把那件被娘紧紧搂抱着的衬衣取下来，重新包裹起来。哭着对娘说道："娘，娘，醒醒，别吓着我，知道吗，娘，我们看您这么大年龄，是想瞒着您一段时间再说的。"

娘从半死的状态下咕哝出一句话："能够隐瞒一辈子吗？阿雯，告诉娘，义顺他……他到底是怎么了？""娘，还是让义勤告诉您吧，您不要太伤心了……"徐弘雯哭泣着趴在娘的怀里说不下去了。

"天啊，这是怎么了？阿顺，你……"娘一下子又没有了声音，吓得徐弘雯爬起来就掐娘的人中，娘哇的一声醒来，就痛哭起来。

自此，娘卧床不起，一连几日不思茶饭，搞得一家人都在郁郁中过日子。周义勤天天围着娘劝解，可娘是一日不如一日，急得周义勤只好请来医生上门看诊。娘这是心病，哪是大夫可以医治好的？就这样，一个月后，娘就随着小儿子去了。

周义勤给周义安打电报告知娘的不幸，他伤痛欲绝：一家六人，爹娘加兄妹四个，现在就只剩下兄妹两人。周义安知道这个噩耗，头脑一片空白，她不相信娘就这样走了，更加不愿意相信小弟的悲剧。她想起儿子还在那里，娘没了，家都乱了，儿子怎么办？她给冉浩杰写了封信，又去和领导诉说，领导很理解她现在的心情，说刚好有出车去上海，让周义安化装成国民党军秘书的模样，有身份证明，顺利地到了上海。

兄妹见面抱头痛哭，一时间大人小孩的哭声一片，邻居们过来相劝。在母亲墓前，周义安想起娘的一生，坎坎坷坷，为了几个儿女，受尽苦难。现在儿女长大，日子也好起来，她却……周义安哭得昏死过去，被徐弘雯一把搂住掐了人中，才慢慢苏醒过来。小弟的墓地在国民党的公墓里，里有持枪的士兵放哨。周义安拿着国民党秘书的证明，去墓地祭奠了他。活泼聪明的小弟孩童时期的景象，一幕一幕地掠过她的脑海。

"大哥，把小弟迁移出来，和娘在一起吧。"周义安哭泣着说道。之后忙碌了两天，最终周义顺遗体迁往娘的身旁。

那几天也许是过分伤心，也许事情太多，疏忽了孩子们的饮食和休息。一对双胞胎突然发烧咳嗽，去医院看病，医生诊断是得了急性肺炎，双胞胎一起

他面对几个灵位哭诉:"这是对我一生苦难的回报吗?"

住院。儿子周诚泽从小身体比较弱，一直高烧不退，最后连哭的声音也没有了。出院时，周义勤只抱回来了姐姐，弟弟却永远地留在外面，找奶奶去了。

周义勤大病一场，他实在接受不了眼前发生的一切，他感觉天塌了，自己在下沉，下沉。小弟走了，为了瞒着娘，他是强忍悲痛，强颜欢笑。而后，娘又走了。娘是多么命苦，中年丧夫，老年又丧两儿子，娘是伤心而去的。怎么现在连自己心爱的小儿子也去了呢？他自言自语地哭诉道："这是对我一生苦难的回报吗？老天爷呀！"

周义安也是伤痛万分，她想着这几年娘照料自己的儿子，自责自己还没有孝敬娘，娘就……真正是老母与子别，呼天野草间。

在娘屋子里的五斗柜上，现在有爹、娘、周义善、周义顺的灵位，还有一个小孩儿的遗照。兄妹俩面对这个景象是撕心裂肺。

晚上周义安给丈夫写信："浩杰，娘的去世让我很伤心，小弟的意外离去让我更加伤痛，还有我那小小的侄子……浩杰，人说国难当头，我这儿现在是家难当头。想当初爹走时，我们兄妹四个，加上娘，那还是很热闹的一个家，而今，就剩下我和大哥。浩杰，我觉得我像是家里的罪人，没有尽过孝，也没有尽到抚养自己孩子的责任……可是，我又能够怎么样呢？浩杰，现在这个时刻我特别想念你，你可好？一定要保重自己，浩杰，你能够回来一趟吗……"

知道家里一下子走了三个人，冉浩杰心急如焚，他去和领导谈了此事，领导批假后，他急忙乘便车，转火车，到家时周义安哭着扑向自己的爱人："浩杰，娘……娘……"

周义勤也满眼泪水，见到这个曾经的三哥，现在的妹夫，两个人相拥而泣。在娘和周义顺的墓前，三个人又哭泣着回忆起娘的一生，冉浩杰动情地说道："娘，您是中国最伟大的母亲，您一人养育了几个好儿女，他们为了革命奋斗，甚至牺牲自己。娘，您为母则刚，您一生勤劳善良，为了孩子们的成长把自己所有都奉献出来。记得在合江，您对我如亲人，而后义善牺牲您来到上海，全家吃喝拉撒都是您在操心，包括我和义安的儿子也是您一手养大。我们没来得及尽孝，没有让您吃上一口顺心的饭，而您却被更大的残酷压倒。娘，您的恩德我永记不忘。娘，我会照顾好这个家。娘，我想您啦……"冉浩杰痛苦得说不下去了。

冉浩杰把家里所有事情都包揽了，买菜做饭、打扫卫生、修修补补、安慰家人，就连周义安在他的劝解安抚下，精神也好多了。娘一过三七，周义安和冉浩杰就抱着儿子去与大哥和两位嫂嫂告别。周义安婉拒了大哥对孩子的挽留，想抱着儿子去自己的工作之地，可是徐弘雯说话了："义安妹妹，时局这么乱，你怎么可以让孩子跟着你？娘走了，还有我会关照孩子，你放心，我会把孩子照顾得好好的。"

周义安一下子顿住了，她满含泪水地说道："大嫂，可是，我……"她流着眼泪说不下去了。她怎么会不知道现在的处境？

"大嫂，我们只能够说是感谢您。这个家现在需要您更加多的帮助，等待时局有好转，我们一定回来接孩子走。"冉浩杰双手合十，感恩戴德地说着。

周义安揩去眼泪蹲下来，双手扶住儿子的双肩关照道："邵然，我的好儿子，一定要听话，听舅舅和舅妈的话，妈妈很快就回来接你。"

"妈妈，我不要你走，不要你走……"儿子大哭起来。

"儿子，你不是答应过妈妈，做一个勇敢的孩子，怎么现在哭起来了？我的好儿子，不哭，妈妈会回来的……"

1948年1月3日，周义安和冉浩杰留下儿子，带着一颗破碎伤痛的心，去追赶各自的部队。

第五十章　黎明前的朦胧

1948年1月，冉浩杰回部队后给周义勤写了一封信，周义勤收到信已经是5月。信上说道："大哥，娘去世几个月了，可我心里仍然很难过。大哥，伟大的解放战争到了关键阶段，我一步也离不开部队，家里的事情都靠您了，等待战争结束，我会来感谢您，新中国也会感谢您，到时咱们再一起去祭奠娘和小弟。大哥，就写到此，部队又要出发，匆匆忙忙就此搁笔。邵然给您添麻烦了，不要特殊对待，望您保重自己身体！浩杰敬上。"

在中国最关键的时刻，冉浩杰和周义安都忙得不可开交，在百忙中他们总是相互鼓励。在一次来信中，周义安透露她怀孕了，说在革命关键时刻，不知道是保留还是舍弃。冉浩杰是又喜又惊。喜得是又有一个小生命了，惊得是周义安要舍弃。这是绝对不行的。他赶快给周义安写信劝她，又心疼地告诉她："义安，辛苦你了，很心疼你在百忙中还要受怀孕之累，你一定要挺下来。终有一天我在你身边时，所有家务我一人包了，记得，一定要保护好自己，保护好咱们的孩子。"

冉浩杰再次收到周义安的回信，已经是1948年8月了，掐指一算，周义安快生了，想着在这艰难境地，她如何顺产，心中不免担忧起来。

这个时候周义安挺着大肚子，随中央到达西柏坡。1948年9月16日，她在西柏坡一个农民家里产下一个女儿。周义安看到孩子的眼睛明亮机敏，于是起名为冉邵敏。

这一时期，上海物价以几百万倍的基数往上涨，家家户户门厅都堆满了纸币。国民政府为了稳定市场就不断发行新的货币，于是，金圆券问世了。然而，金圆券发行速度过快，通货膨胀很快再次出现，到了1949年初，物价飞涨到匪夷所思的地步，粮价一两个小时就要变动一次。周义勤几个店铺的房东有时候要求以米面来交房租，员工也提出用米面发工资，有时候几个店铺挣来的钱连饭都没办法吃饱，日子越来越艰难。

生意表面看起来还是很红火，但是收入跟不上物价上涨的速度。1949年3月，姜秀梅又生了一个儿子，圆圆的脸庞，皮肤白皙，眼睛炯炯有神。周义勤希望自己的事业能够顺顺利利，于是给儿子取了一个吉利的名字——周诚畅。那以后，尽管物价上涨，他给孩子们买东西，只要能够买到，都是一打一打地买回来。心想，不管什么情况，绝不能亏了孩子们。

进入1949年4月，时局更加紧张，许多人都在往外逃跑，报纸上天天都有新的战事消息。马路两旁有许多看报的人，那些认识不认识的人都会相互讨论时局。每天购火车票船票的人也是人山人海。

有天中午，染料店老板唐毅星来约着周义勤一起去吃午饭。吃饭间，唐老板就说："义勤啊，现在时局大变，你没听说北平盛大的入城仪式吗？解放军是从外国人的使馆区东交民巷走进北京城的。那以后他们又呼喊打过长江去，解放全中国。现在他们已经从长江过来，北平和南京都解放了，上海看来也要解放了。义勤，你现在有什么打算吗？"

周义勤很坦然地回答说："我有什么打算？上个月太太又给我生了一个儿子，这么一大家子，能有什么打算？"

"现在正是该拿主意的时候，你没看见现在每天都有许多人拖家带口地逃离上海，听说国民政府也正在把金银财宝装箱用军舰飞机运往台湾，连外国人都在急急忙忙回他们自己的国家。时间紧迫，不要到时候连出都出不去喽。"唐老板又诚恳地说道："现在人心惶惶，是咱们最后拿主意的时候，再不能够拖延。"

周义勤回答："我是正经做生意的人，不管是什么朝代，人总是要吃饭穿衣，这些服务不会不需要的吧，我想着应该会有我生存之地吧。"

"义勤，过几天我就去香港了，以你我的关系，让我不由得想到你该何去何从。这几年你兢兢业业把自己的生意做得很兴旺，现在你德美洗染店的牌子在上海也是叮当响。跟我一起去香港吧,那里市场繁荣,有很好的发展机会在等着你。"

听了他的话,周义勤内心一颤:上海是自己事业的根基,怎么可以这么随随便便地离开呢?他沉思一下,很动情地回答说:"谢谢你的好意。在这个动荡时期,能有你替我设身处地地考虑,我是感激涕零。不过,我还是不想离开,不想离开自己辛勤创业之地、不想离开长期支持店铺的顾客,不想离开自己的祖国。这里有我创业的根基,有我的爹娘,兄弟姊妹和妻子,还有我那么多的孩子们。这不,秀梅最近又生了一个儿子,我的负担很重啊。"

"要你去,当然不是你一个人去,是让你带上全家老小,另外再带上你德美洗染店牌子和两三个能够独当一面的员工就可以了。到那里所有的开办费用,还有你们的住宿、吃喝,都由我来承担。要知道,人去一个新地方,是应该有自己经营的实体,才能够站稳脚跟。义勤,咱哥们这么多年往来,已经是亲兄弟似的。在香港,一起努力,会重新创立出比你现在更加大的产业,希望你相信兄弟的一片诚意。"

"哎,毅星,难得有你这样的兄弟情义,眼前的混乱局面我也是看在眼里,内心很纠结。可是这终究是离开故土的事情,让我再考虑考虑吧。说真的,我现在好像已经没有精力再去从头创业,不过,我一定会慎重考虑,会尽快给你一个答复。"

这天晚上,周义勤在徐弘雯的屋子里,想着那些孩子们,想着自己在这里已经有的生意、店铺、房产,他通宵不眠。他也看到现在局势很混乱,也不知道这种混乱能够到什么时候停止,更加不知以后的政府会是什么政策。可是和朋友去香港,那会是一种什么生活状态?

看到他翻来覆去,徐弘雯就主动问道:"阿勤,你怎么了?有什么糟心的事情?不要一个人憋着,会憋出毛病的。"

"现在这个局面,真的让人不得消停,你说这个国家会有什么大的变化?"周义勤侧过身体搂着徐弘雯问道。

"局面是动荡不安,不过咱们的生意还是不错的嘛。怎么,你有什么想法?"

听到妻子的回答,周义勤知道她不会有什么好的建议,可是这么大的事情总得有人商量吧,于是说道:"今天中午我的朋友唐毅星请我吃饭,说他过几天去香港定居,要我也跟他一起去,说我可以带上全家老小和咱们的招牌,到那边所有费用由他出。你说这合适吗?"

徐弘雯一下子坐起来,惊讶地说道:"这不等于离开故土了吗?这……这怕不合适吧。"

"你别慌,我对他说要考虑考虑,还没有答应和他一起去,这不,想着和你商量商量。"周义勤把她又拉着躺下来。

"唉,祖祖辈辈在这里,说走就走,那是让人受不了的。"徐弘雯说道。

周义勤见状忙说道:"我就知道你会这样的,不要说你接受不了,我也是接受不了的。好了,不去了,咱们也不说了,天都要亮了,再睡一会儿吧。"

"阿勤,听说你最近心情不好,对员工有打骂情况。我知道你为娘和小弟的去世很伤感,再加上最近时局不好,让你承担了许多不该承担的辛苦和烦恼。不过一定要控制自己的情绪,不要让员工们赌气工作,那样的话会影响生意的。"周义勤听见徐弘雯的话低头不语,他知道徐弘雯说得对。

他长长地嗯了两声,就闭上眼。可他哪里睡得着?满脑子是唐毅星的话,还有自己一生的路途。想着自己刚刚创业拼搏的情景,还有快速发展的辉煌,现在德美洗染店这个牌子已做得很响亮,在上海这个行业中有了很好的信誉度和知名度,怎么可以说放弃就放弃?

突然,他想起了夏辉的大伯、义善、义顺,还有浩杰的大哥和小妹,他们为了祖国流血牺牲,付出自己的生命。眼前的浩杰和义安,也和他们一样干革命。于是,他坚定了留在上海的想法,安心地睡去。

徐弘雯其实也睡不着了,想着家里生意现在在租界这边算是搞得轰轰烈烈,很有名气。但是眼前乱哄哄,好像天要塌下来,怎么是好?

两个人各自想着心事,只眯了两个多小时。天亮时,周义勤就起床去店铺了。

1949年5月初,唐毅星在得知周义勤决定不离开上海后,感到很遗憾,只好自己带着全家去了香港。从此两个人各走各路,再没有见过面。

第五十一章　上海解放

周义安随中共中央一起进入北平。不久，中央通讯处由于工作需要，把冉浩杰调动到北京工作。冉浩杰第一次看见女儿，喜悦之情让他热泪盈眶。他一把抱住女儿，吓得女儿哇哇直哭，周义安在一旁幸福地笑起来。晚上，冉浩杰躺在床上，一边搂着女儿，一边搂着周义安，给妻子和女儿讲故事、唱儿歌，女儿竟然睡着了。两个人又小声商量应该把儿子接回来，可是战争还没有结束，两个人的工作忙得不得了。第二天冉浩杰给周义勤写了一封信，告知他等全国解放，一定来接儿子。

1949年1月31日，北平和平解放。冉浩诚一身戎装，随部队从前门大街经过东交民巷金水桥，步伐矫健地进入北京城。大街小巷人山人海，他仰着头看到路两旁古色古香的建筑，满心骄傲。

之后，冉浩诚随二十七军解放南京。部队一路东进，势如破竹，先后解放镇江、常州、无锡和苏州，抵达上海外围，参加解放上海的战役。这天夜晚，所有战士在经历了长期连续不断的战役后，都累得和衣睡在地上。

冉浩诚虽然也累，但是睡不着，他想起参加解放北平入城式后，现在又参加解放上海的战役。在渡江誓师会上，总司令粟裕说道："这次渡江战役是中国历史上最伟大的一次大进军，等于最后挖取敌人心脏，对完成中国革命有决定性的意义。"所以冉浩诚的心情无比激动。

眼前冉浩诚来到上海，这儿也有他念念不忘的亲人。他想起周义勤的家人，想起娘，多么想马上去看望娘，那个善良勤劳的娘。记得那年小弟冉浩杰结婚，在娘那里住了两晚，娘就像对待亲儿子那样对待自己，那一别就是多少年啊。想着等待这一战结束，一定去看望她老人家，他内心极度激动："娘，我会来看望您，您那里也是我的家。"他心里寻思着，还有小弟冉浩杰现在哪里？好久没有通信了……他就这样迷迷糊糊地似睡非睡。突然一阵枪炮声音，他瞬间飞跃而起，黎明时，敌人又开始狂轰滥炸，又开始了新一轮的战斗。

几天后，部队靠近苏州河岸边，冉浩诚听到黄浦江水的波涛在呼啸，又看见在风的怒吼下，不时掀起一排排巨浪，巨浪向前奔涌，冲向岸边。夜晚，在炮声暂时停顿的时候，可以听见黄浦江上风平浪静，那阵阵微波在月色中荡漾，好像是唱着优美动人的小夜曲，在他内心激起一种孩童般的恬静和陶醉。

1949年5月27日，上海宣告解放。

这天早上，周义勤打开屋门走出弄堂，看见在下过雨的湿漉漉的人行道上，睡满了怀抱枪支、满脸尘土的解放军战士。有的靠墙而睡，有的直挺挺并排睡在地上，但都留出了沿街的出门通道。他大吃一惊，从来没有见过这样纪律严明的部队，打了胜仗，占领了一个城市，却不扰民宅。可他哪里知道，为了解放南京、上海、杭州、武汉等大城市，中共中央专门颁发了《入城三大公约十项守则》，要求各级军政机关教育所属部队指战员人人了解，个个熟记，切实遵行。

这时候，雨后的天空格外明朗，他的脑海里顿时浮现出母亲的身影，还有义善、义顺，内心不免默默地念叨："娘，解放了；义善、义顺，上海解放了，一个新时代开始了！"

大街上庆祝上海解放的游行队伍不断，游行群众有的举着毛主席和朱总司令的画像，有的挥舞着长条形和三角形彩色小旗，喊着口号。学校学生们上街扭秧歌，打腰鼓，到处是兴高采烈的歌声：解放区的天是明朗的天……民主政府爱人民呀，共产党的恩情说不完呀……

整个上海城沉浸在热闹非凡的欢庆中。

1949年7月6日，政府组织百万军民大游行庆祝上海解放。这天，天气晴朗且又很炎热，周义勤带领妻儿一大早就出门，姜秀梅怀里抱着刚刚四个月的儿子周诚畅，一起去不远的南京路观看游行。

只见一路上人山人海，学生、工人及民兵们手持鲜花、锦旗，敲锣打鼓地从四面八方涌上街头。前面鼓乐队、秧歌队等表演的民间歌舞更加精彩，他们穿过南京路、霞飞路，使整个上海沸腾起来。有许多大姑娘小伙子爬上坦克、大卡车，给战士们挂红星、彩条、锦旗，有的市民还带来许多吃的东西给战士们分享。更有许多人随着歌舞队一起唱起来、跳起来。

周义勤的孩子们也激动地手舞足蹈，在大马路上有学生队伍过来，周诚雨突然扬着双手大喊："大阿姐，看，大阿姐……"原来她看到周诚睿腰间系一条彩带，双手捏着彩带扭秧歌。几个弟妹要跟了去，急得周义勤忙拉住了他们的手。

在人行道上，周义勤遇上了吴阿弟，只见他汗流浃背地挤过来，老远就喊："师父、师父……"到跟前了就又礼貌地补充道："两位师娘好。"他兴致勃勃地大声说道："师父，走不过去了，前面堵得实实的。我刚去江湾路一号门前的检阅台，那边扩音喇叭已开始广播，口号声震耳欲聋。"

吴阿弟兴奋得手舞足蹈，迫不及待地对着周义勤一家子说道："我看到陈毅市长，他穿着一身旧的黄军装，和首长们一起在检阅台上检阅队伍。当人民解放军攻城部队组成的三个美式榴弹炮团、一个日械摩托化兵团、一个美械摩托化兵团威武雄壮地列队隆隆开来时，陈毅市长的脸上充满了自豪和自信。一会儿，从北面传来马蹄声，骑兵团的战士们手执闪亮的马刀，分两路策马疾驰而过，首长们齐刷刷地鼓掌。"

孩子们像听天书一般仰着头看着吴阿弟。突然一阵拥挤，原来是几支大的游行队伍过来了。吴阿弟看见师父抱着小儿子，一头的汗水，就伸出双手接过来抱在自己怀里，嘴里还絮絮叨叨地说道："这孩子是个有福的娃，几个月大就见识了上海解放。"说着和师父一家人一起慢慢走回威海卫路，刚刚到弄堂口，看见几个军人在和街坊问话，有街坊看见周义勤就指向这边来，几个军人转身一起看向周义勤。

"您是周义勤吗？"走近了一位军人问道。

"我是周义勤，有什么事情吗？"周义勤一边回答一边带一行人进入店铺，吴阿弟急忙沏茶招呼，可是来人仍然站立着。其中一人拿一个军用包，从中拿出一本笔记本,翻开后说道:"我们也是从这本笔记本上查阅到您这里,认识冉浩诚吗?"

"那是我妹夫的哥哥,当然认识了,他……"周义勤感觉说话声音越来越低。

"冉浩诚,他在解放上海战斗中,光荣牺牲……"

听见这话,周义勤眼睛一黑,头脑映出那高大健硕的身影,一时头昏,身体往后趔趄,几个人忙上前扶住他,让他坐在椅子上。他哭着从嘴里挤出几个字:"多么刚强的一个人,一家四兄妹,三个都为国捐躯……"他又痛苦地小声道:"就剩浩杰一个了,我怎么告诉他啊,浩杰……"泪水滚滚落下。

第五十二章　新中国成立

1949年10月1日，北京三十万群众齐集天安门广场，举行隆重的开国大典。毛泽东主席在天安门城楼上向全世界庄严宣告："中华人民共和国中央人民政府今天成立了！"周义安和冉浩杰热泪盈眶，他们知道这一天来之不易。

1952年春节前夕，周义安和冉浩杰带着快四岁的女儿回来过年，想着过完年，顺便把儿子接走。两个人回来时带了很多吃的东西，包括米面肉鱼，还有奶粉、白糖之类，让周义勤家里过了一个很丰盛的新年。

这天晚上，周义勤把冉浩杰带到他屋子里，拿出冉浩诚的烈士证及遗物。冉浩杰接过来，满眼泪水，他说道："二哥，一直想着胜利后的相聚，然而……"他双手颤抖，悲痛欲绝，想着他们兄妹四人，竟然三人都已经去了。第二天他们去龙华烈士墓地祭拜了冉浩诚。那么多解放上海时的烈士，都静悄悄躺在那里，简单的墓碑和松柏陪伴着他们。正所谓：拼将十万头颅血，须把乾坤力挽回。

面对冉浩诚的墓碑，冉浩杰感慨地说："二哥，我一定把你和大哥、妹妹的墓地迁移到父母墓地跟前，生前相聚少，逝去永相随。"

这年除夕晚上，以周义勤为主，按娘当年祭拜程序，把爹娘、两个弟弟，还有冉浩杰的兄妹都祭拜了。大家心情沉重，又充满了敬爱，是他们的鲜血，换来今天的解放。

几天来，他们相聚在一起，倾诉分别之苦，把十来年没有机会说的话都说了，把分离后的故事都讲了。

临走前一天晚上他们围坐在一起聊天。周义安说道："大哥，有什么情况多和我们联系，我们会帮助你的。"周义勤却低着头不言语，他不愿意让妹妹替自己操心。

冉浩杰说："大哥，这些年多亏了你的努力和帮助，我们两个人才能够一心干革命。我知道你现在生活很艰难，但这都是暂时的。我们会尽力帮助你，起码每个月会给你寄些钱和米面，不能让孩子们饿肚子。"周义勤泪流满面，不住地点头。

没过多久，徐弘雯生了一场大病，离开了人世。周义勤伤心至极，心里那种愧疚几乎让他窒息。他想起这个女人十几年跟着自己艰难创业的日子，对他的关心爱护，还有那心灵相通的精神支持……他撕心裂肺地哭诉道："阿雯，对不起，真的对不起你啊……"

这一天是1952年6月29日。

第五十三章　向西，向西

到了1954年春，姜秀梅又生了一个女儿，取名周诚多。周义勤和姜秀梅开始打杂工，挣钱贴补家用，但周义勤也在不断寻找机会，想要大展拳脚。

1956年夏天的一天，周义勤从外面回来，一进门就激动地喊着："秀梅，快来，和你说个事情。"

屋里的秀梅走了出来，说："看你高兴的，什么事啊？"

周义勤说："最近国家号召建设大西北，好多专家、教授去了大西北，有的学校、企业也搬过去了。现在服务行业也开始动员西迁，我也想去，你觉得怎么样？"

姜秀梅一听，有点疑惑地问道："大西北？西迁？咱们一大家子人，去那个人生地不熟的地方，合适吗？"

周义勤拉着她的手说："那可是个好地方，听说是十三朝古都，轩辕黄帝的陵墓也在那里，而且那里的人民很纯朴。再说了，有固定工资，不用提心吊胆地过日子，孩子们也会稳定地上学成长。"

"我真的有点害怕，到底那里人生地不熟的。"

"只要有一口稳定的饭吃，比什么都重要。"周义勤说。

"唉，那就按你说的办，我……"姜秀梅说着就哭起来了。

"你哭什么呀，这是好事情，是咱们这个家安稳发展的机会。听说这次是去西安，离义安也近一些。"周义勤安慰着姜秀梅。

随后他们商量了如何去的问题。周义勤说他一个人先去，等安顿好了，再让她和孩子们一起去。

1956年9月，周义勤在有关部门的安排下，随着上海服务行业第一批西迁的几十个人，坐上火车，离开上海，往西安去了。那一年他四十四岁。

就好像十三岁离开合江去重庆的时候一样，周义勤在火车上思绪万千。他想起合江暴风雨中的爹、两个弟弟，想起苦命的娘、风雨同舟的徐弘雯和那个夭折的儿子，还想起自己这么多年的奋斗历程：闸北的大火、威海卫路店铺的辉煌……这一次，不知前面有什么在等待自己？

列车沿着母亲河，从长江口东海之滨出发，在南京由轮渡把一节节车厢摆渡过长江，沿江淮平原北上，再穿过中原大地西行，最后到达关中平原的西安。旅途中，周义勤看到窗外广阔的平原、绿莹莹的原野、奔腾不息的长江与黄河、一间间农舍、一座座村庄，还有远处的工厂……祖国啊，你是多么辽阔！他的心突然又激烈地跳动起来。

向西之路，日夜兼程，他依然鲜活，依然赤诚。他以坚定的步伐走向他乡。轰隆隆的火车，带着他经历过的所有，开向充满希望的未来。